KB074971

나의 집이
점잖게   피를
          마실 때

나의 집이   피를
점잖게   마실 때

박해수 소설

네오
픽션

차 례

블랙홀

오피스텔

601호

내가 사는 곳은 경기도 삼송동에 있는 블랙홀 오피스텔이다. 삼송동 변두리에 지어진 오래된 오피스텔. 마을버스조차 다니지 않아 자전거를 타고 지하철역까지 가야 하는 곳이다. 어째서 이런 외진 곳에 오피스텔이 있는 것인지 알 수 없다. 대학 졸업 후 취업에 실패한 나는 알바를 하게 되었고 높아지는 월세에 점점 서울에서 밀려나 이곳 삼송동까지 오게 되었다.

인터넷에서 매물을 보고 처음 이 건물을 찾아왔을 때의 느낌은 솔직히 말하면 좋지 않았다. 건물에 가까워질수록 모든 것이 어둡고 음침하게 변해버리는 것 같았기 때문이다. 주변의 나무들도 앙상하게 말라붙어 마치 수많은 손이 땅속에서 뻗어 나와 건물을 할퀴려는 것처럼 보였다.

그런 괴이한 느낌에도 불구하고 내가 블랙홀 오피스텔을 선택할 수밖에 없었던 이유는 월세가 터무니없이 저렴했기 때문이다. 나는 불길한 느낌을 애써 억누르며 덜컥 계약을 해버리고 말았다.

내가 입주한 615호는 복도 끝에 있는 집이다. 복도 끝에 있기 때문에 사람들이 문 앞을 지나다닐 걱정 없이 마음껏 문을 열어놓을 수 있는 정말 좋은 위치다. 물론 기묘한 일이 벌어지기 시작한 후로는 절대 문을 열어놓지 않지만 말이다.

이 모든 것은 지방에 계신 부모님에게는 비밀이다. 부모님은 내가 서울의 작은 회사에 다니고 있는 줄 알고 계신다. 집주인이 월세를 갑자기 올리지만 않았어도 최소한 서울에서는 살 수 있었을 텐데. 그렇다. 나는 어떻게든 서울에서 버텼어야 했다. 이곳 블랙홀 오피스텔이 어떤 곳인지 알았다면.

이상한 일은 입주를 하고 몇 주 후부터 일어났다. 늦은 밤 알바를 마치고 돌아오는 길이었다. 건물 중앙부에 위치한 엘리베이터에서 내려 낡고 어두운 복도를 따라 조용히 걷고 있었다. 복도의 한편으로는 창이 나 있었고 다른 한편으로는 칠이 벗겨지고 온갖 독촉 고지서가 붙어 있는 문들이 늘어서 있었다. 문들은 저마다 디자인이나 색이 달랐는데 아마도 오랜 세월 동안 제각각 리모델링을 하다 보니 그렇게 된 것 같았다. 복도를 걸을 때면 종종 숨을 참곤 했는데, 집집마다 문밖에 내놓은 온갖 살림살이들에서 오래되고 퀴퀴한 냄새가 배어났기 때문이다.

아무튼 그날따라 이상하게도 문 앞에 도착하는 시간이 평소보다 오래 걸리는 것 같았다. 처음에는 피곤해서 그런 것이라 생각했다. '복도 끝에 살다 보니 이런 단점이 있구나!'라고 피식 웃으며 말이다. 하지만 이후에도 같은 일이 반복되었다. 기분 탓으로 돌리기엔 체감 시간이 너무 길었다. 길어봤자 30초도 안 될 거리가 2분, 3분으로 점점 늘어났다.

그렇게 한 달 동안 같은 일이 반복되었고 나는 한 가지 묘한 사실을 알게 되었다. 체감 시간이 늘어나는 날이면 언제나 601호의 문이 열려 있다는 것이었다. 그러니까 반대편 복도 끝에 있는 601호의 문이 열려 있을 때마다 그런 일이 생겼다. 601호를 찾아가볼까 생각도 했었지만 막상 찾아가면 무슨 말을 해야 하나 싶어 그만두기로 했다. 게다가 어두침침한 복도 끝에 문이 반쯤 열려 있는 모습은 정말 음산하기 짝이 없었기 때문에 되도록이면 그쪽을 쳐다보지 않았다.

하지만 이런 이상한 우연의 일치는 계속되었고 이제 더 이상 이것을 우연이라 보기 힘든 지경에 이르렀다. 결국 경비 아저씨를 찾아가기로 했다. 물어본다고 해서 뭔가 알아낼 수 있을 것 같진 않았지만 달리 방법이 없었다.

며칠 후 알바를 쉬는 날, 나는 1층 주변을 기웃거리며 여기저기를 돌고 돌았으나 아무리 찾아도 경비실이 보이지 않았다. 그러고 보니 경비 역시 본 적이 없는 것 같았다. 경비실이 있기나 한 걸까? 어딘가에서 경비실 위치 안내문을 본 것 같기도 한데 기억이 나지 않았다. 나는 그렇게 한동안 헤매다가 문득 지하 주차장을 생각해냈고 혹시나 하며 내려가보니 바로 그곳에 경비실이 있었다.

경비실은 지하 주차장의 가장 구석진 곳에 있었다. 전기를 아끼려는 것인지 주차장 역시 어두웠고 어딘가에서 계속 알 수 없는 소음이 들려오고 있었다. 갑자기 다른 세상에 들어온 것 같아 무서워졌다. 나도 모르게 뛰다시피 하며 어두컴컴한 곳을 가로질렀다.

"저기요, 615호인데요, 여쭤볼 게 있어서요."

경비실에 들어선 순간 나는 경악하고 말았다. 우선 엄청난 악취에 숨이 막혔다. 경비실은 청소를 거의 하지 않은 듯 잡동사니로 가득했고 벽은 곰팡이로 검게 변해 있었다.

"저기요? 실례합니다."

뚱뚱한 나머지 터지기 직전의 근무복을 입은 경비 아저씨는 반응이 없었다. 아저씨는 험악한 얼굴로 책상 앞에 앉아 뭔가를 적어대느라 정신이 없었고, 땀을 얼마나 많이 흘리는지 몸에서 끈적하게 버터가 녹아내리는 것 같았다. 나는 경비 아저씨를 다시 한번 불러보았다.

"615호인데요. 궁금한 게 있어서 여쭤보려고요. 601호 말이에요, 혹시 누가 사는지 알 수 있을까요?"

그러자 아저씨가 넋이 나간 듯 대답했다. 여전히 경련을 일으키듯 뭔가를 휘갈겨 쓰면서 말이다.

"6층…… 살아. 그렇지, 6층에…… 거기 살지, 601호. 어 그래,

살고 있어.”

“네? 죄송하지만 누가 사나요?”

경비 아저씨는 대답 대신 정신 나간 사람처럼 뭔가를 중얼거리기 시작했다. 아니, 경비가 뭐 이래? 도대체 이 오피스텔은 어떻게 돌아가는 거야? 나는 역겨운 공간에서 빨리 나가고 싶었다. 곰팡이가 핀 벽에 둘러싸여 땀에 흠뻑 젖은 경비 아저씨의 모습을 보고 있자니 나한테까지 곰팡이 포자가 달라붙는 것 같아 견딜 수 없었다.

하긴 601호에 누가 사는지 안다고 해서 뭘 할 수 있겠나. 몇 번을 물어보아도 이해할 수 없는 말만 하기에 포기하고 나가려는데 그때 경비 아저씨가 혼잣말처럼 한마디를 내뱉었다.

“누르지 마, 초인종⋯⋯.”

*

며칠 후, 경비 아저씨의 기이한 한마디로 인해 오히려 호기심이 자극된 나는 601호 앞에 섰다. 간만에 장을 보고 돌아오는 길에 찾아간 601호의 문은 굳게 닫혀 있었다. 나는 장바구니를 내려놓고 조심스럽게 문에 귀를 대보았다. 누군가 집에 있다면 보통은 텔레비전이나 사람 목소리가 들리기 마련이다. 하지만 아무 소리도 들리지 않았다. 외출했을 수도 있고, 자고 있을 수도 있다. 초인종이나 한번 눌러볼까? 갑자기 누가 나오면 뭐라고 하지? 장난기가 발동한 나는 천천히 초인종 쪽으로 손을 가져가보았다. 하지만 진짜로 누를 생각은 아니었다.

그때 갑자기 602호에서 아저씨가 튀어나오면서 눈이 마주쳤다. 나는 황급히 손을 거두었고 아저씨는 놀란 듯이 나를 쳐다보며 물었다.

"뭐야, 놀랐잖아. 601호 살아요? 당신이 주인이에요?"

"아, 아니요."

"그래요? 가족? 친구?"

"아뇨, 저는 615호에 사는데요. 그러니까 그게……."

나는 '601호 문이 열려 있을 때마다 복도를 걷는 시간이 이상하게 오래 걸려서 따지러 왔어요!'라고 차마 말할 수 없었기 때문에 장바구니의 축 늘어진 대파만 쳐다보았다. 다행히도 아저씨는 나에게 별 관심이 없는 것 같았다. 그는 601호 때문에 화가 많이 나 있었다.

"아, 그래요? 미안해요. 제가 몇 달 전에 이사를 왔는데 601호 때문에 아주 미치겠어요. 조용하다가도 어느 때는 갑자기 쿵쿵거리고 악을 쓰고 말이죠. 도대체 왜 그러는지."

그 이야기에 나는 얼른 질문을 던졌다.

"그래요? 누가 사는데요?"

"그게 말이죠, 보통은 빈집인 것 같은데 어떤 때는 아저씨, 아줌마, 애들 소리까지 들려요. 매번 비명을 지르기도 하고 싸우는 것 같기도 하고. 그런데 저 집에서 사람이 들락거리는 걸 본 적이 없단 말이에요."

"한번 찾아가서 얘기해보지 그래요? 이왕 온 김에 저도 같이 있을 테니까 만나보는 것도 좋을 것 같은데요. 과감하게 초인종을 누르는 거죠."

나는 초인종이란 말을 하면서 나도 모르게 씩 웃는 자신을 발견하고는 속으로 놀랐다. 그리고 이때까지만 해도 이게 얼마나 멍청한 짓인지 알지 못했다.

이 세상에는 인간으로서는 이해할 수 없는 일들이 일어나곤 한다. 정말 그런 짓은 함부로 해서는 안 된다. 하지만 나는 그저 장난을 치고 싶었을 뿐이다. 집집마다 붙어 있는 그 흔한 초인종이, 누군가에게 심각한 존재의 위기를 불러온다는 걸 누가 생각이나 했겠는가.

어쨌든 나는 속으로 심술궂은 미소를 지으며 잔뜩 기대를 하고 있었다. 그런데 아저씨에게서 뜻밖의 반응이 돌아왔다. 갑자기 몸을 움츠리며 어쩔 줄 몰라 하는 것이었다.

"그, 그게, 그러고는 싶은데……. 사실, 문이 가끔 열려 있기도 해요. 그런데 그럴 때마다 뭔가 이상한 느낌이랄까? 기분이 좀……. 아무튼 그래요."

문 뒤에 반쯤 숨은 채 말하던 아저씨는 문을 닫고는 서둘러 자리를 벗어나려 했다. 나는 닫히려는 문을 붙잡으며 따지듯이 물었다.

"저기, 그러니까 601호에 가보신 거예요?"

질문을 받는 순간 아저씨가 멈칫했다. 지금도 아저씨의 표정을 잊을 수가 없다. 잔뜩 일그러진 표정으로 공허하게 대답하던 모습을.

"며칠 전에 문이 열려 있을 때 따지러 갔다가 안을 들여다본 적이 있었는데……. 아무것도 없었어요. 집이 비었다는 게 아니라 말 그대로 아무것도 없었어요. 암흑, 완전한 암흑이었어요."

이상한 말을 남긴 채 아저씨는 문을 세게 닫아버렸다. 나는 한숨을 내쉬며 601호를 바라보았다. 뭐가 어떻게 된 건지 모르겠다. 기분이 찝찝해진 나는 밥이나 먹어야겠다고 생각하며 돌아섰고 무심결에 복도를 둘러보다 문득 이상한 점을 알게 되었다.

복도 전체에 걸쳐서, 그리고 601호에 가까워질수록 복도 여기저기에 긁힌 자국이 많다는 것이었다. 심지어 천장에는 발자국도 있었고 손톱으로 긁은 듯 길게 끌린 흔적까지 있었다.

하지만 그뿐이었다. 더 이상 알아낼 수 있는 것은 없었다. 나는 서둘러 방으로 향했다. 혹시라도 601호의 문이 열리지는 않을까 연신 뒤를 돌아보며 말이다.

이후 한동안 별일 없이 지내긴 했지만 불안은 점점 더해갔다. 암흑뿐이었다는 602호 아저씨의 한마디가 머릿속에 박혔는지 나는 엘리베이터에서 내릴 때마다 601호를 돌아보며 문이 열렸는지 확인하게 되었고, 어쩌다 확인하고 싶은 마음을 억누르며 집으로 들어간 날에는 밤새도록 궁금해서 미칠 지경이었다. 그러다 마침내 나는 믿기지 않는 광경을 보게 되었다.

여느 때처럼 나는 늦은 밤 귀가를 하고 있었고, 어둡고 냄새나는 복도를 걸을 생각에 기분이 좋지 않았다. 그런데 그날 풍경은 좀 달랐다. 엘리베이터에서 내린 순간 시끄러운 소리에 놀라 601호 쪽을 돌아보니 복도에서 소란이 벌어지고 있었다.

"나와, 나오라고! 도대체 왜 이렇게 시끄러워! 누가 사는지 얼굴이나 좀 보자!"

얼마 전 이야기를 나눴던 602호 아저씨였다. 아저씨는 술에 취해 비틀거리면서도 온갖 욕설을 던지며 쉴 새 없이 601호의 벨을 눌러대고 있었다. 나는 당황한 나머지 아저씨를 말려야 할지 잠시 고민하다가 나서지 않기로 했다. 601호에 누가 사는지 알 수 있는 절호의 기회였으나 다툼에 휘말리는 것은 싫었다.

나는 아저씨가 나를 알아보고는 함께 601호에 쳐들어가자고 소리를 지를까 봐 얼른 집으로 향했다. 사람들이 나까지 소동의 주역으로 오인하게 되는 것은 원치 않았다. 맥주와 과자로 가득 찬 비닐봉지에서 부스럭거리는 소리가 나지 않게 조심하면서 최대한 빠른 속도로 걸었다. 그러면서도 활짝 열린 두 귀는 소란스러움에 집중하며 혹시라도 문 열리는 소리가 나지는 않는지, 새로운 목소리가 등장하지는 않는지 주의를 기울이고 있었다. 하지만 아무런 소득도 없었다. 내가 재빨리 문을 열고 들어가며 601호 쪽을 흘깃 보았을 때도 아저씨는 여전히 벨을 누르고 문을 발로 차고 있었다.

나는 어수선한 마음에서 벗어나기 위해 술을 마시며 영화를 보기 시작했다. 시끌벅적한 액션 영화였다. 웅장한 사운드가 방을 휘감으며 주인공들이 난리를 피웠지만 나는 집중할 수 없었다. 602호 아저씨가 과연 601호의 주인을 만났을지 자꾸만 신경이 쓰여 영화가 눈에 들어오지 않았다.

억지로 영화를 보며 급하게 맥주 두 캔을 들이켜고 세 번째 캔을 따는 순간, 갑자기 인터폰이 울렸다.

딩동.

나는 불안감을 느끼며 벌떡 일어섰다. 인터폰 화면에는 아무도 보이지 않았다. 잠시 망설였다. 문을 열 것인가, 말 것인가. 아무도 없는 척하고 싶었지만 어쩌면 영화 소리가 너무 커서 항의하러 온 이웃 사람인지도 몰랐다.

잠시 동안 고민에 휩싸인 나는 문을 여는 것이 맞겠다는 결론을 내렸다. 사과해야 할 상황이라면 사과하면 되는 것이고, 601호의 소란이 어떻게 됐는지 궁금하기도 하고.

그렇게 생각하며 현관으로 걸어가 문을 벌컥 연 순간, 나는 아주 놀라운 것을 보고 말았다. 허공에 떠 있는 눈알 두 개와 눈이 마주친 것이다. 그것은 겁에 질린 듯 제각기 사방으로 눈을 굴리고 있었고 그 뒤로 길게 늘어난 얼굴, 팔, 다리, 손가락이 허공에서 꿈틀대고 있었다.

아니, 좀 더 정확하게 말해야겠다. 그건 분명 602호 아저씨였고 아저씨는 치즈처럼 수십 미터 늘어나 복도 전체에 걸쳐 부유하고 있었다. 아저씨의 모든 신체 부위가 길게 늘어나 있었고 허공 속의 눈알 역시 길게 짓눌리며 제 모습을 잃어가고 있었다.

"이, 이게 도대체⋯⋯."

"웨⋯⋯ 그어아⋯⋯ 아아!"

아저씨는 뒤틀린 입으로 뭔가를 말하려는 것 같았지만 괴이한 신음 소리로 들릴 뿐이었다. 실처럼 나풀거리는 손가락은 복도의 여기저기를 애처롭게 긁어대며 알 수 없는 힘에 저항하고 있었다. 얼마 전 601호를 찾아갔을 때 벽과 천장에서 보았던 자국들이 이런 식으로 생겨난 것인지도 몰랐다. 그리고 바로 601호의 문이, 어두운 복도 끝에 자리 잡은 그 문이 새까맣게 입을 벌리고 있었다. 그것은 완벽한 침묵 속에서 아주 조금씩 자신의 의지를 실현시키고 있었다.

둥둥 떠 있던 아저씨의 몸이 601호 안으로 빨려 들어가기 시작했다. 활짝 열린 문 안으로 아저씨의 발끝이 서서히 사라지고 있었다. 마치 길게 늘어난 콧물을 쭈욱 들이키는 것 같았다.

나는 어쩔 줄 모른 채 그 광경을 지켜보았다. 도저히 움직일 수 없었다. 혹시라도 움직인다면 601호의 힘이 나까지 덮쳐버릴 것 같았다. 머릿속에서 생각이 폭주했다. 아저씨는 초인종을 눌렀어. 분명히 그것 때문이겠지? 그런데 나는 여기에 이렇게 계속 있어도 괜찮은 걸까? 나는 초인종을 누르지 않았잖아. 난 그 집을 자극한 적이 없다고! 들어가자. 집으로 들어가야 해. 내가 몸을 반쯤 복도에 내놓은 채 얼어붙은 사이, 아저씨의 몸 대부분이 빨려 들어갔다. 해초 줄기처럼 흐느적대던 아저씨는 마침내 보이지 않을 정도로 가느다란 실오라기가 되어 601호 안으로 사라졌고, 쾅 소리와 함께 순식간에 문이 닫혔다.

*

"으악!"

눈을 번쩍 뜨며 잠에서 깨어났을 땐 이미 날이 밝아 있었다. 시계를 보니 점심시간이었다. 흥건하게 땀에 젖은 몸을 일으키다가 순간 비틀거렸다. 두통이 심하게 몰려왔다. 겨우 맥주 세 캔에 숙취라니. 도저히 믿을 수 없었다. 어제 상당히 피곤했었나 보다, 생각하며 가스레인지에 라면 물을 올렸다.

잠시 후 물이 끓으며 냄비 밖으로 물이 튀기 시작했지만 나는 소파에 앉아 어젯밤 일을 생각하느라 전혀 신경 쓰지 못하고 있었다. 그게 정말로 일어난 일이었나? 그러면 그 사람은 죽었단 말인가? 아니면 꿈을 꾼 건가? 말도 안 되지만 아무리 생각해봐도 실제로 일어난 일이 맞는 것 같았다.

나는 분명히 그 일을 목격했다. 하지만 문을 닫고 침대에 누운 기억은 없었다. 술에 취해 해롱거리다가 침대에 누워 잠들었던 것일까? 나의 머릿속은 두통과 혼란으로 가득 찼고 생각하면 할수록 어떻게 된 일인지 알 수 없었다.

하지만 내 몸에는 아직도 생생하게 전율이 흐르고 있었고 방 안을 비추는 햇빛마저 낯설게 느껴졌다. 앙상한 나무들로 둘러싸인 이 건물에서, 사람이라고는 거의 마주친 적이 없는 이 오피스텔에서 무슨 일이 벌어지고 있는 걸까? 나는 일단 602호로 가보기로 했다. 직접 확인해보는 수밖에 없었다.

602호의 벨을 눌러보았지만 아무도 없는 것 같았다. 주말 점심이니까 벌써 외출했는지도 모른다. 불안감은 해소될 길이 없었고 나는 그저 문만 바라보고 있었다. 무의미하게 몇 번 더 벨을 눌러보다가 나중에 다시 와야겠다고 생각했다. 그런데 그때 지나치게 상냥한 목소리가 나를 깜짝 놀라게 만들었다.

"아, 615호 청년?"

목소리의 주인공은 경비 아저씨였다. 일전에 경비실에서 봤을 때 횡설수설하던 모습에 비해 믿기지 않을 정도로 부드럽고 친절한 목소리였다. 그리고 버터에 젖은 듯했던 모습은 간데없이 아주 깨끗하고 멀쩡했다. 뚱뚱한 몸은 그대로였지만. 경비 아저씨는 다정하게 다가오며 말을 걸어왔다.

"602호에는 무슨 일로 오셨어요?"

"네, 602호 아저씨가 어젯밤에 술에 취해서 복도에서 소란을 피우는 걸 봤는데요, 잘 들어가셨나 궁금해서요. 출퇴근하다가 종종 마주치면서 친해졌거든요."

나는 602호와 친하다고 거짓말을 했다. 경비 아저씨가 미소를 지으며 말했다.

"어젯밤에 소란이 있긴 있었지요. 602호 분이 601호에서 나는 소음에 스트레스를 많이 받으셨나 봐요."

"그럼 어떻게 됐는지 아시겠네요? 601호 분과 얘기가 잘됐나요?"

허겁지겁 묻는 나의 질문에 경비 아저씨가 웃으며 대답했다.

"아유, 그럼요. 얘기가 잘돼서, 좋게 끝이 났죠. 이웃끼리 서로 배려하는 거니까요."

잘 끝났다고? 역시 내가 꿈을 꾼 걸까? 하지만 뭔가 석연치 않았다. 술에 취해 한참 동안 문을 발로 차고 욕을 해댔는데 이렇게 조용하게 끝나다니? 나도 모르게 생각에 잠겨 있는데 경비 아저씨가 내 속마음이라도 읽은 것처럼 말을 이었다.

"실은 아까 602호 분이 601호로 찾아갔어요. 어젯밤에 난리친 게 미안해서 사과하러 간다고 말이에요. 물론, 601호 분도 잘못한 게 있으니까 서로 사과하고 대화로 잘 풀었고. 그럼 된 거죠."

"그러니까, 지금 602호 아저씨가 601호에 있다는 건가요?"

"아, 그렇다니까요. 한번 확인해보시든지요."

확인해보라는 경비 아저씨의 말투에 순간 비웃는 듯한 감정이 묻어났다. 하지만 그 바람에 오기가 생긴 나는 601호에 가보기로 했다. 물론 초인종을 누를 생각은 없었고 단지 반발심에 걸음을 옮긴 것뿐이었다. 바로 그때 내 인생을 뒤바꾼 아주 작고도 우스꽝스러운 일이 벌어졌다. 내가 601호 쪽으로 걷기 시작하자 경비 아저씨도 뒤따라오기 시작했는데 애초부터 방문할 생각이 없었던 나는, 지금 뭐 하는 건가 싶어 돌아가기로 마음을 바꿨다.

"저는 그냥 다음에 가보는 게 나을……. 으엇!"

그렇게 말하며 뒤돌아서는데 경비 아저씨가 미처 멈추지를 못하고 그 거대하게 부푼 배로 나를 들이받았다. 두통으로 어지러웠던 나는 황망하게 튕겨 나갔고, 넘어지지 않기 위해 몇 발을 내딛으며 허우적대다가 끝내 넘어지고 말았다. 어지러움에 눈앞이 뱅뱅 돌았으나 힘겹게 무릎을 짚고 일어서며 경비 아저씨에게 말했다.

"아, 조심하셔야죠. 넘어졌⋯⋯."

그런데 순간, 말문이 막혔다. 복도에는 아무도 없었다. 경비 아저씨는 사라지고 없었다. 내 앞에는 어둡고 텅 빈 통로만이 길게 뻗어 있었다. 그때였다.

삐리 삐리리리 삐리리⋯⋯.

익숙한 멜로디가 귀에 들어왔다. 이곳에 사는 사람은 모두 알고 있을 그 멜로디.

'아냐, 이건 아니야! 말도 안 돼!'

절대로 듣고 싶지 않았던 그 멜로디가 복도에 나지막이 울려 퍼지고 있었다. 넘어지지 않으려고 애를 쓰다가 나도 모르는 사이에 그것을 누른 것 같았다.

그렇다. 나는 601호의 초인종을 결국 누르고 말았다.

*

진즉에 이사를 했어야 했다. 그동안 주변에서 일어난 모든 일이 어서 이 집을 떠나야 한다고 말하고 있었지만 나는 바보같이 무시하고 있었다. 운명이 아직 내 편이었을 때 빠져나와야 했다. 애초에 이렇게 불길하며 터무니없이 값이 싼 월세를 붙잡는 것이 아니었다. 어리석은 자들이 달콤하고 손쉬운 미끼에 걸려드는 법이다. 바로 나 같은 인간 말이다.

뼈저리게 후회했지만 이미 늦었다. 이제는 아무리 달리고 달려도 615호에 도착할 수 없게 되었다. 나는 벌써 한 달이 넘도록 집을 향해 달리고 있었다. 악에 받쳐 내달리고 있었지만 달팽이보다 느린 속도로 움직이고 있었고 눈을 깜빡이는 것만으로도 한참 걸렸다.

나의 체감상으로 대략 한 달 전, 나는 경비 아저씨 때문에 본의 아니게 초인종을 누르게 되었고, 불행인지 다행인지 601호에서는 아무도 나오지 않았다. 나는 당장 이 이상한 건물에서 나가야겠다고 결심했다. 월세나 이삿짐 따위는 중요하지 않았다. 당장 필요한 것만 챙겨 빠져나갈 생각이었다. 친구나 선배 집에서 신세를 좀 지면 된다. 하지만 이 모든 계획은 계획으로 그치고 말았고, 나는 더러운 복도에서 가장 허름한 옷차림으로 최후의 순간을 맞게 되었다.

한동안 벨소리가 울렸지만 601호에서는 아무 반응이 없었다. 나는 슬금슬금 뒤로 물러서다가 집을 향해 후다닥 뛰기 시작했다. 거치적거리는 슬리퍼 소리가 날카롭게 복도에 울려 퍼졌다.

그러다 엘리베이터 앞을 지나칠 때쯤 일이 벌어지고 말았다.

철커덕.

601호의 문이 열린 것이다. 등 뒤에서 들려온 소리에 나는 차마 뒤를 돌아볼 수 없었지만 그것이 601호라는 것을 직감할 수 있었다. 알 수 없는 기운이 내 팔다리를 휘감았다. 뭔지 모를 그것이 이번에는 나를 향해 입을 벌렸다고 생각하니 머리털이 쭈뼛 곤두섰다. 나는 전력을 다해 뛰기 시작했다. 한 손으로는 카드키를 꺼내기 위해 허겁지겁 주머니 속을 뒤지며 말이다.

다음 순간, 주변의 모든 소리가 사라졌다.

'뭐지? 왜 이래? 어떻게 된 거야!'

헐떡이는 나의 숨소리, 시끄럽게 울리는 슬리퍼 소리, 주머니 속에서 짤그랑거리는 열쇠고리 소리까지 전부 사라졌다. 단지 내 머릿속의 당혹스러운 외침만이 메아리쳤다.

안 돼, 이대로 끝날 수는 없어! 나는 더욱 절박하게 뛰기 시작했다. 602호 아저씨처럼 국수 가락이 되고 싶지 않았다.

하지만 나는 곧 걷잡을 수 없이 진공의 늪으로 빨려 들어가는 것을 느꼈다. 시간이 급격하게 느려졌다. 무릎이 시큰거리도록 땅을 박차고 있었지만 그 동작 하나를 하는데도 오랜 시간이 걸렸고, 눈꺼풀에 걸린 땀방울은 몇 주째 나를 미치도록 간지럽히고 있었다.

나는 그렇게 집을 향해 조금씩 나아갔지만 속도는 계속 느려졌다. 내 머릿속에서는 공포가 지루함으로 바뀌다가 다시 분노로 변하기를 반복했다. 그렇게 한 달 이상의 시간이 흐른 것 같았다. 아마 602호 아저씨 역시 나와 같은 일을 겪었겠지. 실제로는 단 몇 분 동안 일어난 일이었지만 601호의 덫에 걸린 아저씨에게는 몇 달 혹은 몇 년의 시간이었을 것이다.

*

'하하하! 그래, 됐다 됐어! 다 왔어!'

눈앞에 문손잡이가 보였다. 집에 거의 다 도착했다. 여기 오기까지 도대체 몇 달이 걸린 것일까. 나는 수 주일의 시간 끝에 주머니 속에서 카드 키를 꺼내는 데 성공했고 문을 향해 손을 뻗었다. 시간이 전보다 더 느려졌기 때문에 최소 두 달 이상 걸릴 것 같았다.

한때는 중간에 있는 다른 집에 들어가볼까 생각도 했다. 하지만 벨을 누르고 기다리는 데만도 어마어마한 시간이 걸릴 것이고, 만약 그 집에 아무도 없다면? 그야말로 끝장이다. 602호 아저씨처럼 언제 빨려 들어갈지 알 수 없다.

방법은 하나뿐이었다. 집으로 가는 것. 이 일이 있기 전에는 아무리 복도에서의 시간이 지난하게 느껴지더라도 집 안에 들어서는 순간 거짓말같이 움직임이 가뿐해졌다. 601호의 이상한 작용은 오직 복도에서만 통한다는 것. 나는 그 한 가지에 희망을 걸고 이 진절머리 나는 슬로 모션을 견뎌왔다.

또다시 몇 달의 시간이 흘렀을까. 미쳐버릴 것 같다. 이제 조금만 더 움직이면 된다. 카드 키와 문과의 거리가 불과 몇 센티도 남지 않았다. 나는 조금이라도 더 빨리 움직이기 위해 온 힘을 다해 팔을 뻗었다.

'조금만 더. 조금만 더! 제발!'

나는 수 주일에 걸쳐 눈을 부릅뜬 채 카드 키가 도어록에 닿기만을 고대했다.

'그래, 거의 다 됐어! 제발 좀 열려라 어서!'

그러나 도어록이 카드키에 반응할 수 있는 거리가 된 순간, 갑자기 복도가 아득하게 길어지기 시작했다. 모든 것이 엿가락처럼 길게 늘어졌다. 도어록은 순식간에 다시 멀어졌다.

동시에 모든 감각이 사라졌다. 수개월 동안 얼굴을 간지럽히던 땀방울의 느낌, 카드 키를 잡고 있던 손가락의 촉감, 발톱이 빠지도록 땅을 박차던 발가락의 아픔까지 전부 다 사라졌다. 단지 어슴푸레한 시야만이 남아 나를 더욱 절망으로 몰아넣었다.

나는 실패했다. 이 지옥 같은 상황을 빠져나가지 못했다. 운이 나쁜 것이 아니라 처음부터 예정된 일인지도 몰랐다. 601호에 도사리고 있을 악마가 잠시 게임을 즐겼던 것이다. 나는 인간이 발을 들여서는 안 될 영역에 감히 발을 들인 것이고, 신이 혹은 악마가 숨겨둔 어둠 앞에서 슬리퍼를 신고 설쳐댔다.

나는 이제 끝장이라고 생각하면서도 동시에 압도적으로 내 몸을 휘어잡는 어둠에 기이한 황홀감마저 느꼈다.

생각도 점점 느려지고 있었다. 이젠 다 틀렸다며 후회하는 것조차 시원하게 되지 않아 답답했다. 문득 내 몸이 허공에 떠오르며 길게 늘어났고, 어느새 이쑤시개처럼 가늘어진 손가락에서 카드 키가 빠져나갔다.

이제 일어날 일은 하나뿐이다. 빨려 들어가는 것.

깊이를 가늠할 수 없는 수챗구멍 속으로 나는 사라질 것이다.

'아…… 빨려…… 들어…… 간다…….'

내 발끝이 서서히 601호의 집 안으로 들어갔다.

몸이 끊어질 정도로 늘어났지만 고통은 없었다. 단지 긴 시간에 걸쳐 지나온 복도를 순식간에 다시 스쳐 지나가는 것이 신기할 뿐이었다.

나는 허공 속에서 요동치며 601호 속으로 휘감겨 들어갔고 마침내 완벽한 어둠을 보게 되었다. 아득하게 빠져드는 감각 속에서 601호의 문은 점점 멀어지다가 끝내 작은 빛의 점이 되어 사라졌다. 그렇게 나는 암흑에 속한 존재가 되어버렸다.

그리고 지금도 계속해서 어딘가로 빨려 들어가는 것 같다.

나는 이제 어떻게 되는 걸까.

세컨드

헤븐,

천삼백하우스

어느 초고층 빌딩의 17층에 사람들이 북적이고 있었다. 건물이 뿜어내는 초현대적인 분위기에 어울리지 않게 사람들은 모두 늙고 지쳐 보였고 복도에 준비된 의자에 줄지어 앉아 판결을 기다리는 죄수처럼 눈을 껌뻑였다. 몇몇은 창밖을 바라보며 쓸쓸하게 퇴색해버린 서울의 모습에 서글픔을 느끼기도 했다.

더 이상 빛이 들지 않는 도시, 서울. 이곳에는 결코 하늘로 올라갈 수 없는 사람들이 살고 있다. 너무 가난한 나머지 삶을 누릴 기회를 얻지 못한 사람들이다. 그들의 대부분은 광대한 구조물이 만들어낸 그늘 밑에서 평생을 살다 죽을 운명이었다.

해원 역시 마찬가지였다. 해원은 자신에게 마지막이 될지도 모를 기회를 붙잡기 위해 이곳 17층을 찾았다.

괜한 초조함에 수차례 확인한 번호표를 보고 또 보았다. 혹시 몰라서 속으로 또박또박 19326번이란 숫자를 읽고 또 읽었다. 몇 주간의 기다림 끝에 천삼백하우스 입주를 위한 면접을 보게 되었다. 오랫동안 입주 신청을 망설였던 해원은 자신의 현재 상태를 보아, 지금이라면 충분히 심사에 통과할 수 있을 거라고 확신했다.

마침내 긴 기다림 끝에 그의 번호가 불렸다.

"여해원 씨. 현재 정식으로 고용된 직장은 없으시고요?"

"네, 없습니다. 몇 년 전 일자리를 잃고는 제대로 된 일을 해본 적이 없습니다. 보시다시피 제 나이가 벌써 40대 중반이다 보니 일을 구하기가 쉽지 않네요."

"좋네요. 서류를 보니까 연소득이 500만 원 정도로 잡히셨고요."

소득 이야기가 나오자 해원은 불안해졌다. 어쩌면 지원자들 중에 500만 원도 못 버는 인간들이 수두룩할지도 모른다는 생각이 들었다. 좀 더 가난했어야 하나? 해원은 자기도 모르게 변명을 하듯 주절거리기 시작했다.

"네, 그게 전부 알바로 번 돈이에요. 주로 화성행 크루즈선의 로켓 분사구 청소를 많이 했고요. 아시는지 모르겠는데요, 그거 진짜 힘들어요. 민간 우주여행 업체라는 게 그다지 믿을 수가 없는 존재거든요. 청소를 하러 들어가보면 불완전 연소된 찌꺼기가 분사구에 하나 가득 들러붙어 있어요. 제가 아는 분이 나사 한국 지부에서 일을 하는데 얘기 들어보시면 아주 놀라실……."

"으흠."

면접관이 헛기침을 했다. 얼굴에 이식된 듯한 사무적인 미소가 떠올랐다. 하지만 그 바람에 해원은 오히려 허둥대며 더 많은 말을 늘어놓고 말았다.

"그리고 일이 없을 때는 신약 실험 알바도 많이 했고요. 그러니까 사실 제가 여기 오게 된 것도 말이죠, 위험도가 높은 신약 실험에 참가했다가 신장이 망가지는 바람에 그렇게 됐습니다. 조금만 움직여도 금방 지치고 아주 힘들어요."

"그렇군요. 알겠습니다. 현재 부양가족 없으신 거 맞죠?"

"네, 그럼요. 부모님은 옛날에 이혼하셨는데 사실상 지금은 연락이 끊어진 상태고요, 결혼을 못 했으니 가족도 없습니다."

그러자 면접관이 만족스런 미소를 지어 보였다.

"아주 좋습니다. 일단 결격사유는 없으니 됐고요. 그럼 다음 질문으로……."

*

면접을 끝낸 해원은 청계천 옆 오래전 폐업한 상점가를 따라 걸었다. 청계천을 굽어보니 노숙자들의 텐트가 여전히 빼곡하게 들어차 있었다. 한때는 청계천에 물이 흘렀고 물고기도 살았다고 하던데 지금은 말라버린 수로에 쓰레기와 고물들이 가득할 뿐이다.

자잘하게 뻗은 골목 어디선가 싸우는 소리가 들려왔다. 고함 소리 사이에는 얼핏 도와달라는 외침도 섞여 있었다. 외투 속에 얼굴을 파묻은 해원이 슬쩍 주변을 살폈다. 거리의 사람들 중 누구도 고개를 돌리지 않았다. 다들 굳은 얼굴로, 중요한 용건이 생각난 사람처럼 걸음을 재촉했다. 보이지 않는 벽이 사람들을 각자의 공간에 가둬놓은 것 같았다. 해원 역시 남의 일에 끼어들 생각은 없었기에 서둘러 골목의 소란으로부터 멀어졌다.

돼지국밥 골목으로 접어들자 역겨운 기름 냄새가 온몸을 휘감았다.

"어서 오세요! 이쪽으로 오세요! 자리 있습니다!"

골목은 점심을 먹으려는 노동자들로 북적였으며 호객 행위에 열을 올리는 종업원들의 외침이 뒤섞여 시장통 특유의 혼란이 가득했다. 어느 식당이나 똑같은 음식을 파는데도 사람들은 주변을 두리번거리며 마음을 정하지 못했다. 왜 하필 이런 곳으로 이사를 왔을까? 해원은 북적이는 인파를 헤치며 생각했다. 이전에는 수증기와 냄새로 가득한 음식 골목 한복판에 집을 얻는다는 것이 얼마나 어리석은 짓인지 미처 몰랐다.

해원은 집으로 올라가려다 문득 밥을 먹고 들어가는 편이 낫겠다 싶어 바로 아래층에 있는 식당으로 들어갔다. 식당은 매우 오래되고 허름한 곳이었는데 해원은 그곳에 들어설 때마다 출입문 앞 하수도 철망에 시선이 가는 바람에 입맛이 뚝 떨어졌다. 철망에 들러붙은 기름 덩어리는 수십 년의 세월 끝에 누런 고드름이 되어 하수도 깊은 곳을 향해 자라고 있었다. 그래서 해원은 종종 국밥을 먹으면서도 게으른 주인을 대신해 저 길게 늘어진 기름 덩어리들을 한방에 쓸어버릴 방법이 없는지 궁리하곤 했다.

물론 가장 간단한 방법은 다른 식당으로 가는 것이었지만 그러지 않았던 이유는, 이 골목 자체가 싫었고 사람들과 섞이는 것은 더욱 싫었기 때문이다. 그저 빨리 배를 채우고 집에 틀어박혀 있고 싶을 뿐이었다.

"자! 오세요, 어서 오세요~ 고기 많이 넣어 드릴게요!"

자신에게 호객 행위를 한 것은 아니었지만 해원은 종업원에게 대충 인사를 하며 자리를 잡았다. 물가의 반도 못 미치는 싸구려 국밥을 파는 이 골목에 선택의 여지는 없다. 부위를 알 수 없는 고기 조각들이 떠다니고 두꺼운 기름 층이 한 겹을 이룬 국밥을, 이곳에서는 보양식이라 부른다.

그때 누군가 해원에게 다가와 맞은편 자리에 털썩 앉았다.

"해원이 자네, 실수한 거야. 그러면 안 된다고."

같은 건물에 사는 최씨 아저씨였다. 그는 동네에서 오지랖이 넓기로 유명한 인물이었는데 소문에 의하면 과거에는 거대 IT기업의 임원이었다고 한다. 하지만 불미스러운 일에 휘말리며 퇴사하게 되었고 가족에게도 외면을 당하면서 빈민촌에서 돼지국밥이나 먹는 신세로 전락한 것이었다. 지금은 아무나 붙잡고 정부의 음모 운운하며 이상한 소리를 해대는 통에 괴짜 내지는 정신 이상자 취급을 받고 있었다. 어쨌거나 그는 이 지역이 빈곤층

거주 구역으로 지정될 때부터 살아온 최고참이었다. 해원은 그가 무슨 말을 하려는지 빤히 알고 있었기에 일부러 모른 체했다.

"네? 뭐가요?"

"난 다 알아. 천삼백하우스 말이야. 지금 면접 보고 오는 길이지? 거길 그렇게 가고 싶나?"

해원이 국밥을 휘저으며 대답했다.

"어딜 가든 여기보단 낫겠죠. 우리 처지에 공짜로 입주시켜준다는데 아저씨는 왜 그렇게 싫어하세요?"

"그건 미친 짓이야. 사람이란 게 말이야, 하늘도 보고 햇빛도 쬐면서 살아야지. 저 위 하늘에서 살고 있는 사람들처럼."

최씨 아저씨가 손가락으로 위를 가리키며 말했다. 머리 위 높은 곳에 살고 있는 부유층 구역의 사람들을 말하는 것이다. 17층 위의 세계는 부자들의 세계, 좋은 향과 고급스러운 물건으로 가득 찬 세계였다.

해원을 비롯한 서민들에게 17층 이상은 금지된 장소다. 양극화가 극단적으로 진행되고 대도시로 인구가 몰리면서 중위 소득 이하인 사람은 무조건 17층 이하의 공간에서만 살게 하는 법이 만들어졌기 때문이다.

그게 벌써 수십 년 전 일이고 지금은 17층이라는 기준에 맞춰 고가도로와 공중 공원, 공중 상가가 만들어지다 보니, 하늘은 점차 콘크리트 대지로 가려졌고 17층 이하에 사는 사람들은 햇빛을 보기가 힘들어졌다.

해원은 최씨 아저씨의 말에 괜히 식당 밖을 건너다보았다. 머리 위로 수많은 기둥과 콘크리트 평야가 끝도 없이 펼쳐져 있었다. 그 평야의 윗면이 어떻게 되어 있는지, 그곳의 사람들은 어떻게 살고 있는지 해원은 모른다. 저 하늘 위에서 사람들은 아마도 전혀 다른 옷을 입고 다른 것을 먹으며 행복하게 살고 있을 것이다. 두께가 1미터도 채 안 되는 저 콘크리트 대지 위에는 새로운 서울이 펼쳐져 있으리라.

하늘에서 사는 사람들 이야기에 해원이 퉁명스럽게 대꾸했다.

"지금도 하늘이 안 보이는 건 마찬가지인데요?"

"난 하늘을 봤지. 하늘에서 살아본 적도 있고. 나한테도 잘나가던 시절이 있었으니까. 이제는 꽤 옛날 얘기지만 말이야. 어쨌든, 가난하다는 이유로 평생 그늘 속에서 살라는 건 말이 안 돼. 하물며 천삼백하우스 같은 곳에 산다는 건 더더욱 말이 안 되지."

"지금은 아저씨가 잘나가던 시절과는 달라요. 기술이 많이 발전했다고요. 저는 천삼백하우스가 여기보다 몇백 배 나을 거라고 생각해요."

"엉터리 같은 믿음이군. 진실은 항상 생각지도 못한 모습을 하고 있는 거야. 이 세상은 자네가 모르는 이해관계가 뱀처럼 얽혀 있다고. 천삼백하우스? 땅굴을 수백 미터씩 파서 방을 만들어놓고 가난한 사람들을 모셔놓겠다? 최고의 생활 여건을 보장하겠다? 자네는 지금 스스로 관 속에 들어가려는 거나 마찬가지야. 수백 미터 지하에 만들어놓은 관 말이야. 가난한 사람들을 다 죽이려는 속셈이라고. 알겠어?"

최씨 아저씨의 열변에 해원은 격하게 피곤이 몰려왔다. 예전부터 최씨 아저씨는 천삼백하우스 이야기만 나오면 무조건 반대를 외쳐대는 통에 정이 뚝 떨어질 지경이었다.

"너무 어설픈 음모론 아니에요? 천삼백하우스 프로젝트는 시작된 지가 벌써 10년이 다 돼가요. 많은 나라가 빈곤층을 위해 천삼백하우스를 짓고 있다고요. 그게 그렇게 문제가 있었다면 벌써 뉴스에 나오고, 나라에서도 금지를 시켰겠죠."

"아니지, 뱀은 입을 벌리지 않고도 혀를 내미는 법이야. 그들은 절대 진실을 말해주지 않아. 혓바닥만 날름거리며 자네가 듣고 싶은 말만 해줄 뿐이지. 문명이란 건, 모두에게 공평하지 않은 거야. 당장 우리만 봐도 알 수 있잖아? 이 가난이 우리 잘못인가? 자네가 무식하고 게을러서 이렇게 살고 있는 거야? 전혀 아니잖아. 인간이란 것들은 항상 누군가의 희생으로 역사를 만들어왔어. 수많은 사람을 혹사시키면서 새로운 시대를 갈고 닦는 거지. 그게 바로 지구상에 인간이 그토록 많은 이유라고! 가진 자들을 위해 찢기고 갈려나가라고 말이야!"

"그래요, 됐습니다. 면접은 이미 봤고 결정은 그들이 하겠죠. 그럼 먼저 가보겠습니다."

해원은 반도 먹지 못한 국밥을 두고 자리에서 일어났다. 계산을 하려는데 최씨 아저씨가 해원의 등 뒤에 대고 외쳤다.

"그래, 나도 알아! 천삼백하우스가 10년이 다 돼가는 거! 그런데 자네가 모르는 게 하나 있어. 그게 뭔지 알아? 지금까지 천삼백하우스에 들어간 사람들 중에 다시 나온 사람이 없어! 거기 들어간 사람은 두 번 다시 볼 수 없었다고!"

"그 말을 들으니 더욱 입주하고 싶어지네요. 얼마나 살기 좋으면 그러겠어요?"

해원은 최씨 아저씨의 따가운 시선을 느끼며 뒤도 돌아보지 않고 나가버렸다. 혹시라도 저런 사람과 엮이면 부정 탈지도 모른다는 생각이 불쑥 고개를 내밀었다.

다음 날, 해원은 집 근처 거리를 하염없이 걷고 있었다. 합격 소식을 기다리자니 초조해져서 가만히 있을 수 없었다. 게다가 집에는 더 이상 있고 싶지 않았다. 이제 곧 새집에 들어갈지도 모른다고 생각하니 지금의 집이 너무나 형편없이 느껴졌기 때문이었다. 몇 년째 그 집에서 살아왔지만 천삼백하우스 입주가 현실이 될지도 모를 상황이 되자 돼지기름 냄새가 가시지 않는, 곰팡이가 잔뜩 핀 지금의 집이 같잖게 보이기 시작했다.

해원은 천삼백하우스의 팸플릿을 몇 번씩 들여다보며 미소 지었다. 팸플릿 속의 공간은 드라마에서 본 부자들의 집처럼 넓고 세련되었다. 그리고 크고 굵은 글씨로 이렇게 쓰여 있었다.

1,300개 전 호실 100㎡(약 30평) 모든 입주민에게 제공.

식사 및 관리비 무료 지원, 빈곤층 복지 자격을 유지하며 각종 혜택을 한번에.

물론 땅속에 지어진 집이라 최씨 아저씨 말대로 위험 요소가 있을지도 모른다. 하지만 많은 나라에서 정부와 건설사가 함께 이 프로젝트를 추진하고 있다. 대규모라고 해도 워낙 대규모라 사기를 친다거나 터무니없이 부실하게 만들 수는 없을 것이다.

생각만 해도 멋지지 않은가? 지하 수백 미터에 그토록 완벽한 주거 공간을 만들어내다니. 아마 인류애적인 사명감에 불타는 건축가들이 최고의 주거 환경을 만들기 위해 머리를 쥐어짰을 것이다.

그곳엔 돼지기름 냄새 따위는 물론이고 곰팡이도 없겠지. 천장이 서서히 내려앉는 일도 없고 비가 샐 걱정도 안 해도 된다. 바로 그곳에 자신을 포함한 1,300개 가구가 살게 된다. 그것은 완벽한 미래 그 자체였다. 축복받은 가난의 형제들이 비로소 보상을 받게 된 것이다. 그래, 난 천삼백하우스에 갈 수 있다. 갈 수 있어. 왜냐고? 너무 가난하니까!

사람들은 가난을 그저 돈 없이 힘들게 사는 것이라고 생각하겠지만 가난에도 엄연히 자격이 있다. 제아무리 돈 없고 몸이 안 좋다고 하소연을 해도 병원이나 기관에서 증명서를 떼지 못한다면 그것은 가난이 아니다.

가난을 유지하고 더욱 심화시킬 것. 그렇게 해서 국가의 지원을 따낼 것. 그것이 해원이 살아가는 방법이었다. 그래야 하다못해 무료 급식소에 갈 때도 당당히 어깨를 펴고 입장할 수 있다. 그리고 마침내 해원은 긴 시간을 돌고 돌아 생애 최초로 30평짜리 집에 입주할 기회를 얻었다. 해원은 확신했다. 가난을 증명했으니 무사히 합격할 수 있다고.

어딘지 모르게 뒤틀린 사고라는 것을 해원도 알고 있었지만 없는 자의 삶이란 그런 것이다. 불행을 피하지 못했기에, 그대로 삶에 적응해버린 것일 뿐이다. 최씨 아저씨만 봐도 알 수 있다. 그는 온종일 사람들을 붙잡고 황당한 음모론을 펼치고 있다. 기업과 정부가 결탁해 빈곤층을 박멸하려 한다며 그 일환으로 천삼백하우스를 만든 것이라 주장한다. 더럽고 가난한 사람들이 보기 싫으니 땅속에 집을 지어주고 영원히 가둬버린다는 것이다. 하지만 그런 이야기를 믿는 사람은 없었다. 다들 천삼백하우스를 인생 최대의 기회라 여기고 있었고 어떻게든 입주할 궁리만 하고 있었으니 말이다.

며칠 후 해원은 예상대로 합격 통지를 받았다.

"역시 붙을 줄 알았어! 나도 이제 30평짜리 집에서 산다!"

진정 평등이란 것이 있다면 바로 그곳에, 하늘이 아닌 땅속에 있는 것이라 생각하며 해원은 기뻐 날뛰었다. 이제 더 이상 머리 위의 부자들을 부러워하지 않아도 된다. 세상은 이렇게 공평하다. 부자들이 하늘 위에서 많은 것을 차지했다면 가난한 자들은 그만큼 땅속으로 들어가면 된다. 누군가가 탐욕스러운 만큼 누군가는 정의롭다. 보이지 않는 균형의 지렛대가 모든 것을 조정한다.

그리고 그런 세상이 이제 해원의 차례가 되었다고 말하고 있었다. 해원은 마음을 진정시키며 다시 한번 꼼꼼하게 합격 통지

서를 읽어보았다. 이틀 후, 의정부에 지어진 천삼백하우스에서
입주자 오리엔테이션을 한 뒤 입주가 시작될 것이다.

*

"아시다시피 첫 계약 기간 3년 동안은 외부 출입, 외부와의 연
락을 금합니다. 어차피 외부라고 해봤자 노숙자와 강도들이 들끓
는 곳이니 나가고 싶은 생각도 없으실 테지만요. 3년이 지난 후에
는 2년 단위로 계약을 갱신하게 되고요, 그때 퇴거하실 분은 말씀
을 해주시고, 계속 입주할 분은 자동 갱신되니까 아무 말씀 안 하
셔도 됩니다. 갱신 기간에 제한은 없고요. 원하신다면, 원하신다
면 말이죠, 죽을 때까지 사셔도 상관없습니다!"

오리엔테이션 진행자가 유머러스하게 마지막 말을 덧붙이자
1,300명의 사람이 일제히 환호했다. 해원 역시 흐뭇하게 미소 지
으며 고개를 끄덕였다. 진행자의 말이 계속됐다.

"다시 한번 당부의 말씀을 드리는데요. 여러분은 입주 후에 놀
면서 사는 것이 절대 아닙니다. 의무적으로 하루에 최소 5시간씩,
저희 회사의 가상현실 시스템에 접속하셔서 현실과 똑같이 생활
해주셔야 합니다. 그 안에서 여러분의 모든 말과 행동이 데이터
화되어서 저희의 소중한 연구 자료로 쓰이게 됩니다. 이 점을 지
키지 않으면 강제 퇴거를 당할 수 있으니 조심하시고요. 아시겠
죠, 여러분?"

"네!"

사람들이 힘차게 대답했다. 그까짓 하루 5시간 의무 접속이야 별것 아니다. 가상현실이라 하니, 접속해서 맘껏 놀아주면 되는 것 아닌가. 해원은 그 정도쯤이야 얼마든지 해주리라 생각했다.

"다들 기다리시는 표정이 얼굴에 가득한데요. 그러면 이제 입주를 시작하겠습니다. 일단 왼쪽에 10개의 입구가 보이시죠? 진료실인데요, 안내에 따라 사전에 부여받으신 번호 순서대로 들어가시면 건강 검진과 간단한 시술을 하게 될 겁니다. 그리고 시술을 마치신 분은 곧바로 배정된 호실로 이동하게 됩니다. 자, 그럼 입주를 시작하겠습니다."

스텝들이 일사불란하게 움직이더니 사람들을 번호 순서대로 나누어 한 명씩 진료실로 데리고 들어갔다. 하필 마지막 번호였던 해원은 몇 시간을 기다린 후에야 비로소 진료를 받을 수 있었다. 뭐가 이렇게 오래 걸리는 것인지 지쳐서 졸고 있을 무렵에야 이름이 불렸다.

"132-17호실, 여해원 님. 진료실 들어가시죠."

해원은 잠이 덜 깬 얼굴로 허겁지겁 일어나 진료실로 향했다.

"안녕하세요, 여해원 님. 마지막 입주자시네요. 입주를 축하드립니다. 우선은 간단한 검사를 하고, 건강 및 생활 관리를 위해 몸에 칩 이식을 하게 될 텐데요. 동의하시나요?"

"네? 칩이요? 몸에 이식한다고요?"

"걱정하지 않으셔도 됩니다. 이미 수많은 임상 실험으로 안전성이 증명됐으니까요."

"설마 이거, 시술받고 캡슐에 갇혀서 공장 같은 데 잠들게 되는 건 아니겠죠? 평생 새집에 살고 있다고 착각하는 꿈을 꾸면서요."

의사가 가볍게 웃으며 말했다.

"아하하, 아닙니다. 전혀요. 그런 식으로 1,300명의 생명을 유지하려면 천문학적인 비용이 들 겁니다. 그런 걱정은 안 하셔도 돼요."

해원은 갑작스런 칩 이야기에 당황했지만 여기까지 온 이상 물러설 수는 없었다. 계약서를 꼼꼼하게 읽어보지 않은 탓이라 생각하며 대답했다.

"네, 알겠습니다. 동의합니다."

"이번에 이식받게 될 칩은 저희 회사에서 개발한 메도시더늄 신경망 칩입니다. 엄지 손톱 크기의 칩이고요. 입주민의 건강 상태를 24시간 체크해주기도 하고, 삶의 질을 높여주기 위한 다양한 기능이 탑재되어 있는 칩입니다. 뒷목에 이식되기 때문에 생활에 불편한 점은 없으실 겁니다. 참고로 상당히 고가의 제품인데요. 특별히 정부 지원으로 천삼백하우스 입주자에게 제공하게 되었다는 점 알려드립니다."

이후 몇 가지 질문과 대답이 오고 간 뒤, 간호사는 해원을 거창하게 생긴 기계 쪽으로 안내했다. 그곳에 편안하게 앉아 있으면 금방 끝날 거라는 말과 함께. 잠시 후 해원의 등 뒤에서 기계음이 들려오더니 갑자기 뒷목이 따끔했다. 그리고 몇 가지 작동 테스트를 거친 후 모든 절차가 끝났다.

뒷목을 만져보자 볼록하게 튀어나온 금속성 물질이 느껴졌다. 뭐, 별일 없겠지. 이제 와서 어쩌겠어. 잠시 얼떨떨하게 있는 사이 이번엔 정장을 말끔하게 차려입은 남자가 나타나 말을 걸어왔다. 해원이 그토록 기다리던 말이었다.

"여해원 님, 그럼 이제 배정된 호실로 이동하실까요?"

"네, 드디어 입주를 하는군요."

안내원이 웃으며 끄덕였다. 두 사람은 한동안 긴 복도를 지나 엘리베이터에 탔고 안내원은 지하 132층 버튼을 눌렀다. 드디어 꿈에 그리던 입주를 하게 되었다.

*

"우와! 이게 진짜 내 집이란 말이야? 하하하!"

안내원과 가벼운 인사를 나눈 뒤 혼자 남은 해원은 꾹 참아왔던 소리를 내질렀다. 팸플릿에서 봤던 바로 그 집이, 평생 살아보지 못할 거라 생각했던 드라마 속의 집이 눈앞에 펼쳐져 있었다.

거실은 고급스런 타일 바닥과 벽지로 이루어져 있었고 한쪽 벽면엔 커다란 미술 작품이 걸려 있었다. 침실은 깨끗한 원목 가구와 차분한 간접 조명이 어우러져 절제된 미학의 극치를 뽐냈다. 그야말로 지성과 감성이 절묘하게 조화를 이룬, 잘 만든 집이었다. 해원은 너무 기뻐서 눈물을 글썽일 지경이었다.

"이럴 수가. 내가 이런 집에서 살게 되다니. 절대 안 나가! 죽을 때까지 여기서 살 거야!"

지하 132층이면 어떻고, 창문이 없는 집이면 어떤가? 고작 하루 5시간 노동으로 이런 집에서 살 수 있다면 땅속 천 킬로미터라도 좋다. 게다가 식사비와 관리비도 없다. 더 이상 부러울 것이 없었다. 해원은 마구 소리를 지르며 집 안을 뛰어다녔다. 층간 소음이 걱정되기도 했지만 오늘 하루쯤은 괜찮을 것이다. 이미 사방에서 기쁨의 소음이 들려오고 있었으니까.

얼마의 시간이 흐른 후 이번엔 접속실이라 불리는 방을 살폈다. 1,300개의 모든 집에 의무적으로 만들어진, 가상현실에 접속하기 위한 시설이 마련된 곳이었다. 방에는 360도 무빙워크와 미래에서 온 듯한 디자인의 전신 슈트, 그리고 헬멧이 있었다. 굳이 설명이 없어도 무엇을 해야 할지 알 수 있었다. 해원이 슈트와 헬멧을 착용하자 뒤쪽에 달려 있던 케이블이 뒷목에 이식된 칩에 딸각하며 자석처럼 달라붙었다. 그러자 눈앞이 새하얗게 변하더니 큼직한 환영 메시지가 떴다.

천삼백하우스 입주자 여러분.
'세컨드 헤븐'에 오신 것을 환영합니다.
이제 여러분은 현실과 다름없는 세상에서 완벽한 삶을 누리실 수 있습니다.
전 세계를 마음껏 누비시며 즐거운 시간 보내시기 바랍니다.

메인 화면을 살펴보던 해원의 눈에 솔깃한 것이 보였다. '여행하기' 항목이었다. 버튼을 터치하자 전 세계의 도시, 휴양지, 유적지의 목록이 떴다. 아하! 이래서 땅속에 집을 지은 거였구나. 이런 서비스를 만들어서 굳이 밖에 안 나가도 살 수 있게 말이야. 굉장하네. 해원은 두근거리는 것을 느끼며 뉴욕을 터치해봤다.

"우왓! 뭐야 이게!"

터치와 동시에 주변이 뉴욕 브로드웨이로 바뀌었다. 거대한 간판들이 해원을 둘러싸고 있었다. 해원은 금발과 큰 덩치를 자랑하는 사람들로 가득한 거리에 파묻혔고 놀라서 허겁지겁 빠져나오자 노란 택시 한 대가 경적을 울리더니 아슬아슬하게 해원을 스쳐 갔다.

웃음이 쉬지 않고 터져 나왔다. 뉴욕이다! 아무리 봐도 뉴욕이다! 사람도, 건물도, 자동차도 그래픽 느낌이 전혀 없는 진짜 뉴욕이다! 놀랍게도 모든 것이 현실 그 자체였다.

따스한 햇빛, 바람의 감촉, 지근거리는 흙먼지의 느낌, 공기의 냄새, 물건들의 촉감. 모든 것이 현실과 동일했다. 해원은 가상현실이란 것이 이미 가상의 수준을 초월했다는 생각에 경탄을 금치 못했다. 해외여행을 가는 부자들을 부러워할 필요가 없었다. 오히려 돈을 쓰며 피곤하게 돌아다니는 그들이 불쌍하게 느껴질 정도였다.

해원은 그의 곁을 지나가는 화려한 옷차림의 사람들을 일부러 뚫어지게 쳐다보기도 했고 도로 한복판에서 랩을 하며 마음껏 지껄이기도 했다. 고급 레스토랑에 들어가 아무렇게나 돌아다니다가 보란 듯이 나오기도 했다. 아무도 그를 제지하지 않았다. 무슨 짓을 해도 가상의 인간들은 해원에게 친절했다. 무한한 선의에 숨이 막힐 정도였다.

신이 난 해원은 목록에서 다른 도시들을 터치해봤다. 그때마다 장소는 순식간에 바뀌었고 해원은 발리, 런던, 시드니, 오사카, 스위스의 어느 산골 마을을 마음껏 돌아다녔다. 장소가 바뀔 때마다 햇빛과 온도, 공기의 질감 또한 달라졌음은 물론이다. 최고의 세상이 바로 여기 땅 아래 350미터에 있었다. 이제 침울한 그늘에 뒤덮인 바깥세상 따위는 필요 없었다. 해원은 자신의 선택이 옳았음을 거듭 확신하며 이 축복받은 삶을 남김없이 누리기로 마음먹었다.

*

띠링. 띠링.

아침 7시가 되자 알람이 울렸다. 해원은 몸살 기운이 느껴졌지만 일어나야 했다. 침대 밖으로 나가서 완전히 일어나자 그제서야 알람이 멈추었다. 목에 이식된 칩이 생활을 관리해준다는 말이 이런 의미인 줄은 생각지도 못했다. 이놈의 알람! 정말 미치겠네. 오늘은 딱 5시간만 일하고 쉴까? 아니야, 지금은 달려야 할 때야. 난 아직 진짜 행복을 잡지 못했어. 출근 준비를 마치고 8시까지 세컨드 헤븐에 들어가야 한다. 잦은 지각으로 경고가 누적되면 강제 퇴거당하기 때문에 서둘러야 한다.

해원은 땅속에서의 지난 1년이란 시간이 힘들지만 가치 있는 시간이었다고 스스로를 설득했다. 몸이 부서지도록 일할 때마다 돼지국밥 골목을 떠올리며 지금이 훨씬 더 나은 인생을 살고 있다고 생각했다. 지금까지 후회는 없었다.

1년 전 입주를 한 이후, 천삼백하우스의 입주자들은 천국으로 가는 길이 멀고도 험하다는 것을 단 3일 만에 깨달았다. 환상적인 세상을 자유롭게 즐기며 지냈던 며칠이 지나자 그 기간 동안 누렸던 모든 기능이 차단되었던 것이다. '여행하기'를 터치하자 이런 알림창이 떴다.

해외여행을 하려면 한 지역당 100만 포인트가 필요합니다.
'노동하기'를 터치하셔서 다양한 직종을 경험하시고 포인트를 적립해주세요!

그렇게 가상 세계에서 노동이 시작되었다. 기본적으로는 5시간 근무를 하면 정해진 포인트가 쌓였지만 더 빨리 포인트를 벌기 위해서는 초과 근무를 해야 했다. 들뜬 나머지 제대로 읽지 않았던 30장짜리 계약서에 포함된 사항이었다.

해원을 비롯해 대부분의 입주자들은 잠시 억울함을 느꼈지만 말 그대로 그것은 정말 잠시뿐이었다. 이미 지독한 가난을 경험

했기 때문에 세컨드 헤븐에서 맛보았던 천국 같은 며칠을 잊을 수 없었다. 입주자들은 만약 천삼백하우스에서 쫓겨난다면 평생 그 어떤 짓을 해도 파리의 골목길을 산책하거나, 발리 해변에서 노닥거리는 것이 불가능하다는 사실을 알고 있었기 때문에 점차 초과 근무를 당연한 것으로 받아들이기 시작했다.

물론 그 어떠한 착취나 부당함도 없었고 모든 것은 입주자의 자유로운 선택에 달려 있었다. 하루 5시간의 근무만으로도 충분한 포인트가 적립되었고 초과 근무 시간도 자유롭게 조절할 수 있었다. 또한 굳이 여행이 필요 없다면 근사한 집에서 안락하게 살 수도 있었다. 하지만 땅속에 갇혀 사는 이상 외출의 욕구가 쌓일 수밖에 없었기 때문에 하루라도 빨리 '여행하기' 기능을 활성화시키려면 초과 근무는 필수적인 것이었다.

해원은 정부와 건설사가 도대체 무엇 때문에 이런 포인트 제도를 이용해 사람들을 가상의 노동에 얽매이게 하려는 것인지 알 수 없었다. 많은 생각 끝에 내린 결론은, 욕구 실현에 제약을 가함으로써 현실적인 삶을 구현하려는 의도라는 것이었다. 땅속의 단조로운 생활에 지치거나 무기력해지지 않도록 말이다.

사실이 무엇이건 간에 해원 역시 다른 입주민들과 마찬가지로 초과 근무를 당연한 것으로 받아들였다. 해원은 산토리니의 바람이 너무나 그리웠다. 별생각 없이 목록을 터치했던 순간, 눈앞에 펼쳐졌던 새하얀 마을과 바다 냄새, 투명한 대기 속의 불타는 태양, 시원하게 뻗은 절벽 너머로 넘실대는 고깃배들……. 해원이 늘 꿈꾸던 곳이었다.

"똑바로 보고 다녀, 이 새끼야."

"죄송합니다, 고객님. 최선의 서비스를 다하도록 노력하겠습니다."

손님 NPC 한 명이 호텔 로비에서 해원과 부딪치자 욕설을 퍼부었고 해원은 최선을 다해 사과했다. 서울 어느 호텔에서 벨보이로 열세 시간째 일하던 무렵이었다. 어떠한 상황에서도 친절해야 했다. 무례한 손님을 참아내고 완벽한 응대를 해낼수록 더 많은 포인트를 적립할 수 있었다. 만약 참지 못하고 싸우거나 불성실하게 회피하면 포인트가 사정없이 깎여버린다.

산토리니에 가기 위해서는 반드시 참아야 했다. 아니, 어떤 때는 오히려 진상 손님이 나타나기를 기다린 적도 있었다. 산토리니에 가기까지는 아직 3년 더 일해야 한다. 물론 하루 12시간씩 일했을 때 가능한 이야기지만 말이다.

하지만 며칠 후 해원은 큰 충격에 빠지고 말았다. 아니 충격이라기보다는 좌절에 가까웠다. 여의도에서 주차 요원으로 일하고 있을 때였다. 매끈하게 정장을 빼입은 남자가 해원에게 다가오더니 속삭이듯 말을 걸어왔다.

"나야, 나."

"네?"

"나야, 나라고. 누군지 모르겠어? 땅굴 속에서 살더니 바보가 됐나?"

"어? 서, 설마 최……."

"쉿! 미쳤어? 이름 말하지 마. 해킹해서 들어온 거니까."

"아저씨가 왜 여기에 계세요?"

"왜 왔기는? 자네 구해주려고 왔지."

젊고 스마트한 얼굴이 아저씨 억양으로 말하는 것을 듣고 있자니 어색해서 견딜 수가 없었다.

"아니, 이렇게 오시면 어떻게 해요? 저까지 위험해지는 거 아니에요?"

"무슨 소리. 자네는 이미 관에 한 발짝 들인 거라고 전에도 말했잖아."

"여기가 얼마나 좋은데 그러세요? 가상현실에서 시각뿐만 아니라 이제는 모든 감각까지 지원된다고요. 바람도 느껴지고요, 나무, 유리, 손잡이의 감촉하며…… 전부 다 현실과 똑같아요. 여기서는 굳이 외출할 필요가 없어요. 진짜 천국이에요."

그러자 최씨 아저씨가 숨죽여가며 외쳤다.

"이게 사는 거야? 땅속에 갇혀서? 미안하지만 이제 꿈 깰 시간이네."

"저도 이게 가상인 거 알고 있고, 다 인정해요. 하지만 우리 같은 사람들에겐 이게 최선이에요. 모르시겠어요? 진짜 세계 여행을 할 수 있다니까요? 냄새 나는 돼지국밥 골목 따윈 쥐도 안 가져요."

"그런 얘기가 아니야. 내가 해외여행 가고 싶어서 여기 온 줄 알아? 자네가 알아야 할 게 있어. 이 사악한 뱀 같은 놈들은 가난한 사람들을 등쳐 먹고 있다고."

"도대체 뭔데 그래요?"

최씨 아저씨는, 그러니까 매끈한 젊은이는 주변을 둘러보더니 해원에게 바짝 다가와 소곤거리기 시작했다.

"자네 지금까지 지내면서 세컨드 헤븐이 좀 이상하다는 생각 안 해봤나?"

"글쎄요, 잘 모르겠는데요……. 그리고 보니 무례한 NPC들이 점점 더 많아지는 것 같기도 하고요."

"그래 바로 그거야! 역시 자네도 당하고 있었어."

"뭔데요? 자세히 얘기 좀 해보세요."

"자네……. 저것들이 정말 NPC라고 생각해?"

"그렇겠죠. 아니면 뭔데요?"

"아니라고! 그놈들은 NPC가 아니라 사람이야! 하늘에 사는 놈들 말이야. 세컨드 헤븐은 그놈들을 위해 만들어진 거라고. 진짜 이용자는 하늘에 사는 사람들이고, 오히려 자네가 NPC 역할을 하고 있는 거야. 살아 있는 NPC! 자네는 지금 부자들에게 봉사하는 기계가 돼버린 거라고. 내가 누누이 말했잖아? 이 세상은 절대 우릴 위해 뭘 해주지 않아! 우리는 그저 소모품일 뿐이라고!"

흥분해버린 최씨 아저씨의 폭로와 열변에 해원은 머리가 아찔했다. 그동안 세컨드 헤븐에서 만난 손님들, 그리고 진상 고객들이 실은 하늘 위에 사는 사람들이었다는 것이다. 단지 회사의 가상현실 개발을 위해 데이터를 제공하는 것이라 생각했는데, 실은 정말로 살아 있는 사람들에게 봉사하고 있었던 거라니. 그것도 더 이상 부러워할 필요가 없다고 여겼던 하늘 위의 사람들에게 말이다.

포인트를 깎이지 않기 위해 억지로 미소 짓던 날들이 머릿속에 스쳐 지나가며 해원은 혼잣말처럼 중얼거렸다.

"그럴 리가 없어요. 말도 안 돼요……. 그동안 욕먹고 무시당한 게 진짜였다고요? 그러면 땅 위에서 살 때와 달라진 게 없잖아요……."

"그래, 괴롭겠지만 그게 진실이야. 자네가 선택한 거지. 하지만 이 모든 게 자네의 잘못은 아니야. 이제는 과감하게 행동해야 할 때야. 더 이상 속지 말자고."

"그렇지만 그게 사실이라고 해도 완전히 속은 건 아니에요. 100만 포인트만 모으면 진짜 같은 세상을 돌아다닐 수 있다고요. 엄청나요. 아저씨도 겪어봐야 돼요."

"정신 차려. 아직도 모르겠어? 자네는 이곳에 갇힌 거라고. 하늘 위의 놈들은 한 달에 9천 9백 원만 내고 세상을 맘껏 돌아다니고 있어. 자네가 100만 포인트를 모으려고 일하고 있을 때 그놈들은 이미 세계 일주를 하고 있었다고!"

"으악!"

최씨 아저씨와 해원이 동시에 비명을 질렀다. 어디선가 경보음 같은 것이 울리기 시작했다. 한번도 들어보지 못한, 머리가 터질 듯한 소리였다. 거리의 자동차와 사람들, 비둘기들도 하나둘씩 정지되기 시작했다. 고통으로 머리를 쥐어뜯는 해원을 붙잡고 최씨 아저씨가 다급하게 외쳤다.

"놈들이 알아챘군. 해원이, 정신 바짝 차려야 돼. 곧 때가 올 거야. 나랑 뜻이 맞는 사람들이 많다고. 어, 당신들 뭐야?! 이거 왜 이래? 무단 침입인 거 몰라? 이 사람들이 지금 선량한 시민한테 뭐하는……."

누군가와 실랑이를 벌이는 동작을 하다가 최씨 아저씨마저 멈춰버렸다. 그가 접속한 장소에 누군가 들이닥친 모양이었다. 하지만 해원은 아무것도 할 수 없었다. 해원 역시 귀를 막고 주저앉는 순간 일시 정지돼버렸기 때문이다. 잠시 후 우스꽝스런 포즈를 취하고 있던 젊은이가 사라졌다. 뒤이어 사람들도, 자동차도, 거리도 사라졌다. 강제로 접속이 해제된 것이다.

*

몇 주째 감시가 이어졌다. 회사에서는 혹시라도 해원이 세컨드 헤븐의 진실을 폭로하기라도 할까 봐 걱정하는 듯했지만 외부와의 연락은 처음부터 차단된 상태였고 세컨드 헤븐 내에서의 대화도 필터링이 되었기 때문에 사실상 폭로는 불가능했다.

어쨌든 최씨 아저씨의 해킹 사건 이후 회사에서 입주자 전체에게 계약의 법적 구속력을 암시하는 협박 같은 안내문을 보내기도 했고 비밀 유지 서약서를 쓰게 하는 등 많은 일이 있었다. 해원은 일련의 모든 일이 아득하게 느껴졌고 그저 묵묵하게 포인트를 쌓으며 하루하루 살아가고 있었다.

띠링. 띠링.

해원은 괴롭고 짜증났던 기상 알람에도 순순히 일어났다. 요즘 들어 해원은 최대한의 초과 근무를 매일같이 해내고 있었고 피곤이 가시질 않았지만 아무래도 좋았다. 산토리니에 갈 수만 있다면 뭐가 어떻게 되든 괜찮다고 생각했다.

이번에 자동으로 할당된 일터는 세차장이었다. 하루 종일 가상의 차를 가상의 물로 씻는 일을 하게 될 것이다. 존재하지 않는 사물을 씻는다는 것이 바보같이 느껴지기는 했지만, 한 가지 좋은 점이 있다. 다들 꺼리는 일인 탓에 다른 일보다 포인트가 많이 쌓인다는 것이다. 어떤 직종에서든 마찬가지이긴 했지만 손님들 중에 간혹 세차하는 것을 빤히 구경하며 키득거리는 사람들이 있었기 때문에, 세차는 세컨드 헤븐에서 가장 하기 싫은 일 중 하나였다.

그래픽으로 만들어진 그들의 청명하지만 텅 빈 눈 너머에서 진짜 사람들의 조롱 섞인 시선이 느껴질 때면 해원의 마음속에선 숙명적인 슬픔 같은 것이 소용돌이치다 조용히 사그라들곤 했다. 세상 어디를 가든 가난과 멸시의 그늘에서 벗어날 수 없음을 깨닫고 나자, 살아 있는 NPC라는 좌절감이 오히려 안도감으로 뒤

바뀌었다.

인간이 자리 잡은 곳이면 어디든지 그늘이 생겨난다. 그것은 인간 세상이라는 시스템이 훌륭하게 잘 작동하고 있다는 증거였다. 해원은 바로 그 시스템의 어두운 측면에서 살아가는, 영원한 그늘 속의 존재였다. 해원 같은 존재들은 작고 쓸모없는 뒷배경이 되어, 의지도 선택도 없이 그저 살아가기만 하면 된다. 그렇지만 그것이 반드시 슬프고 괴롭기만 한 것은 아니었다. 아무 절박함 없이 주어진 길을 따라 걷다 보면, 멋진 세상으로부터 이따금 선물이 주어질 테니 말이다.

커피 추출이 완료됐습니다.

해원이 샤워를 한 뒤 멋지게 목욕 가운을 입고 나오자 커피 머신에서 알림 멘트가 나왔다. 갓 추출한 커피를 한 모금 마신 해원은 느긋하게 음악을 틀어놓고 옷을 다리기 시작했다. 세컨드 헤븐에 접속하려면 전신 수트를 입어야 했기에 무의미한 일이었지만 그래도 이렇게 멋진 집에서 후줄근한 모습으로 지내는 것은 용납할 수 없었다. 좋아하는 곡이 나오자 해원이 흥얼거리기 시작했다. 옷감이 만들어내는 특유의 수증기 냄새는 언제 맡아도 기분이 좋아진다. 음식 프린터는 이제 막 리조또를 만들기 시작했다.

돼지국밥 골목 사람들은 평생 모를 것이다. 이렇게 좋은 곳이 있다는 것을. 끔찍한 비밀을 알아버리긴 했지만 상관없었다. 이곳에 사는 한 해원은 최소한 실패한 인생은 아니라고 생각했다.

하지만 다림질을 마친 해원이 남은 커피를 마저 홀짝이기 시작했을 때 뜻밖의 일이 벌어졌다. 갑자기 관리 센터에서 안내 방송이 나온 것이다. 평소와는 다르게 거친 목소리가 집 안에 쩌렁쩌렁 울렸다.

"안녕하십니까? 천삼백하우스에 갇혀 계신 여러분! 저희는 '빛나는 새벽을 맞이하는 사람들'입니다. 저희는 진실을 알리기 위해, 억압받는 약자들을 위해 싸우는 단체입니다. 여러분! 수십 년 전부터 계속된 양극화로 인류는 둘로 나뉘었습니다. 가진 자와 가지지 못한 자. 이 단순한 분류 속에 수많은 사람이 고통받고 있습니다. 언젠가부터 가진 자들은 못 가진 자들을 눈앞에서 치워버리기 시작했고, 지금은 하늘 위에서 자신들만의 세상을 만들어 행복하게 살고 있습니다. 그리고 그들은 이제 또 한번! 우리를 궁지로 몰아넣고 있습니다. 세계의 많은 정부와 기업은 10년 전부터 세계 곳곳에 천삼백하우스를 만들어왔습니다. 그들은 수백 미터 땅속에 집을 지어놓고 우리에게 들어가 살라고 말합니다. 그곳에 천국이 있다고 말입니다. 하지만 지금 여러분의 삶은 어떠하십니까? 완벽한 통제 속에서 가상이 만들어낸 허황된 보상에 눈이 멀어 노예의 삶을 살고 있지는 않습니까? 이제는 눈을 떠야할 때입니다. 우리는 자유롭게 살기 위해 태어났습니다. 이 세상을 마음껏 달리고 숨쉬고, 우리의 의지로 바꾸어나가야 하는 것입니다! 어서 일어나 밖으로 올라오십시오! 진정한 빛이 여기에 있습니다!"

스피커를 통해 격정적인 연설이 뿜어져 나왔다. 해원은 커피잔을 손에 든 채 망연히 서 있었다. 뭐가 어떻게 된 것인지 알 수 없었다. 관리 센터가 테러 단체에게 점령당하기라도 한 건가? 그들의 주장에 순간 어떻게 해야 할지 갈피를 잡지 못했다.

해원은 입주한 후 지금까지 뭔가가 잘못됐다고 생각해본 적이 없었다. 오히려 정말 탁월한 선택임을 자부하며 지내지 않았던가? 멋진 집과 선택적인 노동, 아직은 불가능하지만 실감 나는 세계 여행까지. 그야말로 균형 잡힌 삶이라 할 수 있었다. 그런데 그것을 노예의 삶이라고 하다니.

물론 최씨 아저씨의 폭로로 많은 것을 알게 되었고 때로는 하늘 위의 사람들에게 무시당하기도 하지만, 그래도 이곳은 꽤 괜찮은 곳이다. 원래 인생이란 원하는 것을 다 가질 수는 없는 것이다. 이 정도라면 해원은 만족할 수 있었다. '빛나는 새벽을 맞이하는 사람들'은 세상 물정을 모르는 방해꾼에 불과했다.

그때였다.

쾅!

환풍구를 타고 아득하게 먼 곳에서 폭발음이 들려왔다. 지상에서 뭔가 일이 벌어진 것 같았다. 해원은 천장을 올려다보며 중얼거렸다.

"어? 폭탄 터지는 소리 같은데?"

잠시 후 몇 번의 폭발음과 희미한 진동이 느껴지더니 정전이 돼버렸다. 1,300명의 사람들이 일시에 어둠에 삼켜졌다.

"뭐야, 왜 이래?"

해원이 당황해서 소리쳤다. 하지만 느닷없이 찾아온 어둠에 압도당해 차마 움직일 수 없었다. 빨리 복구가 돼야 할 텐데. 잠깐, 설마 이게 최씨 아저씨가 말한 그건가? '곧 때가 올 거야!'라고 소리치던 최씨 아저씨의 말이 떠올랐다. 어쩌면 최씨 아저씨가 지금 저 위에서 자신을 구하겠답시고 폭탄을 들고 날뛰고 있는 건지도 몰랐다. 말도 안 돼. 제발 내 인생을 망가트리지 말라고!

깊은 땅속으로 어둠과 고요가 찾아왔다. 몇 번의 폭발음 이후 더 이상 뭔가가 일어나지는 않았다. 테러가 진압된 걸까? 알 수 없었다. 고요가 계속될 뿐이었다.

어둠 속에 홀로 있다가 해원은 문득 이런 생각에 전율했다. 이 어둠은 그냥 어둠이 아니라 머리 위로 수백 미터의 흙이 짓누르는 땅속의 어둠이라고. 원래는 공간이 아니었기에 빛도 없었던 곳이라고. 어쩌면 이곳은 인간이 있어서는 안 되는 장소인지도 모른다. 천삼백하우스는 바로 그런 곳에 비집고 들어와 거대한 틈을 만들었다. 그리고 그 안에 우글거리는 생명들을 쏟아부어 틈을 메운 것이다.

이때 어떤 목소리가 어둠을 뚫고 들려와 해원을 깜짝 놀라게 만들었다.

주문하신 리조또가 완성되었습니다.

음식 프린터의 취사 완료 멘트였다. 하필 배고플 때 정전이라니. 타이밍이 참 안 좋다고 중얼거리던 해원은 정신이 번쩍 들었다. 잠깐, 정전이 됐는데 어떻게 작동된 거지? 말이 안 되잖아? 불길한 예감에 사로잡힌 해원이 음식 프린터 쪽으로 움직여보려는데 벽 어딘가에 있던 비상등이 켜졌다.

어두침침한 붉은 빛이 집 안을 밝힌 순간, 해원은 경악하고 말았다.

집 안에는 아무것도 없었다. 벽지도, 바닥 타일도, 액자도, 거울도, 아무것도. 마치 콘크리트 벽만 세우고 중단된 공사장 같았다. 사방을 둘러봐도 황량한 콘크리트뿐이었다. 고급스런 테이블과 의자는 모양만 똑같은 플라스틱에 불과했고, 벽면 가득 현대 미술 작품이 걸렸던 자리는 텅 비었다. 지금까지 고급 식기라고 생각했던 것들도 전부 플라스틱 그릇이었다. 다리가 풀린 해원은 의자에 기대앉으며 다시 한번 집 안을 둘러보았다. 이게 어떻게 된 거야? 전부 허상이란 말이야? 내 집이? 다 가짜였어?

해원은 그제야 알 것 같았다. 세컨드 헤븐뿐만 아니라 이 집까지도 모두 가상현실이었다는 것을. 자신이 그토록 자랑스러워하던 집은 집 안의 구조와 가상현실을 일치시킨 허상이었다. 뒷목의 칩이 모든 감각을 통제했기에 해원은 그것을 알지 못했던 것이다.

애초에 전력이 끊어진 것이 아니었다. 정전이 된 것이 아니라 가상현실 연결이 끊어졌을 뿐이었다. 거실 조명이 빛나던 자리에는 각종 전기, 수도 배관이 지나가고 있었다. 다른 방들도 마찬가지였다. 이 집에는 비상등 외에 아무런 조명도 없었다. 해원은 어처구니없는 현실에 허탈한 웃음만 나왔다. 그러니까 이곳엔 처음부터 빛이 없었다. 1년 전 입주할 때부터 이곳엔 어둠뿐이었고 해원은 그 어둠 속에서 고상하게 스테이크를 썰고 커피를 마셔온 것이다.

뒷목에 이식된 칩을 만져보았다. 언제나 뜨끈하게 달아올라 있던 것이 어느새 미지근하게 식어 있었다. 이식된 칩으로 가상현실이 작동하는 것이 분명했다. 그것이 모든 감각을 조종하면서 거대한 착각을 만들어냈던 것이다.

그래도 혹시나 하는 생각에 서둘러 접속실로 가보았다. 목에 이식된 칩이 모든 감각을 통제하는 것이라면, 헬멧 같은 것은 필요 없다. 정말 칩만으로 이 모든 시스템이 작동하는 것이라면 헬멧은 반드시 가짜여야 한다.

그렇게 생각하며 문을 열자 눈에 들어온 것은, 그럴싸한 모형이 덕지덕지 붙어 있는 헬멧이었다. 만지고 흔들어 보았지만 아무런 기능도 없는 장난감에 불과했다. 오직 360도 무빙워크만이 해원의 격렬한 움직임에 반응해 해원을 제자리에 머물러 있게 했다. 해원은 헬멧을 집어던졌다. 억울하고 분한 마음에 눈물이 흐르기 시작했다. 이건 집이 아니잖아. 집이 아니라고⋯⋯.

아무리 부정이 판을 쳐도 끝내 세상을 진보시키는 것은 정의와 올바름이라고 믿어온 자신이 한심했다. 해원은 잔인한 현실에 눈을 질끈 감았지만 어둠이 계속될 뿐이었다.

시간이 얼마나 지났는지 알 수 없었다. 싸구려 합판으로 만든 침대에서 해원은 잠들었다가 깨어나기를 반복했다. 다음 날이 된 것 같기도 했고 며칠이 지난 것 같기도 했다. 문득 사방에서 희미하지만 또렷한 외침이 들려오기 시작했다. 입주민들의 절망과 분노가 드디어 폭발한 것이다.

"살려주세요! 여기 사람 있어요!"

"제발 나가게 해주세요! 문 좀 열어주세요!"

"이런 데서 어떻게 평생을 살란 말이냐!"

"이 사기꾼 새끼들아! 내가 올라가면 다 죽여버리겠어!"

1,300명의 사람들이 깊은 땅속에서 절규하고 있었다. 계약한 대로 3년이 되기 전에 이곳에서 나갈 수 없다. 해원이 그동안 몇 번을 확인해봤지만 현관문은 입주한 첫날부터 굳건히 잠겨 있었다. 메아리처럼 들려오는 외침들이 머리를 어지럽게 만들었다. 결국 더 이상 참을 수 없게 된 해원이 발악하듯 대꾸했다.

"바보 같은 소리 그만해요! 다 끝났어, 끝났다고. 이렇게 있다가 죽으면 돼! 멍청하니까 이런 일을 당하는 거지. 여기선 못 나가요. 절대 못 나간다고, 하하하하!"

해원은 베개에 얼굴을 파묻었다. 환멸에 찬 웃음소리는 점차 울음소리로 바뀌어 갔고 그렇게 울다가 해원은 잠이 들었다. 얼마간의 시간이 흘렀다.

띠링. 띠링.

알람이 울렸다. 도대체 고장 한 번 안 나고 매일 울려댄다.

띠링. 띠링.

해원은 엎드려 누우며 베개로 귀를 막았다.

띠링. 띠링.

잠깐, 알람이 울린다고? 번개같이 고개를 쳐들자 멋진 침실이 다시 나타나 있었다. 부드러운 간접 조명에 원목 가구들이 따스하게 모습을 드러내었다. 해원은 베개를 내던지며 황급히 일어났다. 아무 일 없었다는 듯 알람이 그치더니 차분한 피아노 음악이 흐르기 시작했다. 해원은 가구들을 들여다보았지만 원목의 질감 외에 다른 것을 느낄 수는 없었다. 각종 싸구려 자재로 만든 침대 역시 고급 원목으로 바뀌어 있었다. 해원은 침을 꿀꺽 삼키며 가구들을 쓰다듬어보았다. 역시나 합판이나 플라스틱의 감각은 느껴지지 않았다. 심지어 샤워실에서는 갓 빨아서 넣어둔 수건 냄새가 나고 있었다.

거실로 나가보았다. 모든 것이 돌아왔다. 고급 타일과 실크 벽지, 현대 회화 그리고 한 가지 더. 거실 한가운데 알림창이 떠 있었다. 비현실적인 광경에 놀라긴 했지만 입주자들이 진실을 알게된 이상, 회사에서는 더 이상 숨길 필요가 없다고 판단한 것 같았다. 알림창에는 긴급 메지지가 도착했다는 표시가 떠 있었고 해원은 허공에 있는 버튼을 터치했다. 메시지는 회사 대표의 이름으로 된 장문의 메시지였다.

천삼백하우스 입주민 여러분께.

자사에 테러를 가하려는 불순 세력의 음모는 모두 진압되었습니다.

작금의 사태로 인해 여러분은 무서운 진실을 알게 되었다고 생각할 것입니다. 여러분은 출구가 없는 어둠 속에 갇혔다고 느꼈을 것이고 세상이 여러분을 속였다며 울분을 토했을 것입니다.

하지만 여러분, 천삼백하우스는 거짓도 가짜도 아닙니다. 더더구나 비극 역시 아닙니다. 인류의 역사는 끝없는 파괴와 소모의 역사였습니다. 저는 이 자리에서 인류에게 '가치'라는 단어가 과연 어떠한 의미였는지 생각해보고자 합니다.

지금까지 인류는 '가치 있는 것'을, 실제로 축적할 수 있는 유형의 무언가로 여겨왔습니다. 하지만 이제 우리에겐 주어진 자원이 얼마 남지 않았습니다. 지난 수천 년간, 지구라는 별을 혹사시킨 끝에 인류는 스스로 붕괴될 지경에 이르고 말았습니다. 우리가 여전히 손으로 움켜쥘 수 있는 무언가를 얻고자 한다면 결코 그 안에서 답을 찾을 수 없습니다. 오히려 멸망을 재촉할 뿐입니다.

천삼백하우스. 저희는 이 가상의 주거 시스템이야말로 근사한 미래이며 한층 진일보한 합리주의라 생각합니다. 최소한의 비용, 최소한의 관리, 무한한 인테리어 변경, 언제든 떠났다가 돌아올 수 있는 환상적인 여행. 이 모든 것이 전부 다 가능한 세상이 왔습니다. 그리고, 바로 여러분의 선택과 희생이 그것을 가능하게 했습니다.

여러분의 도움이 없었다면 지금의 새로운 시대는 결코 열리지 않았을 것입니다.

초유의 테러 사태로 인해 이번 의정부 지점 입주자 분들에 한해 특별히 퇴거 신청을 받기로 했습니다. 여러분은 아무런 걱정 없이 지상으로 올라가실 수 있습니다.

그리고 계속 거주하기를 원하시는 분들을 위해 저희가 특별한 서비스를 준비했습니다. 포인트 차감 없이 원하시는 도시 중에 한 곳을 무료로 제공해드리겠습니다. 여러분은 그곳에서 산책과 여행은 물론 친구도 사귈 수 있습니다. 또한 여러분의 집 역시 선택하신 지역에 맞는 분위기로 바뀌게 될 것입니다.

명심하십시오.

진정한 빛은 여러분의 머릿속에 있습니다.

— 바이너리 브레인 CEO J. D. 헤이스 올림.

어디서나 볼 법한 그럴싸한 말들이었다. 해원은 이런 싸구려 설득에 넘어가지 않겠다고 다짐했다. 반드시 이곳을 나갈 것이다. 하지만 한편으로 해원은 메시지의 마지막 부분에서 눈을 떼지 못하고 있었다. 무료로 도시를 제공한다고? 100만 포인트 없이? 설마 산토리니도?

이건 엄청난 기회다. 1년 전 우연히 가봤던 산토리니에, 그토록 그리운 산토리니에 갈 수 있다. 포인트를 모으려면 아직 몇 년은 더 일해야 하지만 '계속 거주'를 선택하면 단숨에 꿈을 이룰 수 있다.

해원은 입주민들의 처절한 절규를 똑똑히 기억하고 있었고 자신 역시 그 한복판에 있음을 잊지 않았다. 대표라는 작자의 편지는 멋스러운 말들로 입주자들을 기만하고 있었다. 분명 그랬다. 더 이상 이런 말들에 농락당해서는 안 된다. 이곳은 거대한 틀 속에 사람들을 구겨 넣은 지옥일 뿐이다. 빠져나갈 길은 없는데 원하는 것을 이뤄주는 이상한 지옥. 찝찝하긴 한데 너무나 달콤한 지옥.

혹시 대표의 말이 맞는 것은 아닐까? 이제는 세상을 바라보는 관점이 달라져야 하는 걸까? 그렇다면 여기는 지옥이 아닌 걸까?

메시지 하단에는 '퇴거 신청하기'와 '계속 거주하기' 그리고 그 옆에 속셈이 빤히 보이게도 '원하는 도시 5분 체험하기' 항목이 있었다. 산토리니가 코앞에 있는 것이다. 해원은 잠시 망설이다가 결정했다. 그래, 일단 5분만 체험해보자. 그 후에 결정해도 늦지 않아. 해원은 5분 체험하기를 터치했고 도시 목록에서 산토리니를 선택했다.

그 순간, 집 안 인테리어가 지중해 리조트 풍으로 바뀌었다. 저번 집과는 차원이 다른 환상적인 인테리어였다. 그리고 무엇보다도 감동적이었던 것은, 현대 회화로 가득 찼던 벽면이 거실 창문으로 바뀌었다는 것이다.

통유리창 너머로 그토록 꿈꾸던 푸른 바다와 하늘, 새하얀 집들이 펼쳐져 있었고 골목마다 사람들이 와자지껄 걸어 다니고 있었다. 말문이 막힌 해원은 창가로 다가갔다. 떨리는 손으로 오픈 버튼을 누르자 유리창이 자동으로 개방되었다.

상쾌한 바람이 훅 끼쳐왔다. 바다 내음이 가득한 바람이었다.

시선을 두는 곳마다 그동안 꿈꿔왔던 것들이 가득했다. 해원의
얼굴이 환하게 밝아졌다.

　땅속 깊숙한 곳에 자리한 천삼백하우스.
　지금까지 아무도 그곳에서 퇴거하지 않았다.

나의 집이

점잖게

피를 마실 때

그 집은 모든 것을 빨아들인다. 삶과 죽음까지 모조리. 한번 발을 들이는 순간 하찮은 숨결조차도 빼앗기고 만다. 누구든 이 집에서 살게 된다면, 불을 끄고 침대에 누울 때마다 이 네모난 공간이 세상을 초월한 벽처럼 느껴질 것이다. 불길함이 가득한 이 집은 그동안 얼마나 많은 피를 마셔왔을까?

얼마 전 이사 온 화영은 영원한 속박에 스스로를 가두고 조금씩 파멸을 향해 나아가기 시작했다. 그 집과 완전히 하나가 된 것이다. 두 번 다시 도망칠 수 없는 아름다운 그녀의 집.

화영은 자신에게 일어난 일을 생각할 때마다 몸서리를 치면서도 마음 한구석에 피어오르는 미소를 감출 수 없었다. 밝은 햇살이 집 안을 비추고 있어도 구석구석 어둠이 걷히지 않는 그 집을 화영은 행운이라 생각했다.

이사한 지 27일째 되던 날, 오후

몹시 창백한 얼굴의 여자가 은행 문을 열고 들어왔다. 화영이었다. 문에 밀려 넘어질 듯 힘겨워 보이는 모습이었다. 그녀는 번호표를 뽑아 들고 은행 구석에 놓인 소파에 털썩 주저앉았다. 한쪽 팔을 다쳤는지 붕대가 엉성하게 감겨 있었고 가쁜 숨을 내쉬면서도 화영은 사람들의 눈에 띄지 않기 위해 어떻게든 숨죽이려 했다.

"1036번 고객님?"

창구에서 행원이 화영을 불렀다.

"1036번 고객님~"

알림 소리와 함께 대기자 스크린에 자신의 번호가 떴지만 화영은 보지 못한 듯했다. 넋을 놓고 있던 화영이 뒤늦게 행원의 목소리를 듣고 창구로 향했다.

"무엇을 도와드릴까요, 고객님?"

"대출 받으려고요."

화영이 숨을 토해내듯 간신히 말을 내뱉었다.

"네, 그러시군요. 무슨 대출을 받으시려고요?"

"자동차 담보 대출이요. 최대한으로요."

"알겠습니다. 고객님, 기존에 저희 은행에 대출 건이 있으신가요?"

"그, 그게 저기……."

당황한 화영이 가방을 꼭 끌어안았다. 미처 생각하지 못한 질문이었다. 괜한 욕심을 부린 걸까? 아침부터 각종 카드의 스피드론과 사채까지, 가능한 모든 방법으로 현금을 긁어모았다. 그러다 뒤늦게 떠오른 생각에 서둘러 자동차 담보 대출까지 받으려는 중이었다.

하지만 화영은 화영이면서 화영이 아니었다. 자신에 대해 모든 것을 아는 것은 불가능했다. 역시 이것까진 무리인가? 안 되겠어. 그냥 나가버릴까? 머뭇거리며 어쩔 줄 몰라 하는데 고맙게도 직원이 먼저 화제를 돌려주었다. 숨쉬기도 힘들어하는 화영의 모습에 행원이 걱정스럽게 물었다.

"고객님, 괜찮으세요? 제가 도와드릴 것이 있을까요?"

"아뇨, 됐어요. 그냥 몸이 좀 안 좋아서 그래요. 다른 은행에도 이것저것 해놓은 게 많아서 헷갈리네요. 확인 좀 해주세요."

화영은 지갑에서 신분증을 꺼내 내밀었다. 행원은 신분증을 받아들고 화영을 살핀 후, 이것저것 조회를 하기 시작했다. 자신이 곧 화영이니 문제가 생길 리가 없다.

괜한 마음에 다시 한번 가방 안을 살폈다. 화영의 체격에 어울리지 않게 커다란 가방이었다. 도장, 통장, 지갑, 집 열쇠, 그리고 돈다발. 모두 잘 들어 있었다. 이쯤에서 그만하고 돌아갈까? 아니야, 이런 기회를 언제 또 잡을 수 있겠어? 돈이란 건 항상 부족한 법이잖아? 최대한 긁어모아야 돼. 화영의 얼굴에 음침한 미소가 깃들었다. 병색이 완연한 사람이 난데없이 미소를 짓자 행원은 흠칫 놀라면서도 자판 두드리기를 멈추지 않았다.

"네, 고객님. 조회를 해보니까 그동안 적금 납입한 것까지 해서 저축이 3천만 원 정도 있으시고요. 타 은행에 주택 담보 대출이 하나 있으시고, 직장인 신용 대출도 있으시고요. 자동차 담보 대출 받으신다고 하셨죠?"

화영은 미처 몰랐던 적금 소식에 속으로 환호했다. 적금을 숨겨? 순직한 척하더니 잔머리를 굴렸네? 이렇게 다 들킬걸. 화영은 태연한 얼굴로 대답했다.

"네, 맞아요. 자동차 담보 대출은 최대 1억까지 된다고 하던데요?"

행원은 화영의 차량과 직업, 소득 등을 물어봤고 화영은 미리 준비한 덕에 큰 어려움 없이 대답할 수 있었다. 그 사람의 인생이라고 해봤자 화영과 별로 다를 것이 없으니 말이다.

"일단 대출 받으시는 데 문제는 없을 것 같고요. 그러면 진행을 할까요?"

"네, 진행해주세요."

"저희가 제2금융권이라서 금리가 높은 건 알고 계시죠? 1억 원 최대한도로 하고, 60개월 상환으로 했을 때 현재 고객님의 차량으로는 금리가 8.5퍼센트 정도 나올 것 같아요."

"괜찮습니다. 그렇게 하죠. 혹시 대출이 언제쯤 될까요?"

"죄송하지만 곧 영업 마감 시간이라 오늘은 힘들 것 같고요. 내일 중에 승인이 떨어질 겁니다."

"아……. 내일이요?"

내일이라니 낭패다. 대출은 포기해야겠다. 시간이 없다. 잠시 고민하던 화영이 조심스럽게 물었다.

"그런데 적금 말인데요. 그거 만기가 언제죠?"

"네, 고객님. 저번 주에 만기되셔서 찾아가시면 돼요."

"그래요? 그러면 현금으로 찾을게요."

뜻밖의 현금을 손에 넣은 화영은 서둘러 집으로 돌아왔다. 머리에서 열이 나고 당장 쓰러질 것 같았다. 상태가 점점 더 안 좋아지고 있다. 어쨌든 이 정도면 잘해냈다. 이제 사랑스러운 자신의 집에서 폼 나게 살기만 하면 된다.

이사한 지 27일째 되던 날, 오전

침실에서 정신을 차린 화영은 자신에게 무슨 일이 일어난 것인지 도저히 이해할 수 없었다. 오늘은 베니스로 일주일 동안 여행을 가는 날이다. 원래대로라면 아침 6시에 일어나 공항에 갈 준비를 해야 했다. 그런데 정신을 차려보니 침대에 팔다리가 묶여 있었다. 입에는 재갈이 물려 있었는데 너무 오래 입을 벌린 탓에 목구멍 안까지 말라붙은 것인지 고개를 움직일 때마다 목이 따끔거렸다.

있는 힘껏 소리를 질러봤지만 둔탁한 신음 소리만 나왔다. 오히려 그렇게 소리를 지르다가 헛구역질을 하고 말았다. 입이 강제로 벌려져 있어서 그런 것 같았다. 몇 번의 헛구역질로 숨이 막히자 이번엔 눈물에 콧물까지 쏟아지며 정신이 혼미해졌다. 반사적으로 손으로 눈물을 닦으려고 했지만 두 손은 침대에 묶여 꼼짝하지 못했다.

화영은 천장을 가만히 올려다보며 이런 짓을 할 만한 사람이 누구일지 생각해봤다. 도둑? 아니다. 바로 옆의 수납장이 저렇게 멀쩡한데. 그러면 혹시 변태? 카메라를 어딘가에 설치해놓고 자신이 난리 치는 걸 보며 웃고 있는 건 아닐까? 하지만 잠옷을 그대로 입고 있으니 그 역시 아닌 것 같다.

일단 범죄를 당한 것 치고는 자신과 주변의 상태가 너무 온전하다는 생각이 들었다. 그리고 실은 아까부터 떠오르는 한 사람이 있었다. 설마 그 자식이? 가족 외에는 새집 주소를 알려주지 않았는데 어떻게 알고? 아니야. 말도 안 돼. 그놈이 여기에 올 리가 없어.

그때 집 안에서 알림음이 들렸다.

띠링.

정수기에서 물을 받을 때 나는 소리였다. 거실에 누군가 있었다. 누구지? 지금까지 인기척도 없이 뭘 하고 있었던 거야? 발소리가 바쁘게 이곳저곳 돌아다니기 시작했다. 누군가가 슬리퍼를 신고 집 안을 분주하게 움직이고 있었다. 한동안 그렇게 돌아다니던 소리가 잠시 멈추더니 이번엔 침실을 향해 움직이기 시작했다. 발소리가 빠른 속도로 가까워졌다. 이쪽으로 온다! 화영은 눈을 부릅뜨고 방문을 노려보았다. 누가 들어오든 절대 겁먹지 않겠다고 다짐하며.

하지만 방문이 열리고 누군가가 들어섰을 때 화영은 눈앞에 번개가 치는 것 같았다. 자신과 똑같은, 또 하나의 화영이 서 있었던 것이다. 창백하고 퀭한 얼굴에, 팔에는 붕대를 감고 있었지만 그 사람은 분명히 화영 자신이었다. 초췌한 여자가 무표정으로 인사했다.

"깨어났네. 안녕? 난 이화영이라고 해."

놀란 화영은 여자를 뚫어져라 쳐다보았다.

"놀라게 해서 미안해. 보시다시피 내가 너고 네가 나야. 이렇게까지 할 생각은 아니었는데 아무래도 네가 놀라서 내 말을 안 들을 것 같더라고. 그래서 이렇게 묶어놨어."

화영은 여자를 망연히 바라보았고, 조금이라도 더 자세히 확인해보려 여자의 얼굴을 보고 또 보았지만 믿을 수 없었다. 우두커니 자신을 내려다보고 있는 존재는 분명 화영 자신이었다. 어떻게 이런 일이 있을 수 있는 걸까? 유령 같은 몰골의 여자가 나타나 자신과 똑같은 말투로, 똑같은 표정으로 이야기하는 것이 가능한가? 힘겹게 숨을 내쉬며 여자가 말했다.

"진정해. 죽거나 다치게 하지 않을 거야. 약속할게. 너 지금 이 상황이 어떻게 된 건지 궁금하지? 나도 너랑 얘기하고 싶거든. 재갈 풀어줄 테니까 소리 지르지 말란 말이야, 알았어?"

화영이 고개를 끄덕이자 여자가 조용히 재갈을 풀어주었다. 묶여 있는 것을 푸는 데 한참 애를 먹는 걸 보니 상당히 지친 것 같았다. 재갈을 풀어준 여자는 화영의 옆에 앉아 그녀를 다정하게 바라보았다. 더 이상 참을 수 없었던 화영이 먼저 물었다.

"당신…… 누구야?"

턱 관절이 뻐근하게 아파왔다.

"아까도 말했듯이 이화영이야. 다른 차원에서 온."

"말도 안 돼. 어떻게 그런 일이 있을 수 있어? 장난치는 거 아냐?"

"어차피 이해 못할걸. 그 얘긴 그만하자. 나 지금 힘들어. 네 도움이 필요해서 이곳에 온 거야."

"무슨 도움?"

여자가 휴대폰 화면을 보여주었다. 화영의 휴대폰이었다. 화면에는 신용카드 앱이 열려 있었고, 비밀번호 입력 가능한 횟수 다섯 번 중 세 번을 틀린 상황이었다.

"네 휴대폰이야. 평행 차원이라서 다 똑같은 줄 알았는데 그렇지도 않은가 봐. 비밀번호가 다르더라. 좀 알려줘. 다른 통장 비밀번호, 신용카드 비밀번호, 주식, 저축까지 전부 다. 내 얼굴이 지금 엉망이라 그런 건지, 또 다른 무슨 이유가 있어서 그런 건지 안면 인식이 안 되네."

"무, 무슨 소릴 하는 거야? 지금 내 돈을 다 털어가겠다는 거야?"

"어, 맞아. 내가 사는 차원으로 돌아가서 은행 빚 싹 다 갚아버리려고. 이 집 살 때 무리한 거 너도 알 거 아냐? 우리 능력으로 이 집은 무리였어.”

“그래서? 생각 없이 대출 받은 거, 내 돈 훔쳐서 갚고 혼자 잘 먹고 잘살겠다는 거야?”

그 말에 여자가 짓궂은 미소를 지었다.

“아니지. 네가 나니까, 네 돈도 내 돈인 거지. 둘 다 불행한 것보다 한쪽이라도 행복한 게 낫지 않겠어?”

“헛소리 그만해. 어떻게 여기까지 왔는지는 몰라도 돌아가! 절대 안 알려줘!”

“그래, 그럴 줄 알았어. 널 위해서 엄청나게 좋은 일도 했는데 말이지. 어떤 대가로도 부족할 정도로 말이야. 그러면 어쩔 수 없지.”

여자는 거실로 나가더니 뭔가를 들고 다시 나타났다. 전기 충격기였다.

“아까는 잠들어 있다가 당해서 뭐가 어떻게 된 건지 몰랐을 거야. 지금은 정신이 말짱하니까 다시 한번 해보자. 안심해. 아까보다 강도는 약하게 할게. 기절하면 안 되니까.”

상황을 파악한 화영이 소리를 지르려하자 여자가 재빨리 재갈을 물려버렸다. 다시 입이 막힌 화영이 온몸으로 발악했지만 자신과 똑같이 생긴 여자는 봐줄 생각이 없어 보였다.

“일단 살짝만 해볼게.”

그러면서 여자는 전기 충격기를 화영의 배에 사정없이 찔러

넣었다. 순식간에 몸이 일자로 쭉 뻗더니 돌처럼 굳어졌다. 몸을 펴려는 근육과 굽히려는 근육이 동시에 수축하며 뼈를 부러트릴 듯이 조여왔다. "우음! 음!" 비명을 지르던 목구멍도 단박에 막혀버렸다. 숨을 쉴 수 없었다. 이렇게 죽는구나, 생각하며 발버둥 치려 했지만 몸은 아주 반듯하게 굳어 있었다.

잠시 후 여자가 전기 충격기를 떼며 차분하게 물었다.

"비밀번호 뭐야?"

화영이 거칠게 숨을 몰아쉬며 시간을 벌어보려 했지만 소용없었다. 대답을 주저하는 기색을 보이자 여자는 곧바로 전기 충격기를 갖다 댔다.

"우으음!"

또다시 몸이 굳어졌다. 손가락과 발가락이 오그라들다 못해 탈골될 지경이었다. 막대기처럼 꼿꼿해진 혀가 입천장을 뚫어버릴 기세로 밀려 올라오자 화영은 혀가 부러질지도 모른다는 공포에 사로잡혔다. 여자가 전기 충격기를 떼며 물었다.

"말 안 할 거야? 비밀번호? 말할 거면 고개를 끄덕여."

여자가 계속 다그쳤지만 탈진해버린 화영은 숨 쉬는 것조차 힘겨웠다. 대답하기 싫은 게 아니라 대답할 힘이 없었던 것이다. 하지만 여자가 그런 사정을 알 리 없었다. 원하는 반응을 보이지 않자 여자가 다른 한 손에 뭔가를 들어 보였다. 또 다른 전기 충격기였다.

"우리는 같은 사람이니까 나한테 있다면 너한테도 있겠지? 그러니까 이제 두 개네? 이번엔 두 개를 동시에 갖다 대볼까?"

여자가 두 개의 전기 충격기를 갖다 대는 시늉을 하자 화영은 사력을 다해 몸부림쳤다. 모든 것을 말해주겠다는 긍정의 몸부림이었다.

"아? 알려주겠다고?"

결국 화영은 여자가 원하는 대로 비밀번호를 알려주었다. 물론 모든 것을 다 빼앗길 수는 없었기에 적금 들어놓은 것은 빼고, 여자가 알고 있는 계좌만 알려주었다. 여자가 아무것도 모른 채 받아 적는 것을 보니 그녀 말대로 평행 차원이라고 해서 완벽하게 똑같은 것은 아닌 듯했다.

그리고 또 한 가지 부분에서 여자는 화영과 다른 삶을 살고 있었다. 여자가 전기 충격기를 흔들어 보이며 전 남자 친구에 대해 흘렸다.

"이거 산 이유, 아마 같은 이유겠지? 그 자식이 자꾸 스토커 짓을 하니까 말이야. 말로는 사랑한다면서 끝없이 우리를 무시하고 조롱했던 놈. 헤어진 지가 언제인데 아직까지 들러붙으려고 하잖아? 너 솔직히 그놈 생각날 때마다 죽여버리고 싶었지? 그렇지?"

"당신이 사는 그쪽에서도?"

"그래. 그런데 내가 사는 쪽의 그놈은 다른 범죄를 저질러서 조사받고 있어. 감옥에 가게 될 거야. 그런데 네 휴대폰을 보니까 지금도 그놈한테 연락이 오더라?"

화영의 얼굴이 어두워졌다. 이사를 하게 된 가장 큰 이유가 바로 전 남자 친구의 스토킹 때문이었다. 1년 전 이별을 선언했지만 남자는 오히려 무섭게 돌변해 화영의 주변을 맴돌기 시작했고 결국 참다못한 화영이 무리를 하면서까지 이사를 했던 것이다. 어느새 여자는 무심한 듯 걱정스러운 표정으로 화영을 바라보고 있었다.

"내 말 잘 기억해. 오늘 저녁에 경찰이 올 거야. 그러면 이렇게 말해. 그놈이 집에 숨어들어 와 있다가, 자고 있던 너를 덮쳐서 팔다리를 묶어놓았다고. 그러고는 갑자기 어딘가로 가버렸다고 해. 넌 이유 같은 건 모르는 거야. 묶여 있었으니까. 그놈 짓이라는 거 말고는 아무것도 모르는 거야. 알았지? 그러면 다 해결돼."

화영이 이해가 안 된다는 얼굴로 여자를 쳐다보자 여자는 부러진 손톱을 보여주며 뜻밖의 말을 했다.

"어제 그놈이 여기에 왔었거든."

이사한 지 26일째 되던 날, 밤

붕대를 감은 팔이 욱신거렸지만 신경 쓸 겨를이 없었다. 화영은 휴대폰에 몰래 설치해놓은 위치 추적 앱으로 이쪽 세계에 있는 화영의 위치를 확인했다. 그녀는 자신의 인생에 무슨 일이 벌어질지 모른 채 친구들을 만나고 있었다.

그녀는 이태원의 어느 건물에 머무르고 있었고 그곳에는 두 화영이 모두 단골로 삼은 식당이 있었다. 거기서 종종 그랬듯 친구들과 저녁을 먹는 것이 분명했다. 저녁 식사가 끝나면 근사한 와인을 마시러 자리를 옮길 것이고, 몇 시간 동안 수다를 떨게 될 것이다. 화영 역시 같은 식으로 친구들을 만나왔으니 안 봐도 빤했다. 계획을 실행할 시간은 충분했다.

화영은 집 안을 거닐며 마지막으로 한 번 더 계획을 점검했다. 허점은 없었다. 이 두 번째 계획은 드라마틱하면서도 이길 수밖에 없는 게임이다. 저번처럼 실패하지는 않을 것이다. 이제 내 인생의 큰 짐 하나를 벗는 거야! 화영은 기뻐서 날뛰고 싶은 심정을 가까스로 진정시켰다. 그동안 기회가 되는 대로 이쪽 세계로 넘어와 그녀의 재정 상태, 인간관계, 휴가 일정 등을 알아냈고, 마침내 획기적인 재산 증식 계획을 세워 여기까지 도달하게 되었다.

처음 세웠던 계획은 무척 단순했다. 또 다른 자신이 잠든 사이 휴대폰 앱으로 각종 당일 대출 상품을 모조리 받은 뒤 현금으로 인출하는 것이었다.

하지만 뜻밖의 난관에 부딪히고 말았다. 똑같은 인생이니 당연히 모든 것이 똑같을 줄 알았는데 하필 계좌 비밀번호가 달랐고, 너무 핼쑥해져서인지 휴대폰 얼굴 인식도 실패했다. 게다가 ATM기에 인출하러 갔을 때 줄이 있거나, 누군가 미적거리면서 돈을 뽑고 있기라도 한다면 큰일이다. 차원의 문에는 시간제한이 있기 때문에 머뭇거리다가는 자신의 세상으로 돌아가지 못할 수도 있다.

결국 이런 문제들로 인해 계획을 포기하려는 때에 그놈에게서 메일이 왔다. 이쪽 세계에서 그놈은 여전히 자신을 스토킹 중이었다. 잘됐다. 이 자식을 이용해야겠어. 화영의 머릿속에 새로운 계획이 떠올랐다. 자신에게도, 이쪽 세계의 화영에게도 도움이 되는 끔찍하고도 멋진 계획이었다.

그리고 바로 오늘, 계획을 실행할 기회가 왔다.

"이야, 화영아 오랜만이다. 동네는 완전 썩었는데 집은 새집이네. 리모델링을 엄청나게 했구나. 언제 이사했어?"

전 남자 친구가 화영의 집에 들어서며 말했다. 흉물스럽게 미소 짓는 것을 보니 제 딴에는 배려심 넘치는 모습으로 등장하고 싶었던 것 같다. 화영은 반가운 척하며 그를 살폈다.

"이사한 지 한 달 정도 됐어. 일 때문에 바빠서 짐 정리를 다 못했네."

"내가 도와주면 되지. 그러려고 부른 거잖아?"

남자는 스토킹으로 이 집의 주소를 알아낸 것이 아니었다. 화영이 일부러 남자에게 새집 주소를 알려주며 초대한 것이었다.

"역시 내가 없으니까 힘들지? 넌 나 없으면 아무것도 못하잖아. 너 얼굴 봐라. 완전히 폐인 됐어. 팔은 또 왜 다쳤어?"

"어쩌다 보니 그렇게 됐어. 요즘 야근이 심해. 이사랑 겹치면서 몸이 많이 안 좋아졌어."

화영이 잠시 숨을 골랐다. 그리고 외면하듯 잠시 다른 곳을 보았다. 도저히 하고 싶지 않은 말을 해야 했기 때문이다.

"갑자기 네 생각이 나더라. 보고 싶었어. 그래서 불렀어."

"그래, 그 마음 잘 알지. 잘했어."

"밥은 먹었어? 부엌이 아직 어수선해서 요리는 힘들고 라면 같은 걸로 먹어야 할 거 같은데. 괜찮겠어?"

"라면 좋지. 화영이가 끓여주는 라면. 우리가 또 라면에 추억이 많잖아? 끓여봐."

화영이 부엌으로 향했다. 네 인생의 마지막 라면인데 내가 잘 끓일 수 있을지 모르겠네. 그렇다고 굳이 잘 끓이고 싶지도 않지만. 화영은 부엌에서 분주하게 움직이며 속으로는 언제쯤 일을 벌일지 타이밍을 쟀다. 남자는 거실 소파에서 그런 화영을 바라보며 흐뭇하게 미소 지었다. 행복했던 과거가 다시 돌아오기라도 한 것처럼.

잠시 후 김치를 넣은 라면 냄새가 집 안을 가득 채웠다. 남자가 라면을 한 젓가락 들면서 말했다.

"기억나? 나 예전에 물류 센터에서 알바하다가 허리 다쳤을 때 네가 몸보신 라면 끓여준다고 했던 거? 라면에다가 인삼에, 소고기에, 아스파라거스 넣고. 거기다 트러플 오일까지 뿌렸잖아? 고맙긴 했는데 솔직히 맛은 최악이었어."

"그래. 기억난다. 내가 좀 엉뚱했지. 순진했고."

"아니. 넌 항상 화를 냈어. 짜증 내고. 착하긴 한데 네 성격 받아주기 힘들었다."

화영은 가슴이 확 조여오는 것을 느꼈다. 그를 만날 때마다 느껐던 괴로움이 되살아난 것이다. 화영이 굳어진 얼굴을 감추며 말했다.

"이제 와서 또 싸우고 싶지 않은데."

"아 미안, 모처럼 불러줬는데 내가 생각이 없었네. 지난 1년 동안 내가 이 순간을 얼마나 기다려왔는지 알아줬으면 좋겠어. 우리는 운명이라고. 서로에게 꼭 필요한 존재 말이야."

"어, 이젠 나도 인정해. 넌 나한테 꼭 필요한 존재야."

"하하, 너 말이 좀 이상하다. 무서운데?"

화영이 살짝 웃으며 그를 쳐다보았다.

"아냐, 힘들어서 그래. 요즘은 무슨 일 해?"

"돈도 없고 일도 없어서 아는 형님 집에서 신세 좀 지고 있지."

"오늘 여기 오는 거 아는 사람 있어?"

"아니, 없어. 돈이 없으니까 친구도 없어지네. 그런데 왜 그런 걸 물어보냐?"

"더 이상 연락도 안 하는 사람들이 내 소식 알게 되는 거 싫거든. 빨리 먹고 짐 정리하는 거나 도와줘."

"성격 여전하네. 알았어. 어디부터 하면 돼?"

"우선 다용도실부터 해줘."

남자는 라면을 뚝딱 해치우고 바로 짐정리를 시작했다.

화영은 그의 뒷모습을 바라보며 가슴이 조마조마해졌다. 막상 그가 눈앞에 나타나자 행동을 망설일 수밖에 없었다. 지금 해야만 해. 저놈을 죽여야 우리 둘 다 편하게 살 수 있어.

화영은 미리 설치해둔 휴대폰 어플로 이쪽 세계 화영의 위치를 확인했다. 다행히 그녀는 아직 이태원에서 움직이지 않고 있었다. 하지만 시간이 촉박한 것은 분명했다. 지하실에 있는 차원의 문이 닫힐 시간이 얼마 남지 않았다. 놈을 너무 늦게 죽여서 문이 닫혀버리면 모든 게 끝장이다. 그렇게 되면 이쪽의 화영을 죽이고 대신 살아가야 할 수도 있다.

화영이 망설이는 사이 짐 정리는 계속되었다. 남자는 이제 몇 남지 않은 박스를 정리하고 있었고 다용도실 안에서 등을 보인 채 작업에 열중하고 있었다.

"마지막 그 상자는 지하실로 옮겨줘."

"그래. 지하실이 어디야?"

"부엌으로 가면 돼. 바닥에 지하로 가는 통로가 있을 거야."

화영은 남자가 지하실 계단을 내려가는 순간 전기 충격기로 내리쬘 작정이었다. 남자가 상자를 들고 움직이자 화영은 뒤따라 걸으며 전기 충격기를 꺼내 들었다.

솔직히 전기 충격기라는 자비로운 방식보다는 야구 배트나 프라이팬으로 마구 내리치고 싶었지만 그렇게 되면 엉뚱한 곳에 피를 흘리게 된다. 절대로 피를 낭비해서는 안 된다. 그 한 방울의 피에 화영의 미래가 걸려 있었다. 그래, 겁먹을 거 없어. 계획대로 기절시켜서 묶어놓는 거야.

그런데 거실을 가로지르던 중 남자가 갑자기 뒤돌아섰다. 표정이 뭔가 이상했다.

"그건 뭐야?"

화영의 얼굴에 당황한 기색이 역력히 드러났다.

"이건, 그러니까……."

"전기 충격기 아냐? 내가 잘못 본 건가?"

심장이 쿵쾅거리기 시작했다. 남자는 소파 쪽으로 가서 조용히 상자를 내려놓았다. 얼굴에는 빈정거리는 미소가 떠올랐다.

"전기 충격기 맞지? 맞잖아? 내가 도착하기 직전에 건전지 갈아 끼웠잖아, 안 그래? 그리고 지하실에선 뭘 하길래 한 번 들어가면 나올 줄을 모르냐? 내 무덤 파냐?"

"그, 그건……."

남자가 전기 충격기를 빼앗아 내던지며 말했다.

"9시까지 오라고 하면, 내가 마을버스 타고 부지런히 걸어서 시간 딱 맞춰 여기 도착했겠냐? 이미 몇 시간 전에 도착해서 계속 들여다보고 있겠지! 나 죽이려고 부른 거잖아? 그렇지?"

"아냐, 무덤이라니……. 지하실에 물건 정리할 게 많아서……."

"칼하고 톱 챙기는 게 지하실 정리야? 어디서 수작을 부려!"

너무 쉽게 생각했다. 거의 1년 가까이 스토킹을 당하지 않았던가. 한동안 그에게 시달리지 않아서 방심했던 걸까? 화영은 눈앞이 아찔해졌다. 터무니없는 욕심을 부린 끝에 이렇게 최후를 맞게 되는 걸까?

하지만 아직 방법이 있다. 그것을 방법이라 할 수 있을지는 모르겠으나 어쩌면 가능할지도 모른다. 화영은 재빨리 부엌으로 도망쳤고 지하실 계단을 뛰어 내려갔다. 지하실에는 차원의 문이 있다. 문이 닫힐 시간이 얼마 남지 않았다. 만약 운 좋게 그가 쫓아오기 전에 문이 닫힌다면 상황은 종료되고 화영은 무사할 수 있다. 그렇게 모든 것을 포기하고 원래의 생활로 돌아가면 그만이다. 반면 문이 너무 늦게 닫혀서 놈이 화영의 세계로 넘어와버린다면 그야말로 최악이다.

화영의 등 뒤로 그의 고함 소리가 들려왔다.

"어딜 도망가? 미쳐서 토막 살인까지 하려는 주제에!"

지하실로 뛰어 들어가는 화영을 지켜보며 남자는 여유롭게 발을 옮기기 시작했다. 그는 이제 마음껏 본성을 드러내고 있었다.

"바보냐? 피할 곳도 없는데 지하실로 기어들어가? 무슨 굉장한 무기라도 숨겨놨나 보다?"

화영은 생각할 겨를도 없이 허겁지겁 지하실 한쪽 벽을 향해 달려갔다. 벽에는 커다랗게 차원의 문이 열려 있었고, 만일의 경우를 대비해 열대 휴양지가 그려진 천으로 앞을 가려놓았다. 그리고 그 앞에는 약간의 틈을 두고 선반을 놓아서 누군가 지하실에 들어왔을 때 곧바로 알아차릴 수 없도록 했다. 물론 집주인인 이쪽 세계의 화영이 이곳에 내려온다면 물건 배치가 이상해졌다는 것을 알아차리겠지만, 이미 정리가 끝난 지하실은 이쪽의 화영에게 더 이상 생활 영역이 아니었다.

화영은 허겁지겁 물건과 선반 사이를 지나 자신이 속한 세계의 지하실로 돌아왔다. 제발 닫혀! 제발! 잠시 후 남자가 건너편 세계의 지하실 계단을 터벅터벅 내려오며 말했다.

"지하실도 깨끗하게 잘해놨네. 정리가 벌써 다 끝난 거였어, 그렇지? 밖에서 보니까 외부 출입문도 없던데 왜 여기로 내려왔을까? 무슨 비밀 공간이라도 있나? 이화영, 대답해!"

얇은 천 하나를 사이에 두고 화영의 세계까지 남자의 목소리가 생생하게 울려 퍼졌다. 화영은 차원의 문 바로 옆에 붙어서 야구 배트로 내리칠 준비를 했다. 문이 닫히지 않는다면 싸우는 수밖에 없다.

"이야, 지하실이 생각보다 넓고 좋네! 어디로 숨었을까? 빨리 나와! 전부 엎어버리기 전에."

남자는 화영을 찾기보다는 겁을 주려는 듯 닥치는 대로 물건을 내던지고 끌어내기 시작했다. 남자가 바닥에 널브러진 물건들 사이에서 화영의 사진이 들어 있는 액자 하나를 집어 들었다. 12년 전 대학생 시절에 찍은 사진이었다.

"와, 이게 언제야? 이때는 참 예뻤네. 지금은 다 늙어서 누가 널 좋아하겠냐? 그러니까 나와라. 너한테는 나밖에 없다고."

사진을 물끄러미 바라보던 남자가 액자를 내던지며 소리쳤다.

"빨리 나오라고!"

순간 남자가 회심의 미소를 지었다. 무심코 던진 액자가 천에 부딪혀 깊게 출렁거린 것이다. 화영도 천이 출렁이는 것을 보았다. 이제 놈이 이쪽으로 넘어오는 건 시간문제다.

"어라, 저기 웬 천이 걸려 있을까? 누가 봐도 일부러 가린 티가

심하게 나는데? 화영아, 너무 빤한 데 숨은 거 아니니?"

이젠 다 틀렸다. 이렇게 되면 절대로 그를 살려둘 수 없다. 화영은 무슨 일이 있어도 남자를 죽이겠다고 다짐했다. 하지만 웬일인지 저 너머의 공간에서 남자는 침묵했다. 무슨 꿍꿍이속인지 아무런 기척도 내지 않고 있었다.

시공을 뛰어넘어 연결된 공간에서 정적이 흐르는 가운데 불길함을 느낀 화영이 야구 배트를 고쳐 잡는 순간, 갑자기 커다란 물체가 천에 휘감기며 화영의 세계로 날아들었다. 더 이상 쓰지 않는 오래된 모니터였다. 모니터는 천과 뒤엉켜 부서지면서 지하실에 나뒹굴었다. 화들짝 놀란 화영이 모니터에 시선을 빼앗긴 사이, 남자가 치고 들어왔다. 화영이 배트를 휘둘렀지만 이미 늦었다. 남자는 한 손으로 배트를 붙잡고 다른 한 손으로는 화영의 다친 팔을 움켜쥐며 비틀었다.

"아악!"

화영이 비명을 질렀다. 남자는 화영을 붙잡은 채로 잠시 어리둥절하게 주위를 둘러보았다.

"어떻게 된 거야? 지하실이 집보다 넓은 거 같은데? 저건 또 뭐야? 무슨 저런 이상한 게 집 안에…….."

남자는 지하실 한쪽에 놓인 기괴한 조각상에 순간 정신을 빼앗겼고 그 틈을 타 화영이 배트를 잡았던 손으로 남자의 얼굴을 할퀴어버렸다. 살점을 뜯어낸다는 생각으로 온 힘을 다해 살집을 움켜쥐자 손톱이 살 속에 박히며 부러지고 말았다.

"으악! 이게 진짜 죽고 싶나!"

남자는 반사적으로 화영을 뿌리치며 뒤로 물러섰다. 할퀸 상처가 생각보다 깊은지 피가 꽤 많이 흘러나오기 시작했다. 당황한 남자는 두 손으로 얼굴을 감싸쥐며 비틀거렸다. 그래, 좋았어. 어서 쏟아져라! 쏟아져! 화영이 눈을 부릅뜨며 속으로 외쳤다. 이건 미처 생각지 못한 상황이었다. 이렇게 일이 풀릴 줄이야.

화영은 남자를 주시하며 지하실 구석으로 피신했다. 집이 흥분하면 어떻게 될지 모른다. 화영에게도 이런 경우는 처음이었다. 화영은 기대와 흥분 속에서 피에 젖어 들어가는 남자를 지켜보았다. 남자는 화영이 오싹한 미소를 지으며 자신을 바라보는 것을 미처 알지 못한 채 소리쳤다.

"이화영! 웬만하면 용서해주려고 했는데 안 되겠어. 넌 오늘 끝이야. 죽여버린다!"

"말이 심하네. 엄밀히 말하면 우린 오늘 처음 보는 사이인데. 그쪽 세계에서도 넌 전혀 다르지 않구나. 솔직히 조금이라도 착한 구석이 있길 바랐어. 그랬다면 이렇게 되게 놔두진 않았을 텐데. 어쨌거나 날 위해서 희생해주는 건 평생 고맙게 생각할게."

그때 마침 남자의 등 뒤에서 차원의 문이 닫혔고, 그는 앞으로 벌어질 일을 알지 못한 채 분풀이할 방법을 찾느라 물건을 집어 던지고 있었다. 화영은 벽 구석에 바짝 붙어서 남자의 손가락 사이로 흐르는 피를 뚫어지게 보고 있었다. 그래, 한 방울만. 딱 한 방울이면 돼.

지하실을 난장판으로 만들며 분풀이를 하던 남자는 지하실 한쪽에 검은 비닐을 씌워놓은 것을 신경질적으로 걷어내다가 경악했다.

"이게 뭐야? 고양이 시체 아냐? 뭐가 이렇게 많아? 너 미쳤냐? 사이비 종교에 빠졌어?"

남자를 바라보는 화영의 눈이 섬뜩하게 빛났다.

"사이비 아니야. 네가 아는 화영의 집에는 이런 게 없지. 넌 무슨 소리인지 모르지? 내가 속한 차원은 특별해. 나만이 누릴 수 있는 거야. 나는 이 집에 선택받았어."

"너 완전히 미쳤구나. 돌았어. 그래, 미친년한테는 매가 약이지."

남자가 얼굴에서 손을 뗐다. 그리고 야구 배트를 줍기 위해 피에 젖은 손을 털자 핏방울이 바닥에 튀었고, 그 순간 집이 낮은 소리로 울부짖었다. 피가 바닥에 흩뿌려지자 집이 피의 주인을 찾기 시작한 것이다.

집 전체가 진동하기 시작했다. 남자 역시 본능적으로 전율하며 주위를 두리번거렸다. 뭔가가 자신을 노린다는 것을 알아챘다. 벽과 바닥으로부터 어둠이 스멀스멀 기어 나오기 시작하자 그가 겁에 질려 소리쳤다.

"이화영! 너 무슨 수작을 부린 거야! 당장 그만해!"

그러나 화영의 눈에는 아무것도 보이지 않았다. 화영은 단지 자신의 목적이 달성되고 있다는 것을 알아차렸을 뿐이다.

괴기스러운 울음소리가 강도를 더해가고 있었고 남자가 발악하기 시작했다.

"지, 지진인가? 으아악! 뭐야! 저리 꺼져! 꺼지라고!"

어둠 속에서 뭔가가 그를 휘감아 쓰러뜨렸다. 당황한 남자가 버둥거렸지만 피에 젖은 손이 너무 미끄러워 무언가를 붙잡지도, 일어서지도 못했다. 집은 오랜 세월 동안 해온 것을 다시 한번 능숙하게 해내고 있었고, 남자는 이제 곧 자신의 피와 목숨을 빼앗겨 영원히 이 집의 일부가 될 것이다.

어쩌면 그는 죽지 않고 이 집의 바닥과 벽에 스며들어, 앞으로 화영의 일상이 만들어낼 소음과 진동을 느끼며 살게 될지도 모른다. 바닥에 억눌린 남자가 화영을 애처롭게 바라보며 외쳤다.

"화영아 나 좀 살려줘! 몸이 안 움직여, 도와줘! 어떻게 좀 해봐!"

하지만 화영은 지하실 구석에서 남자가 겪게 될 일을 구경할 작정이었다. 보이지 않는 힘이 남자를 순식간에 조각상 가까이 끌어당겼다. 그가 조각상에 가까워지자 조각상은 검은 구멍처럼 변했고 그 내부는 마치 뱀 같은 기괴한 생물들이 뒤엉켜 꿈틀대는 것처럼 보였다.

"안 돼! 저게 뭐야! 화영아, 저게 뭐냐고!"

"저거? 너 같은 놈한테 어울리는 최후야. 전부 네가 자초한 거고. 넌 이제 끝이야!"

심연에 압도당한 남자는 그대로 질질 끌려가더니 머리가 구멍

속으로 빨려 들어갔다. 어둠이 그의 머리를 삼켰다. 남자는 거칠게 팔다리를 놀리며 머리를 빼내려 했지만 아무 소용없었다.

집은 격렬하게 저항하는 그를 빨래처럼 잡아 털었고, 곧 그는 가지런히 무릎을 꿇은 채 두 팔이 축 늘어져 죽고 말았다. 여전히 머리는 어둠 속에 삼켜진 채.

그리고 잠시 후, 화영은 도저히 익숙해질 수 없는 소리에 몸서리를 쳤다. 집이 식사를 시작했다.

크흡. 츄릅. 츄르릅.

남자의 상처에서 피를 빨아 마시는 소리였다. 굶주린 집은 남자의 피가 몹시 마음에 들었는지 열심히 빨아 먹었고 그 때문에 남자의 몸이 꼭두각시처럼 들썩거렸다.

화영은 끔찍한 소리에 귀를 틀어막았지만 시선을 거두지는 않았다. 자신의 인생을 파괴한 자의 최후를 끝까지 머릿속에 담아 둘 작정이었다. 이 일은 자신에게도 이득이지만 동시에 또 다른 화영을 위한 복수이기도 하니까.

집이 남자의 피를 모두 마시기까지 한참이 걸렸다. 남자의 몸은 점점 쪼글쪼글하게 오그라들더니 마침내 아담한 미라가 되어 버렸다.

퉤!

조각상이 남자의 머리를 뱉었고, 만족스럽게 피를 마신 집이 차원의 문을 열어주었다. 화영은 미소를 지으며 시간을 확인했다. 피를 모두 마시는 데 걸린 시간은 약 30분. 지금까지 피를 먹인 경험으로 볼 때 이 정도의 양이라면 약 스물네 시간 동안 차원의 문이 열려 있을 것이다.

최대한 많은 피를 먹여 문이 열려 있는 시간을 늘릴 것, 이것이 새로운 계획의 첫 번째 단계였다. 첫 단계를 성공했으니 이제 더 이상 시간에 쫓기지 않아도 된다. 하루 동안 여기저기 돌아다니며 돈을 긁어모을 시간이 충분해진 것이다. 원래는 며칠 전 집에서 편안하게 각종 금융 앱으로 돈을 빼내려 했는데 어처구니 없는 이유로 실패하고 말았다. 하지만 이번에는 성공할 수 있을 것이다.

화영이 엉덩이를 툭 털고 일어나 평행 차원으로 건너갔다. 휴대폰으로 또 다른 자신의 위치를 확인하자 그녀는 이제 막 귀가하는 중이었다. 거실로 올라가니 라면 냄새가 진동했기에 서둘러 창문을 열었다. 그리고 바닥에 떨어진 전기 충격기를 주워들어 점검해보았다. 다행히 고장 난 곳 없이 잘 작동했다.

이제 두 번째 단계가 시작되었다. 지금까지보다 훨씬 쉽다. 지하실에 숨어서 기다렸다가 그녀를 침대에 묶어버리면 계획은 성공한 거나 마찬가지다.

이사한 지 24일째 되던 날

이럴 수가, 얼굴 인식이 안 된다고? 비밀번호는 또 왜 달라?

화영은 화가 치밀어 올랐다. 간단한 계획이 이렇게 틀어지다니. 이쪽 세계의 화영이 잠든 사이 온갖 금융 앱으로 실시간 대출을 받아서 ATM기에서 현금으로 인출하는 것이 화영의 계획이었다.

　하지만 이쪽 화영의 생활을 탐색하느라 집에게 자신의 피를 먹였던 것이 문제가 될 줄이야. 그동안은 길고양이를 잡아서 피를 구했는데 고양이들이 어떻게 알았는지 점점 화영을 피하기 시작했고, 화영은 더 이상 고양이를 잡을 수 없게 되자 결국 자신의 피를 먹일 수밖에 없었다. 그러면서 몸이 급격하게 안 좋아졌는데 그것이 화근이었다. 피골이 상접한 얼굴로는 휴대폰의 안면 인식에 실패할 수밖에 없었다.

　휴대폰 잠금 해제까지는 비밀번호가 같아서 문제없었는데 각종 금융 앱에서 얼굴이 인식되지 않았다. 당황한 화영은 비밀번호를 이것저것 입력해보았지만 그것 역시 들어맞지 않았다.

　아무래도 평행 차원이라고 해서 모든 것이 완벽하게 일치하는 것은 아닌 것 같았다. 가만히 생각해보니 그게 맞았다. 지하실에 존재하는 조각상이 자신의 차원에만 있고 이쪽 화영의 차원에는 없는 것처럼 말이다.

　결국 시간만 낭비하고 아무것도 얻지 못했다. 대출을 한번에 갚겠다는 화영의 계획은 허무하게 틀어졌다. 다 잊고 원래의 삶으로 돌아가야 하는 걸까? 다운로드 받은 금융 앱을 모두 지우려는데 갑자기 휴대폰에 메일 도착 알림이 떴다. 무심코 이름을 확인한 화영은 가슴이 철렁했다. 이쪽 세상에서는 그놈이 아직도 스토킹을 하고 있었다. 불과 얼마 전까지 화영을 수도 없이 괴롭힌 그놈이었다. 이 자식이 이쪽에서도 스토킹 짓이야? 화영은 순간 울화통이 터졌고 침대에 곤히 잠들어 있는 또 다른 자신이 너무나 불쌍하게 느껴졌다. 뭔가 도와줄 수 있는 방법이 없을까?

화영은 곰곰이 생각해보았다. 차원을 넘나들 수 있다는 점을 이용해 뭔가 할 수 있을 것 같았다. 잘하면 자신의 손으로 복수할 수 있을지도 모른다.

그때 화영의 머릿속에 좋은 계획이 하나 떠올랐다. 복수도 하고 돈도 쓸어 담기 위한 새로운 계획이었다. 이번에 세운 계획에는 등장인물이 한 명 더 추가된다. 그는 중간에 특별한 방식으로 퇴장하며, 세상에서 영영 모습을 감추게 될 것이다.

문이 닫히기까지는 아직 약간의 여유가 있었다. 화영은 서둘러서 이쪽 화영의 노트북을 켜고 남자가 보낸 메일에 답장을 보냈다. 흔해 빠진 회사 생활의 고충과 삶의 고뇌를 적절히 버무려, 남자에게 다시 시작하고 싶다, 보고 싶다는 메일을 보냈다. 시간은 이틀 후 저녁 9시. 새로 이사한 집의 주소와 함께.

물론 이쪽 세계의 화영에게 들키지 않기 위해 남자의 메일은 삭제했고 새로 만든 메일 주소로 예약을 걸어서 이틀 후 점심에 발송되도록 했다. 또한 이제부터는 새로운 메일 주소로 소통하자는 말도 잊지 않았다. 이쪽의 화영이 그의 방문을 알아서는 안 되니까. 그는 분명 답장을 받았다는 사실에 흥분할 것이고 반드시 모습을 드러낼 것이다.

이제 시간이 얼마 남지 않았다. 문이 닫히기 전에 돌아가야 한다. 화영은 자리를 정리하고 자신의 집으로 돌아와 새로운 계획을 음미했다.

완벽한 작전이야. 깔끔하게 성공할 수 있겠는데?

이사한 지 16일째 되던 날

"아이고, 그 집에 이사한 게 아가씨구나!"

동네 할머니는 안타깝다는 듯 화영을 보며 탄식했다. 여기저기 설치해놓은 고양이 덫을 확인하기 위해 동네를 돌아다니던 중 우연히 어느 할머니와 대화를 하게 되었다.

"네? 왜 그러세요? 제 집에 무슨 문제라도 있나요?"

"아유, 이런 말을 해도 될지 모르겠네, 벌써 이사를 했다니까 말이지."

"괜찮아요. 뭔데 그러세요?"

"그게 그러니까, 그 집이 좀 안 좋아. 전망도 좋고, 넓고 다 좋은데…… 아무튼 좀 안 좋아."

화영으로서는 이미 다 알고 있으니 놀랄 일은 아니었다. 호기심으로 해봤던 것이 점점 집착이 되어 이제는 고양이를 잡아 피를 바치고 있었으니 말이다. 아무도 몰래 다른 차원으로 드나들 수 있다는 사실에 화영은 잔뜩 신이 나 있었다. 하지만 할머니라면 그 집에 대해 뭔가 다른 것을 알고 있을지도 모른다. 화영은 좀 더 대화해보기로 했다.

"할머니는 이 동네에서 오래 사셨나 봐요?"

"그럼, 내가 이 동네 몇 안 남은 토박이야. 80년 평생을 여기서 살았지."

"아, 그러면 그 집에 누가 살았는지 아시겠네요?"

"그럼, 잘 알지. 아주 그냥 별일이 다 있었어, 그 집에."

"무슨 일인데요? 저는 괜찮으니까 다 말씀해주세요. 제 집에서 무슨 일이 있었던 거죠? 말씀 안 해주시면 제가 불안해서 못 살아요."

할머니는 성급하게 이야기를 꺼낸 것이 후회됐는지 자리를 피하려다가 화영의 성화에 못 이겨 이야기를 털어놓기 시작했다.

"그 집이 사실 꽤 오랫동안 빈집이었는데, 4년 전쯤엔가 일이 터졌었거든. 어느 부부가 살고 있었는데 어느 날부턴가 연락도 안 되고 좀처럼 볼 수가 없었던 거야. 그래서 다른 가족들이 집에 들어가봤더니, 아 글쎄, 부부가 지하실에서 둘 다 미라가 돼 있었다지 뭐야."

"미라요? 어떻게 된 거죠?"

화영은 지하실에 쌓여 있는 고양이 미라들을 떠올렸다.

"나도 모르지. 아무튼 동네에 소문이 흉흉했어. 귀신 붙은 집이라고."

"경찰은 뭐랬는데요?"

"조사는 엄청나게 하더니만 아무것도 못 밝히고 흐지부지됐지, 뭐."

"그러면 동네 사람들은 왜 귀신 붙은 집이라고 한 거죠? 죽은 후에 너무 늦게 발견돼서 미라가 된 걸 수도 있잖아요?"

"그게 말이지, 옛날부터 그 집에서는 사람이 사라지는 일이 수시로 있었어. 몇 번인가는 집주인이 죽은 채로 발견되기도 했고. 내가 어렸을 때 들은 얘기인데, 일제 시대 때는 그곳에 신사가 있었다고 하더라고. 처음에는 어느 일본인이 와서 자기가 살 집을 짓다가 땅속에서 뭘 발견했는데, 얼마 후에 갑자기 학자니 교수니 하는 사람들이 몰려와서 조사를 하더니 덜컥 신사를 짓고 도망치듯 떠났단 말이지. 한마디로 터가 안 좋은 곳이야. 아가씨도 조심해요."

"그랬군요. 알려주셔서 감사해요. 그런데 혹시 미라에서 범죄 증거라던가 뭔가 나오지는 않았나요?"

"미라에서……?"

할머니는 생각지도 못한 질문에 잠시 고개를 갸웃거렸다.

"아, 그렇지. 그래……. 뭐가 있긴 있었다. 이상한 점이 있었지."

"뭔데요?"

"부부 미라가 발견이 됐는데 옷차림이 영 이상하더란 거야. 평상시에 그 부부가 입는 옷하고 너무 달라서 유족들이 타살을 의심했었지. 근데 아무것도 알아낼 수 없었고. 아, 이상한 점이 또

있네. 그 집 부인이 원래 단발머리였는데 발견됐을 때는 희한하
게도 길러서 틀어 올린 머리를 하고 있었더랬지, 아마?"

화영은 그들에게 무슨 일이 일어났는지 알 것 같았다. 부부는
우연히 차원의 문을 열게 됐고, 평행 세계에 사는 또 다른 자신들
이 훨씬 잘산다는 것을 알게 됐을 것이다. 그래서 그쪽 부부를 죽
이고 피를 바친 뒤 평행 세계로 넘어가 그들 대신 살기로 한 것이
다. 또한 옛날부터 있었다던 실종과 살인 사건 모두 평행 차원과
관련이 있음이 분명했다. 그들은 모두 다른 세상에서 버젓이 잘
살고 있을 것이다.

할머니가 생각에 잠긴 화영을 살피며 물었다.

"아가씨, 왜 그래? 괜찮아? 아이고 이런, 내가 괜한 얘기를 했
어. 이런 건 모르는 게 약인데. 정말 미안해요."

"아녜요, 괜찮아요. 오래된 집이라 어떤 역사가 있는지 궁금했
거든요. 이제부터는 조심하면서 살아야겠네요. 아하하."

"아유 그래, 그렇다면 다행이고. 근데 팔은 어쩌다가 다쳤어
요? 심하게 다쳤나 보네?"

할머니가 화영의 팔에 감긴 붕대를 보며 물었다.

"별거 아니에요. 짐을 정리하다가 넘어지는 바람에 어디에 긁
혀서……."

"아이고, 조심 좀 하지 그랬어요?"

화영은 할머니에게 다시 한번 감사 인사를 드리고 자리를 떴
다. 집으로 돌아오는 내내 화영은 아쉬움이 드는 것을 감출 수 없

었다. 저쪽 세계의 화영이 부유했다면 신세를 많이 질 수 있을 텐데. 다소 옳지 못한 방법으로 신세를 지겠지만 말이다. 지금까지 차원을 오가며 알아낸 바로는 집 구매를 위한 과도한 대출로 원치 않는 절약 생활을 하면서 자신과 별반 다르지 않은 삶을 사는 것 같았다.

또 한편으로는 이런 생각도 들었다. 지금까지 이 집의 주인들이 다른 세계로 넘어갔다면, 자신 역시 그렇게 할 수 있는 것 아닌가? 이쪽에서의 삶에 큰 문제가 생겼을 때 저쪽의 자신을 죽이고 대신 살아간다……. 절대적으로 유리한 패를 하나 쥐고 있는 것이 아닌가? 물론 그쪽의 화영이 똑같은 문제를 일으키지 않았다면 말이다.

화영이 고개를 저었다. 자기 자신을 죽여서 새로운 삶을 얻겠다니 너무 끔찍한 생각이었다. 살인이라니. 말도 안 돼!

잠깐, 또 다른 나에게서 약간의 금전적인 도움을 받는 것 정도는 괜찮지 않을까? 자기가 자기 돈을 챙기는 것인데. 화영은 이번에 평행 차원으로 넘어가면 그쪽에 사는 화영의 저축 상태를 알아봐야겠다고 생각했다.

이사한 지 12일째 되던 날

"으읔!"

화영은 자신의 팔을 단번에 칼로 내려 그으며 비명을 질렀다. 이미 몇 번의 칼질로 상처 난 팔에 다시 피가 흐르기 시작했다.

핏방울이 바닥에 떨어지자 지하실이 그르렁대며 진동하기 시작했다. 화영은 덤덤하게 조각상 앞으로 걸어가 심연 속으로 팔을 집어넣었다. 그러자 무수한 혓바닥 같은 것들이 살금살금 모여들어 그녀의 팔을 핥아대기 시작했다. 화영은 그 간지럽고도 소름 끼치는 감각에 기절할 것 같았지만 혹시라도 빨려 들어가지 않도록 두 다리로 단단히 버티고 섰다.

심연에 먹힌 팔에서 피가 한 움큼씩 뽑혀나가는 것이 느껴졌다. 문을 열려면 충분한 피를 줘야 한다. 너무 조금 먹여서 차원의 문이 일찍 닫혀버리면 두 번 다시 돌아오지 못하니까. 화영은 밀려오는 현기증에 정신을 놓지 않기 위해 중얼거렸다.

"너는 날 선택한 거야, 그렇지? 너한테 피를 줄 사람은 나밖에 없잖아. 너한테는 내가 필요해. 그러니까 조심하란 말이야……"

화영은 자신이 집에게 선택받았다고 생각했다. 처음 이 집을 보러왔던 그날 화영은 운명 같은 것을 느꼈다. 집 안을 둘러보는 내내 설명할 수 없는 이상한 기분, 뭔가 만족스러우면서도 불온한 흥분에 빠져들었다.

삐- 삐-

미리 맞춰 놓은 1분 타이머가 울렸다. 지금까지의 경험상 그 이상 피를 줬다간 죽을 것 같았기 때문에 시간을 맞춰 피를 공급하고 있었다.

"그만, 그만해. 더는 안 돼. 안 된다고!"

화영이 소리를 지르며 팔을 잡아 빼자 집은 얌전히 흡혈을 멈췄다. 화영은 비틀거리는 몸을 지탱하며 간신히 붕대를 감았다.

"나중에 어떻게든 더 많이 먹여줄 테니까 문 좀 열어주면 안 되겠니? 오랫동안 말이야. 지금은 너무 짧다고."

잠시 후 지하실 한쪽 벽에 희미한 형상이 보이기 시작하더니 서서히 선명해졌다. 저쪽 세계의 지하실이 나타난 것이다. 차원의 문이 열려 있는 시간은 대략 한 시간 정도. 1분만큼의 피를 바친 대가였다. 때문에 매번 충분히 탐험을 할 수 없는 것이 불만이었다. 화영은 이 놀라운 모험을 좀 더 안전하게 즐길 수 있는 방법이 없을지 고민하던 중 좋은 생각이 떠올랐다. 길고양이를 잡아다가 피를 먹이면 어떨까? 자신이 1분 동안 내줄 수 있는 피의 양보다 훨씬 더 많을 것 같았다.

이사한 지 1일째 되던 날

"우와, 분위기 좋은데!"

집들이를 온 친구들이 탄성을 질렀다. 인테리어 잡지에서나 볼 수 있는 집이 바로 눈앞에 펼쳐져 있었다. 화영은 내심 자랑스러운 마음을 감출 수가 없었다.

"그렇지 뭐. 생각 같아서는 뼈대만 남기고 허물어서 새집처럼 만들고 싶었는데, 요즘에 내가 좀 힘들잖아. 그래서 외형은 그대로 놔두고 내부만 요즘 스타일로 바꿨지."

"그래, 잘했어. 이 정도면 훌륭하지. 요즘엔 레트로가 유행이라 옛날 집 분위기 그대로 살리면서 리모델링하는 집도 많더라."

친구의 말에 화영이 부엌을 가리키며 말했다.

"맞아. 나도 그렇게 했어. 저쪽에, 부엌에 있는 채광창 말이야. 원래 현관문에 있던 물결무늬 유리였는데 재활용한 거잖아. 요즘은 저런 유리창 못 구하거든."

"아, 어쩐지 느낌 좋다 했어. 예쁘다!"

80년대 한국 빈티지와 인더스트리얼 감성을 절묘하게 뒤섞은 인테리어에 친구들은 다들 부러워했다. 화영은 채광창을 자세히 보여주기 위해 친구들을 부엌으로 데려갔다. 그때 한 친구가 말했다.

"어, 화영아. 이거 뭐야? 왜 부엌 바닥에 문이 있어?"

"옛날 주택들은 부엌에서 바로 지하실로 갈 수 있게 통로가 있었다고 하더라고. 지하실에 식량이나 연탄, 살림살이를 놓아두는 거지. 나도 몰랐는데 바닥 공사하느라 비닐 장판을 들어냈더니 바닥에 문이 있지 뭐야? 그래서 잘됐다 싶어서 다시 사용하기로 했지. 수납공간도 늘릴 겸."

"신기하다. 한번 들어가봐도 돼?"

"거긴 리모델링을 안 해서 좀 지저분하긴 한데, 괜찮다면 가보든지."

화영이 바닥 문을 열었다. 그러자 사람 한 명이 간신히 다닐 만한 너비의 계단이 나타났고 화영은 친구들과 밑으로 내려갔다. 지하실은 시커멓게 때가 탄 시멘트 벽과 바닥으로 되어 있었고 바닥에는 아직 정리되지 않은 물건들이 널브러져 있었다.

"미안, 아직 정리를 다 못 해서. 여기는 돈이 부족해서 조명만 다는 걸로 끝냈어. 나중에 돈 모으면 타일 바르고 바닥도 새로 하려고."

"그렇구나. 여기 생각보다 되게 넓다."

"그렇지? 실은 나도 수납공간으로만 쓰기엔 좀 아깝다는 생각이 들어."

"그러게. 여기다가 작업실이나 홈 시네마 만들면 딱 좋겠어. 그런데 저건 도대체 뭐야?"

한 친구가 기분 나쁘다는 듯 지하실 한쪽에 놓인 조각상을 가리켰다. 말이 조각상이지 사실 크기가 거대해서 지하실 한쪽 벽을 벽화마냥 가득 채우고 있었다. 조각상은 굉장히 이국적이고 기묘해서 보면 볼수록 기분이 이상해졌다. 전체적으로 추상적인 문양이 격렬하게 휘몰아치는 가운데 계속 보고 있으면 어떤 형상이 나타나는 것 같기도 했고, 묘하게 빨려 들어가는 기분이 들기도 했다.

한국적인 느낌은 전혀 없었고, 그렇다고 중국이나 일본, 유럽의 감성이 느껴지지도 않았다. 굳이 말하자면 고대 인도나 중동에서 온 느낌이랄까? 어떤 알 수 없는 종교의 영향을 받아 만들어진 것 같았다.

화영은 친구들의 꺼림칙한 표정을 바라보다가 되려 자랑스럽게 말했다.

"저거? 조각상이지 뭐겠어? 여기 이사할 때부터 있었던 거야. 멋지지 않니? 집에 이런 예술품도 있고. 전에 살던 주인이 두고 갔나 봐."

"정말 미안한데, 보면 볼수록 기분이 나빠지는 것 같아. 좀 이상해."

"아냐, 괜찮아. 나도 처음에는 그랬는데 점점 애착이 가더라고. 내가 예술을 잘 모르지만 이 작품에는 뭔가 굉장한 힘이 깃들어 있는 것 같아. 보는 사람의 감정을 이렇게 마구 휘젓는 걸 보면 엄청 유명한 사람이 만든 건지도 몰라."

하지만 친구들은 하나같이 정색을 했고 서둘러 나가고 싶어 했다. 조각상을 가리켰던 친구가 말했다.

"그래도 난 왠지 싫다. 그런 작품이라면 굉장히 비쌀 텐데 전 주인이 그런 엄청난 걸 두고 갔다는 것도 말이 안 되고. 그리고 말이야. 너 모르겠어? 뭔가 이상하다는 거?"

친구의 반응에 기분이 언짢아진 화영이 퉁명스럽게 대꾸했다.

"뭐가 이상한데?"

"조각상이 너무 커."

"그게 뭐 어때서?"

"조각상이 지하실 입구보다 훨씬 크다고. 애초에 여기 들어올 수 있었을 리가 없잖아."

순간 화영은 뒤통수를 맞은 기분이었다. 왜 여태 그걸 몰랐을까? 친구의 말이 맞았다. 조각상은 어떤 식으로든 절대 이곳에 들어올 수 없는 크기였다. 그렇다면 이 집을 짓는 도중에 조각상을 지하실에 들여놨다는 건가?

공인중개사에게 들은 바로 이 집은 1980년대 초반에 지어졌다고 했다. 그렇다면 그 당시 변변찮은 주택가에 불과했던 이곳에, 좁은 오르막길을 올라야 하는 이 집까지 저 거대한 조각상을 옮겨왔다는 건가? 말도 안 된다. 뭔가 이상하다.

아니면 조각가가 처음부터 지하실에서 작업을 해서 조각을 완성한 걸까? 아니다, 그건 더욱 말이 안 된다. 그러기 위해서는 조각보다 훨씬 더 큰 바위를 지하실에 가져다놓아야 하니 말이다.

이런저런 생각을 해봤지만 역시 앞뒤가 맞지 않았다. 그러다 문득 화영은 어떤 생각 하나에 자기도 모르게 움츠러들고 말았다. 그 생각의 배후에 깃든 어떤 불길함에 몸이 떨렸다.

그러니까, 조각상은 원래부터 이곳에 있었다?

조각상은 이 집이 지어지기 훨씬 전부터 이곳에 있었는지도 모른다. 그런데 그것이 어느 날 발견됐고, 어떤 이유로 인해 땅 주인은 결코 조각상에 손을 댈 수 없었다……. 옮기지도, 파괴하지도 못할 어떤 이유가 있었다……. 결국 땅 주인은 그것을 그대로 놓아둔 채 집을 짓고 말았다……. 이후에 이 집을 소유한 사람들도 마찬가지로 그것에 손을 댈 수 없었다…….

왠지 조각상이 금방이라도 꿈틀댈 것 같아 무서워졌다. 그제야 화영은 친구들이 자신만 남겨놓고 전부 올라가버렸다는 것을 깨달았다.

"야, 같이 가! 나만 두고 가면 어떻게 해!"

기분이 오싹해진 화영은 황급히 지하실을 빠져나오다 뭔가에 발이 엉키며 넘어지고 말았다.

"아야, 아파라⋯⋯."

넘어지면서 팔이 뭔가에 찢어졌다. 상처가 서서히 붉어지더니 피가 흘러나오기 시작했다. 상처가 깊은 것인지 피가 꽤 많이 흘러나왔다. 놀란 화영은 지혈을 하기 위해 다른 손으로 상처를 압박했고, 그 과정에서 피 몇 방울이 바닥에 떨어졌다.

크으으음.

그 순간 낮은 신음 소리가 울려 퍼지며 집이 진동했다. 화영은 깜짝 놀라 주변을 돌아봤다. 지하실 전체가 울리는 것 같기도 했고 조각상에서 소리가 난 것 같기도 했다. 또 한 번 무거운 신음이 터져 나왔다.

아으으음.

화영은 겁에 질려 뛰쳐나가려 했고 그때 어떤 이상한, 잠깐 동안이지만 믿을 수 없는 광경을 보았다. 그것은 절대로 헛것이 아니었다. 지하실의 한쪽 벽이 갑자기 흐릿해지더니 그 너머에 이곳과 똑같이 생긴 지하실이 생겼던 것이다.

처음으로 집을 둘러본 날

몇 주째 집을 알아보던 화영이 그날의 네 번째이자 마지막 집을 보러 갔다. 겉으로 보기에 꽤 오랫동안 방치된 집인 듯했다.

"여기 좋은데요? 전망도 좋고, 넓고."

함께 온 공인중개사가 흐뭇한 말투로 받아쳤다.

"그렇죠? 집도 많이 낡았고 길도 안 좋아서 고객님들이 망설이시는데 사실 이 가격에 이런 전망이면 보물 찾은 거거든요. 서울에서 이런 집 구하기가 쉽지 않아요."

"정말 마음에 드는데요? 들어온 순간 이상하게 느낌이 좋았어요. 마치 전부터 이 집에서 살기로 정해진 것 같아요."

"고객님께 딱 맞는, 운명의 집을 찾으신 거죠. 다들 그렇게 자기 집을 찾는다니까요. 그리고 어차피 리모델링하실 거잖아요? 요즘에 구옥을 리모델링하는 게 유행이니까 한번 살아보시면 좋죠. 매매가가 워낙 싸게 나와서 리모델링을 크게 해도 아마 비용은 충분히 감당이 되실 거예요."

"그런데 꽤 오랫동안 집이 비어 있었나 봐요?"

"네, 제가 알기로는 이 집이 1980년대 초반에 지어졌다고 하던데요, 마지막 전입이 3년 전인가, 4년 전이었던 것 같네요. 그런데 집이라는 게 다 딱 맞는 주인이 와서 살아야 빛이 나요. 근처가 재개발되고 아파트도 들어서면서 그동안 구옥이 외면당하다가 요새 젊은 분들한테 주목받으면서 새로 태어나고 있잖아요. 그 덕분에 동네 분위기도 살고요. 이 집도 그렇게 주인을 찾은 거죠. 제가 볼 때, 이 집과 고객님은 아주 딱 맞는 것 같아요."

공인중개사의 말을 들으며 화영은 고민했다. 집 안을 꼼꼼하게 살펴보며 일부러 단점을 찾아내려 해봤지만 너무나 마음에 드는 것은 어쩔 수 없었다. 공인중개사의 말대로 운명의 집을 찾은 것 같았다.

그리고 일단 매매가가 싸다. 물론 이때 '싸다'는 말은 요즘 집값에 비해 싸다는 것이지, 화영의 경제 사정에는 꽤 큰 부담이었다. 또한 집의 상태를 볼 때 리모델링 비용이 많이 들겠지만 그것은 어떻게든 아이디어를 짜내서 절약해볼 생각이었다. 역시 무리를 해서라도 사야겠어! 화영은 결심을 굳혔다. 드디어 화영에게도 집이 생긴 것이다.

"좋아요. 이 집으로 해야겠어요. 이사는 아무 때나 가능하죠?"

"그럼요. 물론이죠."

꿈에 부푼 화영은 그 길로 은행을 찾았다. 일단은 대출에 의지할 수밖에 없지만 젊은 나이에 내 집을 마련하는 것도 나쁘지 않겠다는 생각이었다. 오래된 집이라 은행에서 대출이 얼마나 나올지 알 수 없다는 것이 가장 큰 문제였다. 하지만 화영은 제대로 된 직장이 있고 신용에 문제도 없다. 또한 되도록 피해야 할 선택지이긴 하지만 든든한 부모님도 계신다. 부모님은 독립한 딸이 허름한 원룸촌에서 생활하는 것보다는 이쪽을 더 반기실 것이다. 게다가 그놈을 떨쳐내는 것도 중요한 문제다. 그러니 어떻게 해서든 반드시 이사를 해야 한다.

"1029번 고객님~"

대출 상담 창구의 직원이 화영의 번호를 불렀다. 화영은 차례를 뺏길세라 얼른 일어나 지정된 창구로 향했다. 직원이 점잖게 미소를 지으며 물었다.

"네 고객님, 무엇을 도와드릴까요?"

화영이 들뜬 마음에 거침없이 대답했다.

"집을 사려고 하는데요, 대출 받으려고요."

"처음 대출 받으시는 건가요?"

"네, 그렇죠."

"그러면 일단 매매하실 집의 위치를 알 수 있을까요?"

"종로구 이화동 금안로15길 27이요."

"알겠습니다. 잠시만 기다려주세요. 그쪽 지역이라면 집이 좀 오래됐을 것 같은데요. 그리고 일단 단독 주택이라면 대출 한도가 생각하시는 것보다 적게 나올 수 있고요."

"아…… 그래요?"

화영의 목소리가 실망으로 잦아들었다. 단독 주택은 한도가 적다니? 이런 복병이 있을 줄이야. 하지만 아직 포기할 단계는 아니다. 자금이 부족하다면 제2금융권을 알아보는 것도 괜찮은 방법이다. 화영은 직장과 소득, 집에 대한 이런저런 사항을 알려주었고 직원은 키보드를 두드리며 뭔가를 알아보기 시작했다.

창구에 앉아 최후의 판결을 기다리고 있자니 더 이상 견딜 수 없었다. 화영은 바쁘게 손가락을 놀리는 직원에게 조심스레 물어보았다.

"그러면 신용 대출이나 자동차 담보 대출까지 하면 최대한으로 얼마까지 나올 수 있을까요?"

화영이 눈을 반짝이며 가방을 꼭 끌어안았다. 살고 싶은 집을 찾았다. 어떻게든 해낼 각오가 되어 있었다.

꿈이 현실을 향해 무섭게 굴러가기 시작했다.

범인은

로봇이

분명하다

침실은 피와 내장이 뿜어내는 비릿한 냄새로 가득했다. 고요하기만 했던 집에 순식간에 사람들이 몰려왔고, 그들은 덧없이 끝나버린 어느 인생의 최후를 살피고 있었다. 지시 사항을 전달하는 무전기 소리와 카메라 플래시가 운정의 신경을 곤두서게 했다. 과학수사대로 보이는 사람들은 집 안을 간결하고도 정확한 움직임으로 오가며 조사를 하고 있었다.

　거실에 있던 운정은 경찰의 빠른 질문에 허둥지둥 대답하면서도 친구로부터 눈을 떼지 못했다. 표정이 사라진 친구의 입 속에는 음식물이 쑤셔 넣어져 있었고, 반듯하게 눕혀진 채 배가 꽃처럼 갈라져 있었다. 운정은 위화감이 느껴지는 친구의 모습을 보며 이상하게도 잘 정렬된, 기묘한 질서의 감각을 느꼈다.

*

"박살 내버려! 때려눕히란 말이야!"

사람들이 악을 쓰고 있었다. 이제 막 격투 로봇들의 경기가 시작된 것이다. 세계적으로 큰 인기를 끌고 있는 '더 머신 매니악 리그'의 아시아 예선 경기였다. 선수가 사람이 아니어서 얼마든지 난폭한 경기가 가능한 데다 합법적인 베팅까지 가능했기 때문에 수많은 이가 열광하는 경기였다.

운정은 그 열기의 한복판에 앉아 있었다. 친구의 죽음으로 마음이 심난해진 운정은 도저히 자신의 원룸으로 돌아갈 수 없었다. 텅 빈 방에 홀로 앉아 있는 상상을 하니 끔찍했다. 정신없이 어딘가에 휩쓸릴 수만 있다면 좋겠다는 생각뿐이었다. 그래서 종로 거리를 지나 집으로 가던 중 얼마 전 개장한 로봇 격투장에 충동적으로 들어온 것이었다. 몇 년 전, 도심 활성화 정책에 따른 로봇 격투장 건설 계획이 발표되었을 당시, 인근 서민층 마을에 사는 로봇 반대자들의 거센 반발이 있었던 곳이다. 운정 역시 그곳에 살고 있었기에 로봇 격투장에 출입하는 것을 동네 주민이 보게 된다면 좋을 것이 없었다. 하지만 당장 마음을 가라앉힐 수만 있다면 어디든 상관없었다.

운정은 관중석 뒤쪽의 값싼 좌석 티켓을 구매해 경기장으로 들어갔다. 벌써부터 시끄러운 음악 소리에 함성 소리까지 들려와 로봇 격투의 인기가 얼마나 대단한지 실감이 났다. 경기장에서는 경량급 로봇들의 경기가 펼쳐지고 있었다. 관중석 뒤쪽에 앉은 운정에게는 로봇들이 너무 작게 보여서 어떻게 싸우는지 제대로 보이지도 않았다. 운정은 자리에 우두커니 앉아 사람들을 구경했다. 모두들 저마다 숨죽이며 경기를 지켜보다가, 타격 하나가 적중할 때마다 환호하거나 욕을 하고 있었다. 그렇게 열에 들뜬 사람들에 둘러싸여 있으니 운정은 마음이 좀 놓이는 것 같았다.

사실 운정은 로봇 격투를 좋아하는 사람들을 이해할 수 없었다. 어른이 돼서도 어린 시절의 유치한 놀이를 끊지 못한 것 같다고나 할까. 하지만 메인 경기가 시작되고 경기장 양끝에서 화려한 조명과 함께 4미터에 달하는 쇳덩이들이 등장했을 땐 눈길이 가지 않을 수 없었다. 거대하고 압도적인 위용에, 불길해 보이기까지 하는 생김새가 더해지면서, 그것들은 마치 정체불명의 산업용 설비처럼 보였다. 현란한 음악과 함께 등장한 로봇이 육중한 걸음걸이로 링에 오르자, 운정은 관중석 뒤쪽까지 전해지는 긴장감에 놀라고 말았다. 차가운 금속으로부터 뿜어져 나오는 야성이 엄청난 전율을 불러일으키고 있었다.

사람들의 함성이 다시 한번 높아졌다. 경기가 시작되었다. 오늘의 경기에서는 팔에 도끼가 달린 달린 라스트 선더와 얼굴에 드릴이 달린 광개토가 맞붙고 있었다. 인간끼리의 경기와는 달리 서로 탐색하는 시간도 없었다. 시작종이 울림과 동시에 라스트 선더의 선제공격이 시작됐다.

라스트 선더가 재빨리 달려나가더니 팔에 달린 거대한 도끼로 광개토를 내리쳤다. 순간 날카로운 타격음이 장내에 울려 퍼졌다. 그렇게 몇 번을 얻어맞은 광개토는 방패가 찌그러지며 비틀거렸지만 큰 타격은 없어 보였고, 계속 밀리면서도 그다지 반격할 기미를 보이지 않았다. 운정이 보기에 라스트 선더는 난폭하게 밀어붙이기를 좋아하며 광개토는 조금 소극적이었다. 아마도 각자가 가진 무기의 운용 방식과 그동안 쌓인 격투 데이터가 합쳐지며 서로 다른 성향을 갖게 된 것 같았다.

경기는 전반전 20분과 15분의 휴식 시간 후 무제한 후반전으로 구성되어 있었다. 일단 경기가 시작되면 제대로 된 수리를 할 시간도 없이 두 로봇이 파멸을 향해 맹렬히 돌진하는 것이다. 마침내 빈틈을 노리던 광개토가 재빨리 라스트 선더를 끌어안으려 했다. 하지만 라스트 선더는 가까스로 벗어났다. 만약 붙잡힌다면 광개토의 드릴 얼굴이 곧바로 라스트 선더의 몸통을 파고들 것이다.

이후에도 계속 얻어맞기만 하던 광개토는 몇 번의 좋은 기회를 놓치고 말았고 그렇게 전반전이 끝났다. 분위기는 라스트 선더에게 기울어 있었다. 예상 밖의 맥 빠지는 경기 운영에 운정이 허망함을 느끼고 있는데 갑자기 옆 사람이 말을 걸어왔다.

"혹시 502호 청년?"

503호에 사는 중년의 남자였다. 친하지는 않지만 가끔씩 옥상에서 담배를 피우다 마주치면 가볍게 인사를 하는 정도의 사이였다. 남자는 뜻밖의 장소에서 동네 주민을 만난 것이 신기했는지 먼저 말을 걸어왔다. 축 늘어진 생김새와 다르게 수다스러운 남자였다. 예의상 몇 마디 주고받자 할 말이 없어진 운정은 경기 이야기를 꺼냈다.

"경기가 좀 시시한데요. 아무래도 라스트 선더가 이기겠어요. 광개토가 너무 약하네요."

그러자 남자가 놀라서 눈을 크게 뜨더니 열변을 토하기 시작했다.

"그게 아니지. 자네, 로봇 격투 별로 못 봤지? 로봇 격투의 진미는 후반전에 있어. 이놈들은 인공지능이란 말이지. 전반전 동안 상대의 데이터를 축적하고 후반전에는 그 데이터를 적용시키며 싸우게 되는 거야. 물론 시합 전에 상대의 과거 경기 데이터를 학습시키는 건 금지돼 있어. 지금까지 겪어온 실전 데이터만으로 싸우는 거지. 오직 경험을 통해 성장시켜서 진짜 강자를 가리겠다는 거야."

"그렇군요. 그래도 결국 치고받고 싸우는 건 마찬가지 아닌가요?"

"허허, 잘 생각해봐. 기본적으로 주입되는 데이터는 인간의 격투술을 바탕으로 하고 있지만 이 녀석들은 온몸에 특수한 무기를 달고 싸우면서 서서히 인간적인 부분을 지워나가지. 자신에게 맞는 격투 방법을 찾아가는 거야. 어쩌면 말이지, 이런 식으로 계속 간다면 언젠가는 우리가 도저히 흥미를 느끼지 못할 방식으로 싸우게 될지도 몰라. 그때는 로봇들만의 세계가 만들어지는 거지. 인간으로서는 이해 불가능한, 자기들만의 논리와 사고로 만들어진 세계 말이야. 좀 더 그럴싸하게 말한다면, 인간이 이해할 수 없는 뭔가로 변해간다고나 할까? 우리가 저놈들 속을 어떻게 알 수 있겠어?"

그 말을 듣고 나니 운정의 머릿속에 얼마 전에 봤던 기사 하나가 떠올랐다. 초기 격투 머신들은 인간형이 대다수였는데 격투의 패턴이 점점 미묘하게 변하자 그에 맞춰 곤충이나 동물의 특징적인 기능을 더하기 시작했고, 그 결과 최근에는 해괴망측하게 짜깁기된 머신이 늘고 있다는 것이었다.

문득 칼을 들고 있던 엠마의 모습이 겹쳐졌다. 엠마 역시 어떤 알지 못할 논리로 인해 가사 도우미의 영역을 넘어서버린 것인지도 모른다.

친구의 집에 들어갔던 순간을 다시 한번 되짚어보았다. 집 안은 이상하리만치 조용했다. 평상시 같았으면 친구가 큰 소리로 장난치며 등장했을 텐데 말이다. 부엌을 들여다보니 한창 식사가 준비 중인 것 같았다. 하지만 친구를 부르며 복도 안쪽의 침실까지 갔을 때 운정은 평생 잊지 못할 그 광경을 보고 말았다. 칼을 든 도우미 로봇, 그러니까 엠마가 피투성이 친구 옆에 서서 그를 내려다보고 있었던 것이다.

그 광경은 어딘지 모르게 기이한 분위기를 풍기고 있었다. 경찰에게는 차마 말하지 못했지만, 엠마가 피범벅이 된 몸으로 친구의 머리맡에서 고개를 숙인 모습이 마치 슬픔에 잠긴 것 같았다. 이 가사 도우미 로봇의 내부에서 어떤 일이 일어났던 걸까? 남자의 말처럼 엠마는 어느새 이해할 수 없는 뭔가로 바뀌어버린 걸까? 아니면 경찰의 예상대로 작동 오류나 해킹이었던 걸까?

"좋았어. 경기 시작했다! 집중하자고!"

남자가 소리를 지르는 바람에 운정은 정신을 차렸다. 후반전 경기가 시작되었다. 운정은 남자의 말을 확인해보기 위해 로봇들을 유심히 살폈다. 확실히 사람의 경기와는 다른 면이 있었다. 인간의 관점이라면 치명타를 입힐 절호의 기회에 갑자기 물러서거나, 서로 달려들다가 이상한 포즈를 취하는 등 기묘한 행동을 보였다. 몇십 수 앞을 순식간에 계산하는 인공지능이 사람으로서는 알 수 없는 미세한 뭔가를 포착했기 때문인 것 같았다.

운정은 문득 전반전 역시 이상했다는 것을 깨달았다. 전반전에서 두 로봇은 격투를 벌이는 도중 무의미하게 두 팔을 들어 올린다거나, 인사하듯이 상체를 숙이거나, 앞뒤로 왔다 갔다 하는 행동을 했다. 처음엔 기술이 아무리 발달해도 역시 사람을 따라잡지는 못하는 것이라 생각했지만, 남자의 말을 듣고 보니 그것 역시 로봇이 몇 수 앞을 내다보며 산출한 결과일지도 모른다. 인간에게는 무의미해 보이는 행동이지만 실은 그것이 상대 로봇의 판단에 미치는 영향까지 고려해가면서, 승리를 위한 큰 그림을 하나씩 쌓아가는 과정이었다.

"그렇지! 광개토 잘한다!"

장내 분위기가 다시 달아올랐다. 광개토가 라스트 선더를 껴안는 데 드디어 성공한 것이다. 광개토의 갈고리 같은 두 손이 라스트 선더의 등 뒤에서 굳게 결속되어 있었다. 드릴 얼굴이 회전하기 시작했다. 드릴이 라스트 선더의 몸통에 닿자 불꽃과 함께 굉음이 울려 퍼졌다.

"죽, 여, 라! 죽, 여, 라!"

관중들이 한목소리로 '죽여라!'를 연호하기 시작했다. 라스트 선더는 어떻게든 빠져나가기 위해 광개토를 링 코너로 밀어붙여 몇 번씩 처박았지만 광개토의 두 손은 풀리지 않았다. 오히려 광개토는 필사적으로 라스트 선더의 몸통에 달라붙어 얼굴을 들이밀었다.

운정에게는 광개토가 라스트 선더의 가슴에 얼굴을 파묻고 있는 모습이 기이하게도 인간적으로 느껴졌다. 무언가를 갈구하듯 파먹어가는 모습이 마치 엄마 젖을 찾는 아기처럼 보였다.

하지만 상황은 곧 처참해졌다. 광개토의 머리가 점점 더 깊이 파고들수록 관중들의 열기는 극에 달했고 금속 파편과 검붉은 오일이 터져 나와 두 로봇이 오일을 피처럼 뒤집어썼다. 둘은 한 덩어리가 되어 링 바닥을 구르기 시작했고 마침내 라스트 선더는 몸통이 파헤쳐진 채 경련을 일으켰다. 광개토의 승리였다.

뜻밖의 잔혹한 광경에 운정은 정신이 나가버렸다. 친구가 끔찍하게 살해당했다는 사실, 이 세상에서 완전히 사라져버렸다는 사실이 그제야 실감 났다. 운정은 속이 메스꺼워지는 것을 느끼며 자리를 박차고 나왔다.

*

"현재 로봇은 오류나 해킹이 있었는지 여부를 검사 중이고요. 사실 관계를 좀 더 확인해야 할 게 있어서 다시 모셨습니다. 요청에 응해주셔서 감사합니다."

다음 날 점심, 운정은 참고인으로 종로 경찰서에 와 있었다. 형사의 건조한 말투에 불안감을 느끼며 거듭 자신이 봤던 것들을 이야기해야 했다.

"어제도 말씀드렸다시피 친구가 1시까지 자기 집으로 점심을 먹으러 오라고 했습니다. 그래서 간 거죠. 제가 근처에 살아서 같이 점심을 먹곤 했거든요."

운정은 신중하게 대답했다. 형사의 말이 이어졌다.

"그렇군요. 그래서 친구 집에 도착한 시간이 12시 55분쯤. 집에 와보니 침실에 친구가 죽어 있었고, 내장은 침실 바닥에 펼쳐져 있었다. 그리고 도우미 로봇이 칼을 들고 친구를 내려다보고 있었다. 맞습니까?"

"네, 맞습니다. 로봇 이름은 엠마고요. 몇 달 전에 구매했습니다. 최신 인간형 도우미 로봇이죠. 그리고 지금 기억이 났는데 식사 준비 중인 것 같았습니다. 부엌에서 미역국이 끓고 있었거든요."

운정은 어떻게든 협조한다는 인상을 주기 위해 애를 쓰고 있었다. 하지만 형사는 갑자기 타이핑을 멈추더니 의미심장하게 운정을 쳐다보며 물었다.

"그런데 말이죠, 김운정 씨. 친구가 이미 죽은 상황이었는데 어떻게 집에 들어갔습니까?"

"네, 저한테 카드 키가 있습니다. 친구가 종종 해외 출장을 가거든요. 그럴 때마다 저보고 와서 좀 지내라고 했습니다. 청소하고 화분에 물도 주고 밥도 해 먹으라고요. 그게 사실 엠마가 전부 할 수 있는 일이니까, 제가 굳이 갈 필요는 없거든요. 그런데도 자기 집에 오라는 거예요. 와서 자기가 얼마나 대단하게 사는지 느껴보라는 거죠. 솔직히 말해서 옛날부터 자기 자랑이 심한 녀석이었어요."

운정은 말을 해놓고 가슴이 철렁했다. 방금 한 말이 혹시 살인 동기로 오인받지 않을까 싶어서였다. 형사는 이미 운정의 말을 남김없이 받아 적고 있었다.

죽은 친구는 한때 운정과 같이 살면서 신세 타령이나 하던 녀석이었다. 그런데 운 좋게 가상 화폐로 떼돈을 벌어서 그 돈으로 사업을 시작했고, 또 그 사업이 대박나면서 인생 역전을 한 친구였다. 성공한 후에는 어깨를 으쓱거리며 꼴사나운 모습을 보이곤 했지만 그래도 비위만 맞춰주면 운정에게는 식사를 해결하게 해주는 좋은 친구였다. 물론 출장을 갈 때는 더욱 좋은 친구였고 말이다. 형사의 질문이 계속되었다.

"원래부터 키를 갖고 계셨고, 종종 그 집에서 지냈다는 거군요. 그러면 말입니다. 집에 들어와서는 정확하게 뭘 어떻게 하셨나요?"

형사는 아마 이 질문을 가장 하고 싶었을 것이다. 왜냐하면 운정의 진술과 사건 현장이 일치하지 않았기 때문이다. 현장에 경찰이 도착했을 때는 내장들이 방에 널려 있지 않았다. 분명히 널브러져 있었던 내장은 잠깐 사이에 친구의 몸속에 잘 정리되어 있었다. 운정은 가슴이 조여드는 것을 느끼며 대답했다.

"친구를 부르는데 대답이 없어서 일단 안으로 들어갔고요. 계속 불러도 대답이 없길래 침실까지 들어갔다가 친구가 죽은 걸 보고 곧바로 밖으로 뛰쳐나가 신고를 했습니다. 그리고 10분 후쯤 경찰과 들어와 보니……."

"밖에 나와 있던 내장들이 다 들어가 있었다? 친구 입에는 음식이 가득했고? 또 칼을 들고 있던 로봇은 충전 도크에서 충전 중이었다는 거죠?"

당황한 운정은 해킹이나 결함을 운운하며 아무 말이나 내뱉었지만 형사는 반응이 없었다. 운정이 로봇의 프로그램을 조작했다고 의심할 수도 있지만, 조사해보면 알 것이다. 그가 평생 순수 미술에 빠져 살다가 초라하게 추락하고 있다는 것을 말이다.

그리고 무엇보다도 사건 당시 로봇은 피투성이였고 운정은 깨끗했다. 슬리퍼를 신고 덜렁덜렁 걸어와서 친구의 배를 가르는 사람은 없을 것이다. 하지만 여전히 불안하기도 했다. 운정은 친구 집의 카드 키를 갖고 있었고, 최초 신고자이기도 하다. 게다가 운정의 진술과는 다르게 친구의 내장은 배 속에 잘 들어 있었다. 분명 엠마가 정리했을 것이다. 하지만 도대체 왜?

경찰서를 나온 운정은 몇 시간 동안 종로 거리를 배회했다. 자신의 운명이 어떻게 전개될지 머릿속으로 거듭 상상하며 비통함에 빠져들었다. 질투 때문에 친구를 살해한 범죄자가 되어 세상의 손가락질을 받으며 감옥에서 파멸을 맞는다……. 운정은 자신도 모르게 고개를 저었다. 그건 아니다. 그럴 리 없다.

지나가는 사람들의 얼굴에서 친구의 모습을 볼 때마다 깜짝 놀라기를 반복했다. 그럴 때마다 운정은 터무니없는 희망에 차오르기도 했다. 어쩌면 친구는 죽지 않고 살아 있으며, 자신에게 찾아온 비극이 짓궂은 해프닝으로 끝날지도 모른다는 생각에 들뜨기까지 했다.

해가 거의 저물고 있었다. 이제 유령들이 거리를 차지할 것이다. 상점마다 설치된 센서들이 행인들을 분석한다. 운정이 커피숍을 지나자 3D 홀로그램 인간이 나타나 그의 옆에 붙어 섰다.

"깜짝 할인 이벤트! 저희 매장에 들어오시면 아메리카노를 20퍼센트 할인된 가격에 드립니다!"

홀로그램 남자는 유쾌한 어조로 외쳤다. 운정이 반사적으로 비켜가려 하자 남자는 유령처럼 미끄러지며 따라붙었다.

"깜짝 할인 이벤트! 저희 매장에 들어오시면……."

같은 말을 반복하는 남자를 쳐다보며 살짝 짜증을 내비쳤지만 소용없는 짓이라는 것을 알고 있었다. 이건 프로그래밍된 유령이니까.

또 다른 가게 앞을 지나자 이번엔 젊은 여자 유령이 나타났다.

"안녕하세요? 혹시 알고 계시나요? 60년 전통의 종로 대표 맛집⋯⋯."

운정은 고개를 숙이며 유령을 뚫고 지나갔다.

신경이 날카로워진 운정은 문득 한 가지 기억을 떠올렸다. 사건이 벌어지기 몇 달 전, 그러니까 친구가 엠마를 구입한 지 얼마 안 됐을 때의 일이다.

운정은 친구의 집에 놀러 갔었고 마침 텔레비전에서는 빈티지 완구를 주제로 한 다큐멘터리가 나오고 있었다. 그때 엠마는 청소를 하다 말고 텔레비전을 뚫어지게 보고 있었다. 화면 속에서는 장인이 수리를 마친 인형에 건전지를 넣자 인형이 뒤뚱뒤뚱 걸어 다니는 장면이 나왔다. 그 모습을 본 친구가 엠마에게 조상님을 뵌 기분이 어떠냐며 놀렸었다.

도대체 엠마는 무슨 생각을 하고 있는 것일까? 운정의 머릿속에서 엠마가 칼을 들고 피투성이가 된 친구를 내려다보던 모습이 떠나질 않았다. 거리의 산만함이 운정을 더욱 혼란스럽게 만들었다. 이제 집에 가야 할 시간이다. 운정은 유령들과 마주치지 않기 위해 고개를 떨구고 집으로 향했다. 하지만 그 바람에 거리 한복판에 뜬 홀로그램 뉴스를 보지 못했다. 음소거가 된 뉴스에서는 말끔하게 생긴 아나운서가 열심히 입을 놀리고 있었고 그

밑으로 자막이 나오고 있었다.

"긴급 속보입니다. 로봇 살인 사건의 강력한 용의자였던 도우미 로봇이 무혐의 처분 후 실종됐다고 합니다. 어제 발표된 경찰의 조사 결과에 따르면 해킹이나 오류의 흔적은 발견되지 않았다고 하는데요. 고인의 메모리를 추출하려는 유가족들의 강력한 요청으로 오늘 저녁 인계가 된 후, 실종되었습니다. 가족들 지인의 말에 따르면, 정황상 스스로 도주한 것으로 보인다는⋯⋯."

운정은 이화동 골목길을 따라 걸었다. 한참을 걸어 올라가야 집에 도착할 것이다. 골목에는 차분하게 벌레 울음소리가 울려 퍼지고 있었고 어딘가에서 낡은 하수구 냄새와 비누 냄새가 풍겨 왔다. 여름밤의 습한 공기가 여전히 도시의 열기를 머금고 있었기에 운정은 서두르지 않기로 했다.

도무지 변할 줄 모르는 이곳은 서민층이 주로 거주하는 지역이긴 했지만, 시간이 갈수록 첨단 문명을 거부하는 사람들이 모여 살면서 특유의 연대감과 호전적인 분위기가 흐르는 곳이 되었다. 그러나 지금 이 순간만큼은 고즈넉한 골목길, 담장에 어설프게 그려진 아이들이 꽃밭에서 뛰노는 골목길일 뿐이었다.

운정은 길을 걸으며 친구의 죽음을 그다지 슬퍼하지 않는 자신에게 죄책감을 느끼고 있었다. 친구를 기만해왔다는 생각에 괴로웠다. 내가 진심으로 웃어준 적이 있던가? 마음속으로는 속물이라 비난하면서도 겉으로는 사람 좋게 웃으며 비위를 맞춰준

것은 바로 운정 자신이었다. 허세에 자랑을 일삼는 친구를 단죄한답시고 그동안의 호의를 마음껏 이용하는 것으로 치졸한 복수를 해왔다.

그만. 그만하자. 이제 와서 뭘 어쩔 수 있는 것도 아니잖아. 운정은 괴로움을 떨쳐내기 위해 크게 한숨을 내쉬었다. 저 앞에 보이는 담장 속에서 빛바랜 아기 천사가 가슴에 하트를 품고 하늘을 올려다보고 있었다. 마치 운정의 심정을 대변해주기라도 하듯 슬퍼하는 것인지 기뻐하는 것인지 알 수 없는 표정으로. 비겁하게도 갑자기 이런 생각이 들었다. 어쩌면 친구는 자기가 가진 운을 너무 성급하게 다 써버린 건 아닐까? 한순간에 모든 것을 거머쥐고 실컷 누리다가 가버린 것이다.

그때 어디선가 인기척이 들렸다. 오른쪽으로 갈라지는 좁은 골목길에서 소란이 벌어진 것 같았다. 걸음을 멈추고 살펴보니 골목 안쪽 쓰레기 더미에서 건달 두 명이 욕을 하며 누군가를 걷어차고 있었다. 그 모습을 본 순간 운정은 분노가 치밀어 올랐다. 태어나서 처음으로 가슴속 저 밑에서 뭔가가 복받쳐 오르는 것이었다. 그것은 불의에 대한 분노이자 자기 자신에 대한 분노이기도 했다. 더 이상 비겁하게 살지 않겠어!

"뭐 하는 거야! 이 새끼들아!"

운정은 미친 듯이 달려가 두 녀석을 들이받았다. 건달들은 당황한 나머지 피하지도 못하고 나자빠졌고 운정 역시 그들과 뒤엉키며 나뒹굴었다. 몸을 뒤흔드는 충격에 운정은 몹시 당황했다. 넘어진 순간 우습게도 땅이 매우 단단하다는 사실을 새삼 깨달은 것이다. 하지만 그런 것을 신경 쓸 때가 아니었다. 정신 차려! 어서 일어나! 건달들은 갑작스런 공격에 아직 정신을 못 차리고 있었다. 일어나야 한다. 일어나서 싸우거나 도망쳐야 한다.

하지만 쓰레기 더미 속 어두침침한 실루엣을 본 순간 운정은 자신이 얼마나 바보 같은 짓을 했는지 깨달았다. 그가 구한 것은 사람이 아니라 청소 로봇이었다. 정부에서 운영하는 청소 로봇에게 자칭 로봇 반대주의자인 건달들이 시비를 걸었던 것이다.

로봇은 팔다리가 부러진 채 애처롭게 버둥거리고 있었다. 넋이 나가 있는 운정을 친절하게도 건달들이 일으켜 세워주었다. 그리고 멋쩍은 표정으로 눈이 마주친 순간, 운정은 주먹이 날아오는 것을 보았다.

*

시간이 얼마나 지났는지 알 수 없었다. 운정이 눈을 뜨자 익숙한 형태의 천장과 벽지가 보였다. 어떻게 우리 집에 왔지? 가만히 보니 물건들이 낯설었다. 그리고 싱크대 앞에서는 누군가가 설거지를 하고 있었다.

"누, 누구세요?"

"드디어 정신 차렸군. 괜찮은가? 도대체 무슨 짓을 했길래 길거리에서 얻어맞고 쓰러져 있나? 조금만 더 맞았으면 못 알아볼 뻔했네.”

어제 로봇 격투장에서 만났던 남자였다. 한잔하고 돌아오는 길에 운정을 발견하고 자신의 원룸으로 데려온 것이었다. 운정을 돌아보는 그의 표정에 호기심이 가득했다.

“아, 도대체 무슨 일이냐니까?”

“건달 두 놈이 골목에서 사람을 때리고 있길래 구해줬는데 알고 보니 청소 로봇이더라고요.”

한바탕 뒹굴고 나서 로봇임을 알았을 때의 기억이 떠오르자 운정의 표정이 씁쓸해졌다.

“자네, 이 동네에서 해서는 안 될 짓을 했어. 내일부터는 뒤통수를 조심해야 할 거야. 이 동네가 어떤 동네인지 알지? 로봇 반대자들이 우글대는 동네라고. 내일이면 자네가 저지른 일이 온 동네에 소문이 날 거야. 물론 나는 로봇을 싫어하기는 하지만 기본적으로는 평화주의자니까 나까지 경계할 필요는 없고. 게다가 어제는 로봇 덕분에 돈도 땄단 말이지. 어쨌든 재밌네. 움직이는 걸 살아 있는 걸로 착각한 거 아닌가. 하하하.”

“그렇죠. 제가 바보짓을 한 거죠.”

운정은 남자의 눈치 없는 웃음에 화가 났지만 그의 마지막 말이 뭔가 미묘하게 느껴졌다. 움직이는 것을 살아 있는 것으로 착각하다……. 운정은 엠마를 근본적으로 오인한 것이 아닐까 생각했다. 기계는 기계일 뿐이다. 충성심으로 주인을 위해 움직이는 것이 아니라 프로그래밍된 대로 움직이는 것뿐이다. 기계에게 슬품이나 애절함 따위가 있을 리 없다.

남자가 바쁘게 그릇을 닦으며 말했다.

"그렇다고 너무 상심하지는 말게. 어떻게 보면 로봇 녀석들은 영원히 사는 것 아니겠나? 부품만 갈면 말이야. 가난하게 사는 우리보다 처지가 나은 걸 수도 있어. 내가 로봇이었으면 자네 덕분에 지금 이렇게 허리가 아프진 않았겠지."

운정은 남자의 유머인지 냉소인지 모를 말투에 도저히 적응할 수 없었다.

"죄송해요. 치료비는 제가 어떻게든 드리겠습니다."

"그 얘기가 아니야. 난 지금 로봇 천만 시대에 우리가 무엇을 해야 할지 깨달았다네."

앞치마를 두른 남자는 물이 뚝뚝 떨어지는 냄비를 든 채 심각하게 말을 이어갔다.

"우리는 신이 돼야 하는 거지. 우리가 로봇들에게 창조주 행세를 해야만 녀석들이 우릴 깔보지 못한단 말이야. 그 방법밖에 없어. 우리에겐 영혼도 있고! 생명도 있다 이거지! 녀석들이 아무리 데이터를 축적해도 절대 가질 수 없는 것 말이야. 로봇들에게 그 점을 확실하게 인식시켜야 돼. 안 그러면 인류는 멸망이야!"

"그러니까 아저씨 말씀은 인간이 우위에 서려면 로봇이 절대 가질 수 없는 뭔가가 있어야 한다는 말씀인가요?"

"그렇지. 로봇 놈들은 절대 파악할 수 없는 뭔가를 갖고 있을 때, 그때야말로 신이 신다울 수 있는 거지. 괜찮은 생각 아닌가?"

*

    엠마는 왜 인간들이 공격적으로 돌변한 것인지, 자신에게 벌어진 상황이 무엇을 의미하는지 파악할 수 없었다. 자신이 학습한 데이터로는 어떠한 결과도 나오지 않았다. 또한 인간들이 갑자기 들이닥치는 바람에 실행하던 절차를 완료하지 못했다.

    혹시 자신의 판단에 문제가 있었던 것인지도 모른다. 엠마는 자가진단을 몇 차례 시행해보았지만 알고리즘은 오류가 없다는 결론만 산출했다. 일단 엠마에게는 사회 경험 데이터가 너무 부족했다. 최신형 인공지능 로봇이지만, 주인에 의해 가동된 지 몇 달밖에 안 됐기 때문이다. 그렇다고 모든 판단을 보류한다면 움직이는 것도 불가능해진다. 이곳 창경궁 숲속 깊은 곳에 웅크리고 있다가는 전원이 꺼지게 될 것이다. 그렇게 되면 집에도 갈 수 없고 주인도 만나지 못하게 된다.

    몇 시간 전까지도 엠마는 주인의 유가족들과 함께 있었지만 그들 사이에서 '유산'과 '분할'이라는 단어가 자주 등장하며 분노 수치가 높게 측정되자 자연스러운 회피 반응으로 그들에게서 도망쳤다. 그동안 기록된 가족과의 통화 내역을 참고로 해보자면, 주인은 그들과 통화할 때마다 분노와 혐오 수치가 급격하게 높아지곤 했다. 엠마에게 가족 항목은 최상위 카테고리였지만 동시에 비우호적 속성으로 판단되었다.

    엠마는 데이터베이스에 등록된 인간들을 검색했고, 예외적으로 주인에게 매우 우호적인 가족 한 명이 서울에 살고 있다는 것을 알게 됐다. 그는 그리 멀지 않은 곳, 이화동에 살고 있었다.

새벽 시간, 인적 없는 거리를 지나 엠마는 이화동 골목길로 들어섰다. 한 걸음씩 내딛을 때마다 미세한 모터의 소음이 유난히도 크게 울렸다. 이 동네가 로봇에게 우호적이지 않다는 정보를 습득했다면 엠마는 다른 방법을 찾았을지도 모른다. 하지만 그런 사실을 전혀 모르는 엠마는 골목 앞을 가로막고 있는 두 남자를 향해 걸어갔다.

그들은 어두침침한 가로등 아래에서 엠마를 향해 뭐라고 떠들고 있었다. 불과 몇 시간 전 청소 로봇을 박살낸 자들이었다. 그들은 술에 취해 비틀거리며 어눌한 발음으로 욕설을 내뱉더니 엠마의 앞을 막아섰다. 엠마는 그들의 모습과 혀가 꼬인 음성에서 명확한 감정 상태를 인식할 수 없었기 때문에 그들이 무엇을 요구하는지 알 수 없었다.

엠마가 아무런 반응이 없자 화가 났는지 갑자기 한 명이 칼을 꺼내 바보처럼 허공에 휘두르기 시작했고, 또 한 명은 엠마에게 발길질을 하려다가 혼자 넘어졌다. 엠마의 알고리즘이 순식간에 판단을 내렸다. 그동안의 학습에 의하면 이들은 도움이 필요한 사람들이었다. 곧바로 절차가 시작됐다. 엠마는 칼을 빼앗아서 한 사람씩 붙잡고는 빠른 속도로 배를 갈랐다. 그러자 주인에게 했을 때와 똑같은 일이 일어났다. 배에 빨간 줄이 생기더니 곧바로 부품들이 쏟아져 내린 것이다.

그것들은 주인의 것과 동일한 구성으로 이루어져 있었다. 좋은 정보였다. 엠마는 부품들을 바닥에 펼쳐놓고 살펴보았지만 이번에도 붉은 액체가 필요 이상으로 많이 나와서 어디에 문제가 있는 것인지 판단하기 힘들었다. 경험 데이터를 좀 더 축적할 필요가 있었다.

엠마는 두 사람을 가지런히 눕혀놓고, 부품들을 다시 집어넣었다. 그리고 그들이 들고 있던 봉지에서 음식물을 꺼내 입속에 잔뜩 넣어주는 것도 잊지 않았다.

반듯하게 누워 있는 그들 옆에서 담장 속 아기 천사가 하늘을 올려다보며 기도하고 있었다. 기쁨인지 슬픔인지 모를 애매한 표정이었다.

*

원룸으로 돌아온 운정은 잠이 오지 않아 미칠 지경이었다. 이럴 때는 역시 소주에 텔레비전을 안주 삼는 것이 좋은 방법이다. 운정은 냉장고에서 소주를 꺼냈다. 텔레비전에서는 의학 드라마가 재방송되고 있었다.

드라마 속 상황은 운정만큼이나 심각했다. 의사들이 긴박하게 회의를 하고 있었고, 다음 장면에선 자식들이 어머니를 살려달라고 울부짖는 장면이 나오고 있었다. 운정은 드라마를 보는 둥 마는 둥 물처럼 소주를 들이켰다. 그러다 별생각 없이 화면 아래쪽 자막 뉴스에 시선을 보낸 순간, 펄쩍 뛰며 자리에서 일어났다.

살인용의자 로봇 무혐의 판단, 가족 인계 후 도주.

분명히 그렇게 쓰여 있었다. 가족 인계 후 도주했다고. 다른 사건일 리가 없었다. 세계 최초의 로봇 살인 사건 신고자가 바로 운정 자신이었으니까. 운정은 불안했다. 친구는 생전에 집 안 출입을 쉽게 하기 위해 엠마의 데이터에 운정을 가족으로 등록했다. 설마 여기로 오지는 않겠지? 엎어진 소주병이 발을 적시고 있었지만 운정은 우두커니 선 채로 넋이 나가버렸다.

그때였다. 쿵, 쿵, 쿵. 누군가 문을 두들겼다. 쿵, 쿵, 쿵. 한 번 더 두들겼다. 등줄기에서 전기가 뻗쳤다. 도대체 이 시간에 누구지? 옆집 아저씨인가? 아닐 것이다. 굳이 이런 새벽 시간에 찾아올 리 없다. 문밖에 누가 있는 것인지 너무나 궁금했지만 첨단 문명의 반대자들이 사는 곳은 생각보다 철저하다. 초인종도 인터폰도 없다. 모든 것이 사물 인터넷에 연결되기 때문에 감시를 당한다는 이유에서였다.

정말 그런지는 모르겠지만 어쨌든 지금 현관문 너머에서 뭔가가 운정을 부르고 있었다. 조심스럽게 현관으로 다가가보았다. 그리고 아주 천천히 도어 스코프를 들여다보았다. 뭔가 있었다.

엠마였다.

"으헉!"

운정은 자기도 모르게 소리를 지르고 말았다. 아차 싶었다. 분명 엠마가 들었을 것이다. 운정은 조용히 뒤로 물러나 휴대폰을 찾았다. 경찰에 신고하면 된다. 신고하고 방 안에 가만히 있으면 알아서 해결될 것이다. 그런데 아무리 둘러보아도 휴대폰이 보이지 않았다.

갑자기 현관 쪽에서 철컥거리는 소리가 들렸다. 현관문을 바라본 운정은 눈알이 터지도록 놀랐다. 깜빡하고 문을 잠그지 않았다. 너무 피곤한 나머지 문을 열자마자 뛰어들어가 침대로 몸을 날렸던 것이 기억났다.

천천히 문이 열리기 시작했다. 운정은 방 안 가득한 살림살이를 향해 전력 질주를 했다. 가구들 틈으로, 침대 밑으로 비집고 들어가려 했다. 바보 같았지만 살고 싶은 생각뿐이었다. 쿵. 문 닫히는 소리. 현관에서 싱크대를 따라 이어져 있는 통로로부터 규칙적인 모터 소리가 들려왔다. 곧 엠마가 나타날 것이다. 숨을 곳을 찾지 못한 운정은 침대 위에서 베개를 끌어안으며 눈을 부릅뜨고 있었다.

마침내 피에 젖은 엠마가 칙칙한 형광등 아래 모습을 드러냈다. 숨이 멎는 것 같았다. 엠마가 저렇게 거대했나? 엠마는 운정을 인식하고 곧장 침대를 향해 걸어오기 시작했다. 피투성이가 된 채 운정에게 다가오는 모습이 마치 불가사의한 의지를 품은 신이 자신에게 무언가를 요구하려는 것처럼 보였다. 운정은 끝이라고 생각했다. 평생을 무기력하게 살다가 문을 안 잠가서 로봇에게 살해당한 삼류 예술가. 이렇게 바보 같은 최후라니.

그런데 갑자기 엠마의 머리가 텔레비전 쪽으로 향했다. 텔레비전에서는 아직도 의학 드라마가 방영 중이었다. 이상하게도 엠마는 그 자리에 굳어버린 듯 드라마에 집중하기 시작했다. 이유는 알 수 없었지만 운정으로서는 사신에게서 도망칠 기회를 잡은 셈이었다. 이대로 달려 나가면 살 수 있다. 나가서 소리를 지르면 된다. 그러면 로봇을 증오하는 주민들이 달려 나올 것이고 그다지 친분은 없지만 힘을 합쳐 엠마를 때려 부술 것이다.

마침 드라마가 소란스러워졌다. 수술을 앞둔 어머니가 최후의 유언을 남기자 가족들이 울부짖기 시작했다. 지금이야! 운정은 침대를 박차고 총알같이 달려 나갔다. 그리고 그와 동시에 방금 엎었던 소주를 밟고 미끄러지며 바닥에 머리를 처박고 말았다.

'젠장, 난 맨날 왜 이러냐…….'

운정이 다시 정신을 차렸을 때는 침대 위에 누워 있었다. 엠마가 운정을 침대에 눕혀놓은 것이다. 운정은 실눈을 뜨고 주변을 살폈다. 텔레비전 앞에 서 있는 엠마가 보였다. 여전히 드라마에 집중하고 있었다. 운정은 조심스럽게 고개를 들어 휴대폰이 어디 있는지 찾아보았다. 아까 분명히 손에 쥐고 침대에 누웠던 것 같은데? 분명 여기 어딘가에 있을 거야. 운정은 손으로 여기저기 더듬어보았지만 결국 찾지 못했다.

그때 갑자기 엠마가 텔레비전 쪽으로 바싹 붙었다. 엉거주춤하게 서서 목을 빼고 텔레비전을 보는 모습이 중요한 정보를 받아들이고 있는 것 같았다. 그 모습이 왠지 낯이 익다고 생각한 순간, 머릿속에 어느 장면이 불쑥 떠올랐다. 몇 달 전 엠마가 빈티지 완구 다큐멘터리를 볼 때 바로 이런 반응을 보이고 있었던 것이다. 장인이 망가진 인형의 부품을 교체하자 인형이 다시 살아서 걷는 장면을 보며 엠마는 깜짝 놀란 듯 목을 빼고 텔레비전을 보았었다.

그리고 지금 텔레비전 속에서는 어느 방송사에서 야심차게 계획한 19금 의학 드라마가 모자이크 처리도 없이 배를 가르고 내장을 교체하고 있었다.

운정은 친구의 죽음과 이 모든 일이 어떻게 비롯된 것인지 조금씩 선명해지는 것을 느꼈다. 혹시 엠마는 인간 역시 부품을 교체하면 다시 살아나는 인형 같은 존재라고 판단한 것이 아닐까? 그렇게 된 데에는 친구의 역할이 컸을 것이다. 친구가 바로 의학 드라마의 광팬이었기 때문이다.

친구가 드라마를 볼 때마다 엠마도 함께 봤을 것이다. 그 드라마는 헌신적인 의사들의 과감한 수술 장면을 보여주며 매회마다 사람들의 장기를 바꾸었고, 그러고 나면 환자들은 순식간에 살아나 건강을 회복했다. 엠마가 현실에서 그런 과정을 온전하게 경험했다면 이런 일이 벌어지지 않았을지도 모른다.

드라마에서는 의사가 배를 가르고 내장을 바꾸고 나면, 어느새 가족들이 달려와 보양식을 떠먹여주고 퇴원을 한다. 그렇게 되기까지 불과 30분 남짓. 엠마에게는 그것이 현실이었다. 친구가 죽었을 때 부엌에서 미역국이 끓고 있었던 이유도 바로 그것이었다. 엠마는 친구를 죽이려 한 것이 아니라 만성 장염을 달고 살던 친구를 고쳐주려 했던 것이다.

그렇지만 아직까지 로봇이 텔레비전을 보고 나서 엉뚱한 짓을 했다는 이야기는 들어본 적이 없었다. 그런 소식이라면 귀신같이 알아내서 퍼트리는 이곳 로봇 반대자들의 마을에서조차 그런 이야기는 없었다. 역시 억지스러운 생각일지도 모른다. 어쨌든 한 가지는 확실하다. 엠마와 같이 있으면 위험하다!

엠마는 왜 여기에 왔을까? 운정에게 의지하기 위해 온 것일까? 아니면 죽이러 온 것일까? 죽이러 왔다면 운정이 정신을 잃었을 때 죽일 수 있었다. 하지만 엠마는 운정을 침대에 곱게 눕혀놓고 소주를 엎은 것까지 닦아놓았으며 지금은 드라마에 빠져 있다. 혹시 수술 장면을 학습하느라 살인 계획을 잠시 미룬 것일까? 아무리 생각해봐도 엠마의 속을 알 수 없었다.

일단 운정은 엠마를 자극하지 않기로 했다. 마구잡이로 도망치는 것은 힘들 것 같다. 몰래 달려들어서 전원을 끌 수 있다면 좋겠지만 불행하게도 겉으로 봐서는 스위치가 어디에 있는지 알 수 없었다. 다른 방법을 생각해야 했다. 드라마가 끝나가고 있었다. 운정은 자연스럽게 일어나 앉으며 엠마에게 명령해보았다.

"엠마, 친구 만나고 올 테니까 집 잘 지키고 있어."

아무 반응이 없었다. 늘 보던 평범한 반응이었다. 로봇이 강아지처럼 소란스럽게 배웅해줄 리는 없다. 이런 식이라면 탈출할 수도 있겠다. 운정은 자리에서 일어나 엠마의 등 뒤로 조심스럽게 움직였다. 걸음을 내딛자 어지러움에 휘청거렸다. 방금 전 넘어지면서 머리를 부딪쳤기 때문인 것 같았다.

하지만 드라마가 끝나면 엠마가 어떤 행동을 할지 알 수 없다. 그 전에 이 집에서 나가야만 한다. 드라마 속 어머니는 벌써 건강을 회복하고 의사에게 감사의 인사를 드리는 중이었다. 천천히 벽을 짚으며 운정이 현관으로 통하는 복도에 도달한 순간, 텔레비전에서 지겹도록 익숙한 외침이 들려왔다.

피곤하십니까? 머리가 아프시다고요? 이제! 월 3만3천 원으로 여러분의 고민을 시원하게 해결해드립니다!

홈쇼핑 광고였다. 드라마가 끝난 것이다. 그와 동시에 모터 돌아가는 소리가 들렸다. 서둘러야 한다. 현관을 향해 비틀비틀 걷기 시작했다. 차마 뒤돌아볼 용기가 나지 않았다. 하지만 곧 뒤를 돌아보고 싶어도 그럴 수 없게 되었다. 등 뒤에서 차가운 금속 손이 다가와 운정의 양 팔을 붙잡은 것이다.

"왜 이래, 놔! 친구 만나러 간다니까! 놓으라고! 명령이야, 놔!"

운정은 소리를 지르며 빠져나가려 했지만, 금속 손가락은 수갑처럼 단단하게 고정되어 있었다. 엠마는 운정을 침대에 다시 눕혔다. 엠마의 얼굴이 그의 몸을 분주하게 살폈다. 의도를 알 수 없었다. 거짓말을 알아채는 기능이 있던가? 다친 얼굴에 비틀거리기까지 하니 쉬라는 건가? 잠깐, 다쳤다는 건 고장이 난 거니까 배를 가르는 거 아냐? 고쳐주려고? 운정의 고민은 곧바로 시원하게 해결되었다. 엠마가 부엌에서 칼을 꺼내들었다. 이유는 알 수 없지만 의도는 확실했다. 이렇게 누워 있으면 엠마의 수술이 시작된다. 운정은 벌떡 일어나서 소리쳤다.

"엠마, 멈춰. 칼 내려놔. 명령이야, 칼 내려놔!"

피투성이 로봇이 다시 한번 운정에게 다가가고 있었다. 아까와 같은 방식으로 도망치는 것은 불가능하다. 이렇게 되면 운정도 가만히 있을 수 없었다. 한심한 로봇 따위 박살 내주겠어. 운정은 주위를 둘러보았다. 침대 옆에는 지난 2년간 인테리어 소품으로 전락했던 일렉기타가 있었다. 운정은 황급히 기타를 집어 들었다. 기타의 넥을 쥔 손에 바짝 힘이 들어가며 온몸에 전율이 흘렀다. 오늘 일렉기타는 자신의 정체성과 아주 다른 일을 하게 될 것이다. 운정은 엠마를 노려보며 말했다.

"엠마, 기타로 뭘 할 수 있는지 알아볼까?"

운정이 엠마의 머리를 향해 기타를 휘둘렀다. 엠마는 팔을 들어 재빨리 막았다. 기계적이고도 빠른 반응에 운정은 놀랐지만 금속 외피가 우그러지는 것을 볼 수 있었다. 눈이 번쩍 뜨였다. 이길 수 있겠어! 때리면 때리는 만큼 녀석은 망가질 것이다.

기타 공격이 미친 듯이 시작되었다. 운정은 오늘에서야 아드레날린 분비의 효과가 무엇인지 알게 되었다. 인간과 로봇 사이의 목숨을 건 싸움에서 인간이 초인적인 속도로 기타를 휘두르기 시작했다. 부위를 가리지 않는 무자비한 공격이었다. 지난 2년간 먼지를 뒤집어쓴 기타도 신이 난 것 같았다.

엠마는 이러지도 저러지도 못한 채 여기저기 찌그러지고 있었다. 운정은 엠마를 몰아붙이며 사정없이 내리쳤다. 엠마는 조금씩 뒤로 물러서며 버텼지만 강한 충격을 연이어 받자 마침내 넘어지고 말았다. 하지만 엠마가 넘어지는 바람에 운정 역시 기타를 허공에 휘두르며 넘어졌다.

요란스럽게 넘어진 운정은 거칠게 숨을 몰아쉬며, 쓰러져 있는 엠마를 살폈다. 엠마는 여전히 꿈틀거리며 일어나려 했지만 모터 소리가 불규칙하게 들려왔다. 끝난 건가? 아니야. 그럴 리가 없지. 운정은 끝장을 봐야겠다고 생각했다. 하지만 최후의 일격을 가하기 위해 몸을 일으키자 팔이 심하게 저려왔고, 눈앞이 노래졌다.

엠마 역시 포기할 생각이 없는 것 같았다. 운정이 의자에 기대어 일어서려는데 엠마가 운정의 다리를 붙잡으며 매달렸다. 운정은 다시 넘어졌다. 그리고 불행하게도 좋지 않은 상황이 벌어졌다. 매달리던 엠마가 운정의 다리를 위에서 짓눌러버린 것이다. 운정은 빠져나오려고 발버둥 쳤지만 거대한 쇳덩이를 밀어낼 수는 없었다.

엠마는 경련을 일으키며 운정의 몸 위로 기어올랐고 어느새 그의 얼굴을 내려다보고 있었다. 시각 센서가 힘겹게 초점을 조절하는 소리가 들렸고 운정의 얼굴에는 식은땀이 맺혔다. 피가 말라붙은 엠마의 손가락이 천천히 운정의 얼굴로 향하더니 이마의 땀방울을 훔쳤다. 땀방울을 처음 보는 걸까? 엠마는 잠시 혼란스러워하는 것 같았다.

하지만 그렇게 멈춰 있던 손은 결국 옆에 있던 칼을 집어 들었고 엠마는 천천히 상체를 일으켰다. 칼을 쥔 손은 약간의 작동 불량으로 덜그럭거리며 배의 어디쯤을 가를지 재어보고 있었다. 이젠 정말 끝이다. 운정은 눈을 감았다. 바로 그때.

"이거, 이거! 로봇이 아주 미쳤군, 미쳤어! 이 동네가 어떤 동네인 줄 알고!"

누군가 문을 박차고 달려오더니 엠마의 머리에 쓰레기통을 뒤집어씌우고는 온 힘을 다해 밀어버렸다. 옆집 남자였다.

"자네 괜찮나? 방음이 안 돼서 참 다행이지?"

남자는 장난스럽게 한마디 던지더니 곧바로 전기 충격기를 꺼내 엠마에게 갖다 댔다. 순식간에 일어난 일이었다. 엠마의 몸에서 불꽃이 튀었고 경련이 일더니 더 이상 움직이지 않았다. 아직 안심할 수는 없었다. 운정과 남자는 잠시 머뭇거린 끝에 조심스럽게 쓰레기통을 벗겨보았다. 그래도 움직이지 않았다. 확실히 끝난 것 같았다.

그러나 두 사람이 안도의 한숨을 내쉬는 그때, 갑자기 엠마의 머리가 들썩이며 바쁘게 움직이기 시작했다. 동시에 텔레비전에서 의학 드라마의 다음 편 재방송이 시작되었다. 운정은 다시 한번 기타를 집어 들었다. 그리고 엠마를 내려다보며 한마디 했다.

"엠마, 텔레비전 좀 그만 봐."

운정은 있는 힘껏 엠마의 머리를 내리쳤다. 정체성을 새로 찾은 기타는 최후의 활약을 하며 부러졌고 엠마는 작동 불능 상태가 되었다.

*

　잠시 후, 신고를 받은 경찰이 찾아와 마을은 한바탕 난리가 났고 운정은 남자에게 하루 동안의 자초지종을 이야기했다. 엠마가 텔레비전을 보다가 인간을 인형처럼 인식했고, 그래서 인형처럼 부품만 바꾸면 치료가 된다고 판단한 것 같다는 추측 또한 털어놓았다. 그러자 남자가 잠시 생각에 잠기더니 이렇게 말했다.

　"그런데 말이야. 자네 말대로 인간을 내장만 바꾸면 고칠 수 있는 것으로 판단했다면 말이지, 교체할 부품이 있어야 하지 않겠나? 그건 당연히 다른 사람의 내장일 것이고. 만약 자네 생각이 맞다면 엠마가 교체할 부품도 없이 친구를 죽였다는 건데 말이 안 되는 것 아니겠나."

　"듣고 보니 정말 그렇네요. 역시 버그가 있었다거나 설계에 결함이 있었다고 보는 게 맞겠군요."

　그때 남자가 갑자기 눈을 번뜩이며 말했다.

　"혹시 말이야. 사건이 있었던 그날, 엠마가 자네를 기다리고 있었던 거 아닐까? 자네가 바로 교체용 부품이었던 거야."

　"네? 설마요……."

　남자의 말에 운정은 가슴이 철렁했다. 그래서 엠마가 굳이 자신의 집까지 찾아왔던 걸까? 주인이 죽은 줄도 모르고 교체용 부품을 구하기 위해? 남자의 이야기가 계속됐다.

　"점심 약속 때문에 친구 집에 갔다고 했지? 그러니까 엠마는 말이지, 일부러 자네가 오는 시간에 맞춰서 친구의 배를 갈랐던 거야. 자네가 도착했을 때 바로 부품을 교체하려고 말이지. 그런데 막상 배를 가르고 보니까 어디가 문제인지 알 수 없었던 거야. 그 걸 파악하느라 자네가 집에 들어왔는데도 때맞춰 움직이지 못한 것이었고. 자네로서는 운이 좋았던 거지. 그 사이에 뛰쳐 나가서 신고를 할 수 있었으니까. 그 후에 엠마는 유가족에게서 도망친 뒤 주인을 마저 수리하기 위해 자네를 찾아온 거 아닐까?"

정말 그런 것일까? 영원히 알 수 없을 것이다. 엠마가 무엇을 원했는지, 무슨 의도로 이런 일을 벌인 것인지, 아니면 그저 밝혀 지지 않은 시스템 오류였던 것인지……. 인간인 우리가 그 속을 알 수 있을까?

운정은 친구 집에 들어섰던 순간을 다시 한번 떠올려봤다.

카드 키로 문을 열고 들어갔다. 집 안은 이상할 정도로 고요했다. 운정은 두리번거리며 안으로 들어섰고, 친구를 불렀지만 대답이 없었다. 잠시 후 침실에서 엠마가 친구를 내려다보고 있는 것을 발견했다. 친구는 배가 갈라진 채로 죽어 있었다. 놀란 운정은 허겁지겁 집을 빠져나와 경찰에 신고를 했다. 아, 그러고 보니 부엌에서는 미역국이 끓고 있었다. 늘 그랬듯이 엠마는 점심 식사를 준비하고 있었던 것이다. 식사 준비를 그렇게 했으면서 친구는 왜 죽인 걸까?

그때 어떤 사실 하나가 떠올라 운정의 머릿속을 헤집어놓았다. 생각만 해도 아찔했다. 운정은 혹시 잘못 생각한 것이 아닌가 싶어 몇 번씩이나 되짚어봤지만 도저히 부정할 수 없었다.

미역국이 한창 끓고 있던 그때, 부엌 식탁에는 1인분 식사만 차려져 있었던 것이다.

몰락한

나무들의

거리

어느 날 인류의 몸에서 뼈가 나뭇가지처럼 자라기 시작했다. 원인은 알 수 없었다. 처음에 그 현상은 몇몇 사람에게만 나타났고, 단지 환경 오염에 의한 독특한 형태의 질병이라고만 여겨졌다. 그 병은 통증도 없었고 죽음으로 이어지지도 않았다. 그저 몸 속의 뼈가 불규칙하게 자라며 몸 밖으로 뚫고 나올 뿐이었다.

이 이상한 병이 수많은 사람에게 순식간에 퍼지자 처음에는 난리가 났지만, 놀랍게도 사람들은 괴이한 현실에 곧 적응했다. 끝없이 자라나는 뼈를 묵묵히 잘라내며 일상을 계속 이어갔다.

그리고 마침내 아무도 이것을 병이라 여기지 않게 되었다.

"어이, 해수 작가. 작가님은 아직인가?"

호러와 괴기물을 전문으로 하는 Z출판사의 편집장이 심술궂게 질문을 던졌다. 하지만 해수는 질문의 의도를 이해하지 못하고 되물었다.

"네? 작품은 며칠 전에 보내드렸는데요?"

"아니, 뼈 말이야. 왜 안 자라냐고?"

그는 심심풀이하듯 뼈 이야기를 툭 내뱉었고 말하는 중간에도 배에서 1미터쯤 웅장하게 자라난 뼈를 사포로 다듬고 있었다.

"저라고 별 수 있겠습니까? 아무리 기다려도 뼈가 자라질 않는데요. 포기하고 사는 거죠."

해수는 편집장이 뼛가루를 후 불어내는 것을 바라보며 대답했다. 그는 뼈의 모양을 다듬는 데 열중하느라 해수의 경멸 어린 시선을 알아채지 못했다. 죄송하지만 저는 그렇게 될 생각이 전혀 없습니다……. 이것이 해수의 솔직한 생각이었다.

해수는 마지막까지 이 병에 걸리지 않은 소수의 사람 중 한 명이었다. 이들은 스스로를 '최후의 정상 인류'라 생각하고 있었지만 현실은 그렇지 못했다. 모두가 뼈를 멋지게 다듬고 과시하는 세상에서 그들은 진화에 뒤쳐진 도태종 취급을 받고 있었다. 물론 예의와 규범이 존재하는 만큼 소수자를 함부로 대하지는 않았지만 그렇다고 마음을 터놓고 지내며 인정해주는 것도 아닌, 반쯤 투명인간으로 취급하는 것이었다. 동료라 생각해주기는 하겠지만 굳이 배려할 필요는 없다는 식이었다.

편집장이 뼈의 결을 확인하며 또 한마디 했다. 그는 대화를 시작한 후 지금까지 한 번도 해수에게 시선을 주지 않았다.

"해수 작가, 요즘 컨디션이 안 좋은가 봐. 가져오는 작품마다 점점 비슷하고 힘이 없어. 임팩트가 없단 말이야. 신경 좀 써봐요. 잘할 수 있잖아?"

"이번 호에 들어갈「옥탑방의 무한 미로」가 별로인가요? 어떤 부분을 수정할까요?"

"그런 것까지 내가 일일이 지적해야겠어? 김나칸 작가 좀 보라고. 알아서 잘하고 있잖아?"

"그렇겠지요. 알겠습니다."

빌어먹을 편집장 자식. 겉으론 털털한 척하지만 사실상 푸대접이다. 그리고 이런 수모는 작품 때문이 아니라, 뼈가 자라지 않기 때문이라는 것을 해수는 잘 알고 있었다.

월간『공포문학』에 가까스로 연재 자리를 얻어 괴기환상소설을 쓰는 박해수 작가. 하지만 1년 전, 거의 모든 사람에게서 뼈가 자라는 괴현상이 일상이 되어버리자 그의 소설도 빛이 바래고 말았다. 물론 그 시점에서 공포문학지 역시 '공포'라는 빛을 잃었고 말이다.

반면에 전위적이고 변태적인 사랑 이야기를 주로 다루던 김나칸 작가는 등에서 뼈가 날개 모양으로 멋지게 자라나 인기몰이가 한창이었다. 그의 글은 저급한 욕구 해소에나 도움이 될 정도로 천박하기 짝이 없었지만 그의 날개 모양 뼈 사진이 인터넷에서 화제가 되며 유명해졌다. 그는 '가시 날개 천사'라는 별명까지 얻었고 그 덕에 출판사도 판매 부수를 유지할 수 있었다.

해수는 그런 것들이 전혀 부럽지 않았다. 오히려 그는 거리를 활보하는 각양각색의 뼈를 보며 속으로 조롱을 퍼붓곤 했다. 깎고 다듬어 장신구를 매달은 저 뼈들이야말로 속물스러운 자아의 반영일 뿐이라 생각했다. 사람들은 시간이 갈수록 과감해져서 뼈를 더욱 더 크게 키우고 있었다. 너 나 할 것 없이 위로, 옆으로 뼈를 키우며 더 웅장하고 화려하게 만들기에 열중하고 있었다.

한낮의 태양이 불타오르자 높이 치솟은 가지들이 어지러운 그림자를 만들어냈다. 해수는 거리를 걸을 때마다 위축되지 않으려 애를 썼지만 매번 그를 위협하듯 스쳐 가는 뼈들을 피하느라 길의 한쪽 벽에 붙다시피 하며 걸어야 했다. 사방에서 다가오는 뼈들에 찔릴까 봐 허둥대며 길을 비킬 때마다 그들은 미안하다며 웃으면서 사과했지만 실은 열등한 존재에게 베푸는 자비로운 미소일 뿐이었다. 애초에 그들은 해수를 비켜 갈 생각조차 하지 않았다.

해수는 비웃음으로 가득한 거리를 지나 집으로 돌아왔다. 하지만 집 역시 그에게 전혀 안식처가 되지 못했다. 아내 또한 뼈가 자라난 인간이었기 때문이다. 현관으로 들어서자 아내가 차가운 표정으로 걸어 나왔다.

"출판사에서 뭐래요? 표정 보니 알겠네요. 그럴 줄 알았어요. 뭐 하나 제대로 풀리는 게 없지, 당신은."

서재로 들어가려는 해수의 뒤를 밟으며 혼잣말을 하듯 아내의 잔소리가 쏟아졌다. 꿈에 나올 만큼 지독한 냉소를 뿜을 때마다 아내의 얼굴에서 자란 뼈가 흔들거렸다.

"아 참, 그리고 보니 오늘 텔레비전에서 책 소개해주는 걸 봤는데, 재미있겠더라고요. 제목이『인간 실격』이었던가 그랬는데, 제목만 들어도 흥미롭지 않아요? 당신은 똑똑한 사람이니까 알죠?『인간 실격』. 내용이 뭐였는지 생각이 안 나네요. 인간이 인간다우려면…….”

"알았으니까 됐어요. 그만해요.”

해수는 서재의 문을 닫는 순간까지도 아내의 얼굴을 차마 보지 못했다. 그녀는 닫힌 문 앞에서 나지막하게 독기 어린 말을 쏟아냈고 해수는 의자에 앉아 눈을 감아버렸다. 역겹다. 역겨운 인간이다. 내 아내는 역겨운 인간이다.

아내는 뼈가 자라난 이 시대의 자랑스러운 정상인이지만 실은 두 가지 면에서 열등감에 시달리고 있었다. 첫 번째는 뼈가 자라지 않는 남편을 뒀다는 것이었고, 두 번째는 눈 안쪽에서부터 뼈가 자라는 바람에 안구를 뚫고 뼈가 뻗어났다는 것이었다. 그 때문에 아내는 한쪽 눈을 잃고 말았다. 게다가 그 뼈는 마치 소뿔처럼 초라한 모습으로 자라나 아내는 어설픈 반쪽짜리 악마 같은 모습이 되어버렸다.

뼈가 자란다는 점에서 사회에 받아들여지는 데 문제는 없었지만 스스로가 흉측한 존재가 되었다는 생각에 그녀는 집 안에 처박혀 점점 더 소름 끼치는 인간으로 변해가고 있었다. 그리고 뼈가 자라지 않는 해수는 그런 아내에게조차 괄시를 당했다.

뿔이 자라기 전 아내는 말이 별로 없는 사람이었다. 그렇다고 그들의 결혼 생활에 문제가 있는 것은 아니었다. 특별히 행복하거나 한 것은 아니었지만 그럭저럭 서로 도와가며 착실하게 살아가는 나날이었다. 그러나 눈에서 뿔이 자라난 이후, 아내는 냉소적으로 돌변했다.

문밖에서 아내가 통보했다.

"이번 부부 동반 베트남 여행에 당신은 빠져요. 나 혼자 갈 테니까. 왜 그런지는 당신이 더 잘 알겠지요."

사람들에게 뿔이 자라기 시작한 이후 해수는 온갖 수모를 겪어왔지만 아내에게까지 그런 말을 듣는 것은 용납하고 싶지 않았다. 하지만 해수는 참아야 했다. 이 사회의 법은 뿔이 자라는 사람들을 위한 것이니까.

"여보, 제발 내 인내심이 바닥나지 않게 해줄래요? 말했잖아요. 뒤늦게 뿔이 자라는 사람도 있다고. 인터넷에 그런 사례가 수도 없이 많아요. 그러니까 좀 기다려주면 안 되겠어요?"

그러자 아내가 신경질적으로 받아쳤다.

"그런 거 이젠 안 믿어! 무능한 당신 때문에 나까지 집 안에 처박혀서 살고 싶지 않아. 혼자 베트남 가서, 다른 부부들한테 비웃음 당하는 한이 있어도 나는 누릴 건 누리고 즐길 건 즐길 거야. 더는 이렇게 못 살아."

해수의 언성이 조금 높아졌다.

"무능? 지금 나보고 무능하다는 거야? 난 최소한 매일같이 글쓰고 어떻게든 살아보려고 노력하고 있어. 당신처럼 뼈에 염색이

나 하면서 빈둥거리지 않는다고. 솔직해져봐. 나 때문이 아니라 당신 자신이 문제라 집에 처박혀 사는 거겠지! 눈에서 뿔이 자라는 여자가 밖에 나갈 수 있겠어? 괴물이 되어버렸으니, 안 그래?"

"뭐야? 당신 지금 뭐라고 했어? 뭐라고 했냐고!"

아내가 방문을 걷어차며 소리치기 시작했다. 원망과 조롱의 말들이 방 안을 어지럽혔다. 해수는 귀를 막으며 버텨보려 했지만 결국 한계가 왔다. 벌떡 일어난 해수는 지금이야말로 이혼을 하고 말겠다는 마음을 먹고 문을 벌컥 열었다. 그러자 정신없이 발길질을 하던 아내가 중심을 잃으며 방 안으로 넘어지고 말았다. 아내가 날카롭게 쏘아붙였다.

"당신 지금 일부러 그런 거지? 그렇지?"

"바보 같은 소리 하지 마. 내가 일부러 그러겠어? 당신하고 얘기 좀 하려고 나온 거지."

해수가 아내를 일으키려 했지만 그녀는 해수의 손길을 거칠게 뿌리치다가 또다시 넘어졌고 그 바람에 책상 모서리에 얼굴을 부딪치고 말았다. 악! 아내의 비명과 함께 큼지막한 덩어리 하나가 방바닥에 툭 떨어졌다. 순간 두 사람 다 할 말을 잃고 말았다. 뿔이 부러진 것이다. 아내는 바닥에 떨어진 뿔을 바라보며 그대로 멈춰버렸다. 얼굴에서 핏방울이 뚝뚝 떨어지는 것도 의식하지 못하는 것 같았다.

"여보, 괜찮아?"

해수가 황급히 물으며 아내의 얼굴을 살피다 놀라서 그대로 뒤로 주저앉고 말았다. 아내의 눈에 커다란 구멍이 뚫려 있었다. 뼈가 속에서부터 부러지면서 뼈에 붙어 있던 살점들이 밖으로 딸려 나와 덜렁거렸다. 상황을 알게 된 아내는 해수에게 온갖 욕설을 퍼부었고 끝내 경찰에 신고하고 말았다. 뼈가 자라지 않는 남편에게 폭행을 당했다며 말이다.

*

"박해수 씨, 아내 분 병원 검사 결과 나왔습니다. 일단, 뼈가 속에서부터 부러지긴 했지만 두개골에 손상이 있지는 않다고 하네요. 그리고 다행히 뼈가 다시 자라고 있고요. 하지만 아내 분이 고소를 취하하지 않는 이상, 조사는 계속 진행해야겠습니다."

형사가 경위서를 작성하다 보고 받은 사항을 전달해주었다.

"아니, 잠깐만요. 제가 몇 번을 말씀드립니까? 아내를 일으키려는데 자기 혼자 넘어져서 얼굴을 책상에 부딪쳤다고요. 그때 뿔이 뒤틀리면서 부러지는 바람에 그렇게 된 겁니다. 제가 때린 게 아니라고요."

"네, 여기 온 분들은 다들 그렇게 말합니다. 특히 뼈가 자라지 않는 분들은 더욱 더 그렇습니다."

삐딱한 시선으로 쳐다보는 형사의 말에 해수는 기가 막혔다. 형사는 뼈가 자라지 않는 사람들이 범죄를 저지를 확률이 월등히 높다는 설명을 해가며 해수를 범죄자로 몰아갔다. 그렇게 장황한 설명을 하는 내내 형사는 허벅지에서 뾰족하게 자라난 뿔을 만지작거리고 있었다. 그의 뿔은 상당히 날카로워 보였는데 일부러 그렇게 만든 것 같았다. 해수는 그걸 보며 범인을 제압하는 데 꽤나 도움이 되겠다고 생각했다.

사실 해수는 화가 난 것도, 그렇다고 체념을 한 것도 아니었다. 억울한 심정은 있었지만 현실이 이렇게 철저하고 매끄럽게 흘러간다는 사실에 내심 놀라고 있었다. 자신이 전혀 몰랐던 세상이었다. 그저 한심한 기형들로 가득 찬 세상이라 조롱하고 있었는데 알고 보니 이 세상은 법과 질서가 살아 있는 아주 멀쩡한 세상이었다. 뭐야⋯⋯. 너무 잘 돌아가고 있잖아. 해수는 갑자기 자신이 한없이 작아지는 것 같았다. 생전 처음 보는 세계에 덜컥 발을 들인 듯이 머쓱해지며, 해수는 정말 범죄자가 된 것처럼 움츠러들고 말았다.

"일단 아내 분이 진정하셔야 제대로 조사를 할 수 있을 테니까 오늘은 좀 쉬고 계시면 됩니다."

"네? 그럼 집에 가면 되는 겁니까?"

하지만 형사의 대답은 다른 누군가를 향했다.

"데려가."

갑자기 해수의 등 뒤에서 단호한 손이 뻗어 나와 해수를 일으켜 세웠다. 또 다른 형사였다. 그는 눈짓으로 한쪽 구석을 가리키며 말했다.

"박해수 씨, 저기로 갑니다."

형사가 가리킨 곳은 유치장이었다. 충분히 예상했으면서도 막상 유치장에 갇힌다고 생각하니 해수는 세상을 다 잃는 기분이었다. 그럼에도 묵묵히 받아들이며 현실에 순종하는 것 외에는 방법이 없다고 생각했다. 아까도 보았듯이 세상은 멀쩡하게 잘 돌아가고 있었다. 이상한 세상이지만 미친 세상은 아니다. 그러니 진술한 자세로 조사에 임한다면 결국 풀려날 것이다.

유치장 안은 상당히 넓었다. 내부의 흔적을 보니 중간에 있는 벽 하나를 허물어서 유치장을 넓힌 것 같았다. 이유는 간단했다. 유치장 안에 갇힌 사람들끼리 뼈가 엉키지 않도록 더 넓은 공간이 필요했기 때문이다.

그렇지만 지금은 해수를 포함한 몇 명만 있을 뿐이었다. 텁텁한 그늘처럼 가라앉은 그곳에서 사람들은 앉아 있거나, 누워 있거나, 잠을 자고 있었다. 해수 역시 유치장 구석에 앉아 말없이 그들을 바라보았다. 하나같이 흐릿한 사람들이었다. 명확한 태도도, 목표도 없이 흘러가듯 사는 존재들. 중요한 시기마다 엉뚱한 쪽에 힘을 쏟으며 인생을 소모한 끝에 이런 곳에서 낮잠이나 자고 있는 한심한 것들. 아니 잠깐, 가만 보니 이 모든 것이 바로 해수 자신에게도 해당되는 것 아닌가? 해수는 속으로 쓴웃음을 지었다. 어디선가 아내의 비웃음이 들려오는 것 같았다.

갑자기 걸걸한 목소리가 유치장의 정적을 깼다.

"이봐 당신, 뼈 없어?"

값비싼 셔츠의 목 부분 위로 화려한 문신이 보이는 남자가 물었다. 그는 해수보다 약간 더 나이 들어 보이는 건장한 체격의 남자였고, 가슴팍에는 굵은 뼈가 창처럼 솟아나 있었다. 해수는 남자가 어떤 부류의 사람인지 대번에 알 수 있었기에 대답을 못 하고 우물쭈물하고 있었다. 그런데 우락부락해 보이는 그는 뜻밖의 말을 꺼냈다.

"그래. 힘들었겠군."

남자의 얼굴에서 별다른 표정을 읽어낼 수는 없었다. 하지만 단순한 그 한마디에 해수의 감정이 부르르 떨렸다. 남자가 다시 물었다.

"여기는 무슨 일로 왔는데?"

이상하게도 해수는 그가 믿을 수 있는 사람이란 생각이 들었고 자신도 모르게 의지하는 심정으로 자초지종을 이야기했다. 자신이 겪어온 수모를, 자신을 신고한 아내에 대한 이야기를 모두 털어놓았다. 말을 할수록 감정이 고조되며 이야기가 뒤죽박죽됐지만 남자는 묵묵히 해수의 이야기를 들었다.

"고생하는군, 소설가 양반. 당신 주위엔 샌님 같은 놈들이 너무 많은 것 같아. 별 볼 일 없는 주제에 지위만 믿고 날뛰는 놈들 말이야. 붙잡고 한 대 후려치면 초라한 진짜 모습을 드러내는 것들이지."

그는 가슴을 뚫고 자란 뼈를 자랑스럽게 어루만지며 말했다. 싸움이 벌어진다면 충분히 위협이 될 수 있는 형태였다. 그가 슬며시 웃으면서 말을 이었다.

"이봐, 깡패로 산다는 게 어떤 건지 알아? 자신의 미래를 빤히 알면서도 살아가는 심정은 어떨 것 같나? 나는 아마 평화롭게 죽지는 못할 거야. 패싸움을 하다가 죽을 수도 있고, 길 가다가 뒤에서 칼을 맞을 수도 있지. 그게 내 인생이야. 어리석으면서도 흥미진진한 인생이지. 이 세계에 발을 들인 놈들은 전부 바보들이야. 피를 볼 걸 알면서도 피를 보게 될까 봐 두려워해. 그리고 결국 인생이 망가져. 겉은 화려해도 죽은 거나 마찬가지야."

"하지만 저랑은 경우가 다르지 않습니까? 저는 하루 종일 방에 처박혀서 글이나 쓰는 사람입니다. 싸움이라곤 살면서 해본 적도 없습니다. 당신하곤 달라요."

"그렇지 않아. 세상에 태어난 이상 당신이나 나나 다를 게 없어. 인생은 말이야, 고통에 익숙해지는 거라고. 우리의 선택지는 고통을 받는 쪽이 될 것인가, 주는 쪽이 될 것인가, 이렇게 두 가지뿐이야. 그렇다면 나는 고통을 주는 쪽을 택하겠어. 당신이 소설로 얼마나 인정받았는지는 모르겠지만 아무래도 당신은 고통을 받는 쪽인 것 같군."

이야기를 마친 그는 침묵에 빠져들었다. 해수 역시 생각이 많아졌다. 남자의 이야기를 들으며 해수는 자신의 삶에 미처 깨부수지 못한 '소심'이라는 벽이 있었던 건 아닐까 하는 생각에 깊게 빠졌다.

어쩌면 열정적인 상상에 사로잡혀 있었던 수많은 밤, 해수는 이미 여러 편의 불후의 명작을 써냈는지도 모른다. 세상의 선을 뛰어넘는 놀라운 아이디어와 씨름하면서. 하지만 해수는 도덕으로 만들어진 세상이 두려웠다. 아름다운 말로 가득 찬 세상이 정직하게 느껴지지 않았다. 그 덕분에 불온한 마음을 가졌지만 소심하기 짝이 없는 악당은, 그저 방 안에 앉아 머릿속에서 우주 괴물과 사투를 벌이고, 신나는 모험을 즐기는 것으로 자위해야 했다. 이 정도면 꽤 잘해내고 있다고 생각하며. 그렇게 안이하게 살아온 끝에 유치장까지 와버리고 말았다. 이제 인생의 벽은 깨부수지 못할 정도로 두꺼워졌다. 늦은 거지. 너무 멀리 와버렸어. 이제 와서 뭘 어쩌겠어? 해수는 길게 한숨을 내쉬고는 놀랍게도 곧바로 평정을 되찾았다. 늘 그렇듯 이번에도 소심함이 승리한 것이다.

시간이 흐르고 끝없는 지루함에 몸이 근질거릴 때쯤 문득 해수의 눈에 남자의 뼈가 눈에 들어왔다. 남자의 가슴에서 솟아오른 뼈를 바라보며 해수는 이상한 호기심에 사로잡혔다. 지금까지 누군가의 뼈를 만져본 적이 있었던가? 심지어 아내의 뼈에도 손댄 적이 없었다. 해수의 마음속에서 어떤 생각이 번뜩였다. 종국엔 파멸로, 그러니까 무차별적인 구타로 이어질 생각이었다. 처음 만난 남자의 뼈를, 그것도 심지어 유치장에서 움켜쥐어보기로 한 것이다. 그 단단하고 굳건한 양감(量感)을 손으로 느껴보고 싶었다.

정중하게 부탁한다고 해서 남자가 허락해줄 것 같지는 않으니, 별 수 없이 남자를 비롯한 모두가 잠들기를 기다리는 수밖에 없었다. 그렇게 몇 시간을 기다린 끝에 마침내 모두 잠들었고 몇 남지 않은 형사들도 저마다 바쁜 일이 있는지 유치장에는 더 이상 신경을 쓰지 않았다. 드디어 때가 되었다. 해수는 최대한 소리를 내지 않으며 조심스럽게 네발로 기어갔다. 어째서 낯선 남자의 뼈를 그토록 만지고 싶은 것인지 스스로도 이해되지 않았다. 단지 이것은 모험의 일종이고, 그렇기 때문에 강인하게 살아온 저 남자라면 자신의 마음을 알아줄 것이라 확신할 뿐이었다.

남자는 벽에 기대어 앉은 채로 자고 있었고, 해수는 그의 얼굴을 살피며 혹시라도 깨어나지는 않을지 조심조심 다가갔다. 가까이서 본 그의 얼굴은 험난한 인생 여정을 보여주듯 거칠고 투박했다. 거무튀튀하고 굵게 주름 잡힌 얼굴에서 격정으로 평생을 살아온 사람의 흔적을 엿볼 수 있었다. 그리고 그 아래에는 뾰족하게 잘 다듬은 뼈가 가슴팍에서 웅장하게 솟아 있었다. 만약 셔츠를 풀어 헤친다면 코뿔소라도 튀어나올 기세였다.

해수는 그런 뼈를 조심스레 쓰다듬어보았다. 상아질의 단단하면서도 보들보들한 촉감을 천천히 음미했다. 뼈의 끝에서 끝으로 아슬아슬하게 더듬자 그 위용이 더욱 생생하게 느껴졌다. 해수는 자신에게도 이런 게 있었다면 다른 인생을 살 수 있었을 거라 생각하며 뾰족하게 다듬어진 뼈 끝을 만지작거렸다. 그리고 잠시 망설인 끝에 마침내 다섯 손가락과 땀에 젖은 손바닥으로 과감하게 남자의 뼈를 움켜쥐었다. 손안에 꽉 차는 느낌과 함께 해수는 알 수 없는 서글픔과 희열에 휩싸였다.

그때, 남자가 깨어났다. 해수는 얼른 손을 치웠지만 이미 늦었다. 뼈를 그토록 움켜쥐고 있었으니 당연한 것이었다. 평생 동안 세상을 적으로 삼으며 살아온 남자가 그것을 못 느낄 리 없었다.

"뭐 하는 거야?"

남자는 해수를 걷어차며 벌떡 일어섰고 해수는 반대쪽 벽까지 날아가버렸다. 남자에게 무뚝뚝한 다정함은 사라지고 순식간에 악마 같은 얼굴로 돌변했다.

"뭐 하는 거냐고, 이 새끼야! 대답해!"

"죄, 죄송합니다. 궁금해서 그랬습니다. 다른 뜻은 없었어요."

"뭐가 궁금한데? 남의 뼈가 뭐가 궁금하냐고? 왜 내 뼈를 잡고 있었어?"

남자가 무시무시한 표정으로 해수를 향해 걸어오기 시작했다. 뿔이 그의 발걸음을 따라 위아래로 씩씩거리는 것 같았다. 해수는 삶의 슬픔이 만들어낸 기이한 동경심을 어떻게 설명해야 할지 갈피를 잡을 수 없었다. 그저 남자를 올려다보며 진부한 단어를 읊조릴 수밖에 없었다.

"그게, 나쁜 뜻은 없었고요……. 멋있어서……."

"뭐? 너 변태야?"

"아뇨, 변태 아닙니다. 그런 게 아니고요. 그러니까 그게……."

"닥쳐!"

무자비한 발길질이 시작되었다. 몇 시간 전까지만 해도 인생에 대해 다정하게 충고해주던 사람이 이렇게 무시무시하게 바뀔 수 있다니. 사정없이 걷어차일 때마다 몸이 이쪽저쪽으로 휘어졌다. 지옥을 헤쳐나오며 단련한 쇳덩이 같은 발길질이었다. 그래도 분이 풀리지 않았는지 남자의 구타는 점점 더 심해졌고 거친 숨소리는 오직 한 가지에만 집중하고 있었다. 자신의 의지를 가장 원초적으로 관철시키는 행위, 그 한 가지에.

해수는 너무 아파서 오히려 아프지 않은, 가해지는 충격들이 피부 바로 밑에서 소멸해버리는 것 같은 생소한 감각에 빠져버렸다. 게다가 저항 한 번 못하고 육신의 통제권을 빼앗겼다는 사실이 비참하기 그지없었다. 아내도, 형사도, 남자도, 세상 모두가 해수를 괴롭히기만 했다.

형사들이 달려왔다. 처음엔 별것 아니란 듯이 유치장 밖에서 말려보았지만 남자가 워낙 흥분해서 말을 듣지 않자 문을 열고 들어가야 했다. 형사들이 남자를 붙잡아 떼어놓는 와중에도 남자는 해수를 노려보며 온갖 욕을 해댔다. 해수는 남자와 형사들이 실랑이를 벌이는 것을 바라보며 얼굴에 묻은 침과 피를 닦았다. 그러다 남자가 형사들을 뿌리치고 다시 한번 해수에게 달려드는 순간, 이상한 일이 벌어졌다.

처음엔 지진이라 생각했다. 하지만 지진이라고 하기엔 느낌이 좀 달랐다. 건물 전체가 진동하면서 우드득거리는 소리가 들려오는 것이었다. 무수히 많은 뭔가가 천천히 틈을 비집고 들어가는 소리 같았다. 해수를 비롯한 모두가 숨죽이고 주위를 둘러보며 일시 정지했다. 형사 한 명이 다급하게 외쳤다.

"대피해, 전부 나가!"

하지만 형사는 미처 발을 떼기도 전에 허공으로 떠올랐다. 그의 몸에서 급격하게 뼈가 자라더니 뿌리를 내리듯 바닥과 벽을 후벼 파며 그를 들어 올렸다.

"이게 뭐야! 어떻게 된 거야?"

뒤이어 비명 소리와 함께 하나둘씩 사람들의 몸에서 뼈가 자라더니 사방에 뿌리박기 시작했다. 뼈가 제멋대로 자라는 통에 팔다리가 마구 꺾이다가 부러지는 소리가 들렸다. 그리고 그때마다 처절한 비명이 귀를 찔렀다.

해수는 바닥에 쓰러진 채 눈앞에서 벌어지는 광경에 압도되고 있었다. 해수를 구타하던 남자 역시 더 이상 위협적인 존재가 아니었다. 그는 몸이 뒤틀린 채 허공에 떠 있었고 몸을 관통해서 바닥에 뿌리내린 뼈에 당황해 자신의 몸을 확인하려 애쓰고 있었다. 하지만 새로운 뼈 가지들이 온몸에서 피부를 찢으며 자라났고, 그는 자신의 뼈 안에 갇히고 말았다.

해수는 스멀스멀 기어오듯 다가오는 뼈들에 갇히지 않기 위해 재빨리 유치장을 빠져나왔다. 유치장 밖도 상황은 마찬가지였다. 형사들, 용의자들 모두 뼈 나무로 변해가고 있었다.

해수는 직감적으로 무기가 필요할지도 모른다고 생각했다. 그래, 공기총. 일반인들 소유의 공기총은 전부 경찰서에서 보관한다고 했던 것 같은데? 곧 해수는 어렵지 않게 무기고를 찾을 수 있었고 총기 보관함 역시 뼈가 뿌리를 박는 과정에서 파손되어

어려움 없이 꺼낼 수 있었다. 총을 챙기고 나자 문득 집이 떠올랐다. 걸어서 가면 한두 시간쯤 걸리겠지만 어쩔 수 없었다. 집으로 가야 한다.

밖으로 나오자 굉장한 풍경이 펼쳐졌다. 사람들이 모두 자신의 뼈 안에 갇힌 채 절규하고 있었다. 사방이 고통스러운 비명으로 가득했다. 전신이 골절된 사람, 꽈배기처럼 뒤틀린 사람, 거꾸로 뒤집힌 사람, 몸이 반으로 접힌 사람 등등 나무가 된 모습도 제각각이었다. 하지만 정말 신기한 것은 몸이 그렇게 됐는데도 죽은 사람이 없다는 것이었다. 사람들은 모두들 빠져나오기 위해 꿈틀대고 있었다.

해수가 거리로 들어서자 일시에 시선이 쏟아졌다. 사람들은 부릅뜬 눈으로 해수를 노려봤다. 뼈 나무들 사이를 조심스럽게 걸어가던 해수는 그들의 시선에 놀라지 않을 수 없었다. 사람들의 눈에는 한결같이 분노와 원망이 서려 있었다. 해수를 본 사람들은 이상할 정도로 동요했다. 고통조차 잊은 듯이. 지나치는 사람마다 눈이 뒤집힐 정도로 해수를 비난했고 당신이 세상을 이렇게 만들었으니 책임을 지라며 그를 몰아세웠다.

뼈들이 자라며 이성을 잃은 것인지, 아니면 뇌에 어떤 영향을 미친 것인지 알 수 없었지만 사람들은 맹목적으로 해수의 존재를 부정하려 했다. 하지만 해수는 아무 말도 않고 묵묵히 나무들 사이를 헤쳐나갔다.

해수가 사는 아파트 단지 역시 상황이 다르지 않았다. 아파트 여기저기에 벽과 창문을 뚫고 뼈가 자라나 있었고, 길가의 사람들 역시 뼈 나무가 되어 비명을 지르고 있었다. 마음이 다급해진 해수는 서둘러 집으로 향했다. 자신의 아내만은 무사하길 빌면서. 하지만 멀리 16층에 위치한 자신의 집이 보였을 때, 해수는 가슴이 덜컥 내려앉았다. 거실 창문을 깨고 밖으로 튀어나온 뼈가 보였다. 아내도 뼈 나무가 되어버렸다. 거미줄처럼 자라난 뼈 속에서 자신을 기다리고 있을 아내를 생각하니 집에 들어가고 싶은 생각이 싹 사라졌다. 다른 사람들과 마찬가지로 이상할 정도로 분노에 사로잡혀 있을 것이다. 지금 집에 들어가면 어떤 일이 벌어질지 뻔했다.

하지만 소리를 질러대는 뼈 나무들에 둘러싸인 채 밖에 있을 수는 없었다. 해수는 침을 꿀꺽 삼키고는 조용히 현관문을 열었다. 공기총이 아내를 자극할 수도 있었기에 신발장 구석에 몰래 기대어놓았다. 안으로 들어가보니 그녀는 부엌 쪽에 있었고 역시나 온몸에서 뼈가 자라나 있었다. 기절한 것처럼 보였다. 해수가 나지막한 목소리로 물었다.

"여보, 괜찮아?"

해수의 말에 아내가 움찔하며 눈을 뜨더니 대뜸 한마디 했다. 그녀의 남은 한쪽 눈이 얼음처럼 소름 끼치게 반짝이고 있었다.

"나, 이제 당신 보고 웃을 수 있어."

해수는 순간 의아했지만 곧 무슨 말인지 알 수 있었다. 아내의 눈과 얼굴에서 새롭게 자란 뼈가 퍼져나가면서 그녀의 얼굴 피부를 잡아당겨 마치 미소 짓는 것처럼 보이게 만들었던 것이다. 아내의 말이 계속되었다.

"난 괜찮아. 살다 보면 이런 일도 있는 거지, 안 그래? 평생 이렇게 움직이지도 못한 채 당신이 들어올 때마다 웃으면서 맞아줄 테니까. 당신이 그토록 바라던 거 아냐?"

"당신은 이 지경이 됐어도 여전하구나. 비아냥대는 거 그만 좀 할 수 없어?"

"우리 대화는 언제나 참신하고 예리하잖아. 난 좋기만 한데."

굳어버린 얼굴에서 입술이 조근조근 비정한 말을 내뱉는 모습이, 마치 인간 흉내를 내고 있는 뭔가가 자신을 홀리는 같아 해수는 소름이 끼쳤다. 그럼에도 해수는 대화를 멈춰서는 안 된다고 생각했다.

"그래? 당신의 좋음이란 게 도대체 뭔지 궁금하네. 내가 작가로서 실패하는 거? 그래서 우울증에 걸려서 정신 병원에 입원하는 거, 그런 걸 바라는 거야?"

"아하하하. 비슷하네. 근데 알면 괴로울 텐데."

나무가 되어버린 아내는 쉬지 않고 해수를 괴롭혔다. 그녀는 뼈들과 함께 굳건히 뿌리박혀 도저히 거스를 수 없는 힘처럼 집 안에 군림하고 있었다. 그렇게 그녀는 단단한 뼈 안에 갇혀 쓰라린 말을 쏟아냈다.

"혹시라도 날 죽이지는 말아줬으면 좋겠어. 당신이 있기 때문에 지금의 내가 있는 거거든. 난 당신이 잘되기를 기다리고, 기다리고 또 기다렸어. 그게 그렇게 잘못이야? 당신은 말이야, 누구의 책임이 더 큰지 생각해본 적 있어?"

"딴소리하지 말고, 말해봐. 알면 괴로운 게 뭔데?"

"아마 당신 마음속 아주 깊은 곳에선 이미 알고 있을 거야. 어쩌면 나랑 결혼하기 훨씬 전부터 알고 있었을지도 모르지."

말을 마친 아내가 가만히 해수를 내려다보았다. 평생 그를 괴롭혀온 눈이었다. 딱히 어떤 감정을 품은 것 같지도 않으면서, 지나치게 투명해서 몸서리쳐지는 눈.

"지긋지긋해, 당신이란 여자. 당신과는 만나지 말았어야 했어. 당신은 아주 악마 같은 인간이야. 소름 끼친다고. 지금까지 살면서 당신이 날 바라보는 눈빛, 그게 날 얼마나 괴롭혔는지 알아? 그 눈으로 얼마나 많은 말을 했는지 아냐고?"

"잊지 마, 당신이 있기 때문에 지금의 내가 있다는 거! 당신이야말로 평생 유치한 악마를 품고 살았으면서 나한테 그런 소릴 해? 그런 거나 머릿속에서 신나게 굴리면서 괴기니 뭐니 하는 소설을 쓰겠답시고 설쳐대고. 당신이 날 망쳐놓은 거야. 당신은 오래전에 날 죽였다고! 알겠어?"

해수는 아내의 말에 멈칫했다. 그녀의 말이 아예 틀린 것은 아니었기에 맞설 수가 없었다.

"나는…… 나를 잘 알기 때문에 그러는 거야. 변명 같지만 어쩔 수 없어."

"아 그래? 알고 있었네?"

"뭘? 내가 뭘 알고 있다는 거야?"

"알면 괴로운 거 말이야."

아내의 얼굴에 잔인한 미소가 번졌다. 더 이상 물을 필요는 없었다. 그녀가 무슨 말을 하려는지 짐작했기 때문이다. 하지만 해수는 알고 싶었다. 그녀의 입에서 정말 그 말이 나오는지 확인하고 싶었다.

"말해봐. 그게 뭔데?"

"그거 말이야, 그거. 당신은 타고난 패배자라는 거."

갇혀버린 그녀의 몸이 잠시 꿈틀거렸다. 하지만 잔인한 말은 계속되었다.

"당신은 말이지, 자신이 위대하고 남과 다르다는 착각에 빠진 아주 한심하고 찌질한 인간이야. 무능과 무기력, 실패 그 자체라고."

"좋아, 인정하지. 지금까지 성공한 것도 없고 뭐 하나 제대로 풀린 것도 없으니까. 당신이 그렇게 말해도 할 말은 없어. 하지만 날 위해서 한 번이라도 위로해주고 눈물 흘려주면 안 되는 거야? 그게 그렇게 힘들어?"

"눈물은 없어. 애초에 당신이 제대로 된 일을 한다고 생각한 적이 없으니까."

그 말을 듣는 순간 해수의 마음속에 슬픔과 후련함이 동시에 밀려왔다. 지난 8년간의 결혼 생활이 머릿속을 스쳐 갔다. 그 긴 시간을 이제 어떻게 받아들여야 할까. 해수는 아주 오랜만에 진심으로 아내를 바라보았다. 그리고 조용히 물었다.

"그러면 떠나지 그랬어? 왜 이렇게 남아 있는데?"

아내는 대답하지 않았다. 아니, 못 했다고 해야 할 것이다. 무슨 일이 벌어진 것인지는 몰라도 갑작스럽게 전원이 꺼진 듯 아내는 입을 다물고 말았다. 해수는 한참을 기다렸지만 아내는 깨어나지 않았다. 죽은 것 같지는 않았지만 그렇다고 살아 있다고 확신할 수도 없었다. 거리를 내다보아도 마찬가지였다. 산 채로 나무가 된 사람들은 모두 눈을 감고 침묵에 빠졌다. 거리에는 몰락한 나무들의 그림자가 어지럽게 뻗어 있었다.

*

다음 날 아침이 되자 다시 현실이 시작되었다. 어느새 깨어난 아내가 아침부터 악을 쓰는 바람에 잠에서 깬 것이다. 해수는 아침 식사를 준비했다. 물론 혼자 먹을 생각이었다. '식물' 인간이 되어버린 아내에게 음식을 먹일 수 있을 것 같지는 않았기 때문이다.

게다가 해수는 처음으로 아내에게 적극적인 대응을 했다. 밥을 하는 내내 자신을 조롱하는 소리에 미쳐버릴 것 같았던 해수는 수건으로 아내의 입을 틀어막아버렸다. 그러자 분노를 이기지 못한 아내의 눈동자가 무섭게 요동치기 시작했다. 인간의 움직임이라고는 생각할 수 없을 만큼 너무나 격렬하게 움직여서 시신경이 끊어질지도 모른다는 생각이 들 정도였다.

해수는 그런 아내를 내버려둔 채 거실 소파에 앉아 밥을 먹기 시작했다. 부엌 테이블 쪽으로는 가지가 뻗어 있어서 밥을 먹을 수 없었다. 평소 습관대로 텔레비전을 켰다. 그러자 생각지도 못한 기묘한 장면이 나왔다. 어제 생방송으로 진행되었던 시사 프로그램이 아직도 방송되고 있었는데 아나운서와 게스트를 비롯한 카메라맨, 스텝들까지 일시에 나무로 변해버리면서 누구도 방송을 끝낼 수 없게 되었던 것이다.

아나운서는 뒤집힌 채 거꾸로 상반신만 화면에 보이고 있었고 오른팔이 뒤로 꺾여 머리 위로 뻗어 있었다. 게스트는 아예 높이 들어 올려져서 화면에는 두 다리만 보였다. 두 사람의 대화가 계속되었다. 평소 방송에서 보여주던 점잖은 이미지와는 거리가 먼, 편견과 혐오가 가득한 대화였다. 화려한 미소와 지식으로 감추고 있던 속물 근성이 드러나자 해수는 통쾌하기도 하고 씁쓸하기도 했다.

뉴스 스튜디오 내부에 있던 카메라맨과 스텝들의 성난 목소리까지 가세하며 방송은 그야말로 혼돈의 도가니가 되었다. 정신이 산만해진 해수는 텔레비전을 끄고 무심코 창밖을 바라보다가 이상한 점을 깨달았다. 잠깐, 어제도 가지가 저렇게 무성했었나?

저 정도는 아니었던 것 같은데?

길거리의 뼈 나무들이 어제보다 더 커진 것 같았다. 아내 역시 마찬가지였다. 어제 봤던 굵은 가지 하나가 벽에 닿아 있었는지 아니면 뚫고 들어가버린 상태였는지 기억이 나지 않았다.

해수는 확인을 위해 밖으로 나갔다. 혹시 모를 경우를 대비해 총도 챙겼다. 거리에 나선 순간 어제와 마찬가지로 해수에게 또 다시 수많은 욕설과 비난이 쏟아지기 시작했다. 나무들은 확실히 어제보다 더 커져 있었다. 개인차는 있었지만 어떤 뼈 나무는 하늘 높이 무성하게 자라기도 했고, 어떤 것은 자기 영역을 넓히려는 듯 옆으로 퍼진 것도 있었다. 어쨌거나 뼈 나무는 끝없이 자라는 것 같았다.

거리를 걷던 해수는 어제 눈여겨보았던 할머니를 다시 살펴보았다. 동네에서 자주 보던 폐지 줍는 할머니였는데 뼈가 자라난 후에도 유일하게 해수를 비난하지 않은 사람이었다. 오히려 할머니는 해수를 보더니 시원하게 웃는 것이었다. 더 이상 폐지를 줍지 않아도 되기 때문인지도 몰랐고 어쩌면 굽어 있던 등이 곧게 펴진 덕일지도 몰랐다. 할머니는 이번에도 해수를 보더니 그저 싱글벙글 웃기만 했다.

"할머니, 괜찮으세요?"

"아이고, 소설가 아저씨. 또 보네요. 난 괜찮아. 아주 좋아."

"할머니 이렇게 계시면 안 돼요. 제가 도와드릴게요."

"아냐, 아냐. 난 지금이 좋대도. 어서 일 봐요. 난 괜찮으니까."

"아닙니다. 밤 되면 추워요. 이렇게 계시면 병나셔요."

깊게 생각할 것도 없이 할머니를 빼낼 방법은 하나였다. 해수는 할머니의 만류에도 불구하고 개머리판으로 뼈를 내리치기 시작했다. 그러자 뼈는 뜻밖에도 속 빈 강정처럼 쉽게 부서졌다. 해수는 다행이라 생각하며 조심스럽게 뼈를 마저 부수기 시작했고, 한편으로는 너무나 쉽게 바스러지는 뼈를 보며 왠지 모르게 세상이 자신을 기만하는 것 같아 부아가 치밀었다. 늘 그랬다. 세상은 언제나 먼 곳에서 자리를 잡고 지켜보며, 해수가 스스로에게 상처 내기만을 기다리는 것 같았다. 해수는 어떻게든 미소를 지으며 그 속으로 들어가려 애를 썼지만 세상과의 거리는 좁혀지지 않았다.

발 밑에 뼛조각이 쌓여가고 할머니의 모습이 조금씩 드러나게 되자, 할머니가 참다못해 화를 내기 시작했다.

"이런 썩을 놈을 봤나! 그만하라고 했잖아!"

"안 됩니다. 이렇게 하셔야 돼요. 내려드리고 집에 모셔다드릴게요."

"됐다고! 이 한심한 버러지 놈아. 난 이게 좋다고. 이렇게 살 거야! 네깟 놈이 뭘 나서! 썩 꺼지라고!"

할머니는 발악을 하기 시작했다. 하지만 해수는 체중을 떠받치던 마지막 뼈를 부수면서 재빨리 할머니를 안아들었다. 할머니는 이상하리만치 가벼웠지만 그런 것에 신경 쓸 여유는 없었다. 몸부림을 치고 있어서 제대로 안고 있기도 힘들었고 할머니의 상태가 빠르게 안 좋아지는 것 같았기 때문이다.

결국 얼마 지나지 않아 할머니는 해수를 욕하지도 못할 만큼 경련을 일으키기 시작했다. 해수는 뜻밖의 상황에 당황했지만 그렇다고 내버려둘 수도 없었기에 할머니의 집으로 달리기 시작했다. 해수가 할머니를 안고 가는 동안에도 주변의 뼈 나무들은 계속해서 자라며 거대한 그림자를 드리웠다.

할머니의 집이 있는 좁은 골목으로 접어들 때쯤 해수는 문득 자신이 그늘에서 전혀 벗어나지 못하고 있다는 것을 알게 되었다. 이제 겨우 정오를 넘긴 것치고는 하늘이 너무 어두웠다. 뒤돌아서 하늘을 올려다보자 놀라운 광경이 펼쳐졌다.

뼈들이 거대한 그물이 되어 하늘을 뒤덮고 있었다. 사람들에게서 자라난 뼈 가지들이 서로 접붙듯 합쳐지고 새로 자라나며 촘촘한 그물망이 되었다. 그 속에서 뒤엉킨 사람들이 비명을 지르며 꿈틀댔다. 수많은 뼈들에 관통당하고 뒤틀린 나머지 어디까지가 몸인지 더 이상 구분하기 힘들 정도였다.

"할머니, 저거 보이세요? 도대체 이게 무슨…… 헉!"

해수는 깜짝 놀라 할머니를 내던지고 말았다. 할머니는 뼈와 근육이 모두 녹아내리고 살가죽만 남아 해수의 두 팔에 뭉근하게 휘감겨 있었다. 해수는 질겁하며 두 팔에 엉겨붙은 점액질을 털어내었고 그러다 문득 아내가 떠올랐다. 아내 역시 뼈들이 쉴 새 없이 자라고 있을 것이다.

해수는 집을 향해 미친 듯이 뛰기 시작했다. 실내에서 나무가 된 그녀이지만 결국 밖으로 뻗어나가 사람들과 합쳐질 것이다. 그 사이 뼈들이 계속 자라나서 하늘은 아까보다도 더욱 어두컴 컴해졌지만 아직 기회가 있었다. 주변의 집들을 보니 유리창을 깨면서 밖으로 뻗어나온 뼈들이 즐비했다. 아마도 실내에서 뼈들 이 자랄 곳을 찾지 못하다가 뒤늦게 밖으로 자라난 것 같았다. 시 간이 있었다. 서두르면 아내를 만날 수 있을지도 모른다.

해수는 대답을 듣고 싶었다. 자신이 던졌던 마지막 질문의 대 답을. 헐떡거리며 달려가면서도 해수의 머릿속에서는 아내에게 했던 질문이 메아리쳤다. 그러면 떠나지 그랬어? 왜 이렇게 남아 있는데? 그토록 해수를 경멸하던 수년의 시간 동안 아내는 왜 떠 나지 않았던 걸까.

분명 아내는 해수가 원하는 대답을 주지 않을 것이다. 잔인한 미소를 지으며 또 한번 상처를 입힐 것이다. 하지만 해수는 혹시 라도 그 차가운 말 속에서, 순간의 침묵 속에서 일말의 사랑이라 도 찾을 수 있을지 모른다고 생각했다.

아파트 계단을 뛰어올라 현관문을 박차고 들어가자, 꾸역꾸역 자라는 뼈만 가득할 뿐 아내는 보이지 않았다. 그녀는 이제 막 거 실 창을 깨고 밖으로 빠져나가는 중이었다.

해수는 다급히 창가로 뛰어들어 아내를 붙잡으려 했지만 이미 손이 닿지 않게 되었다.

"여보! 가지 마, 안 돼!"

해수는 자신이 왜 이렇게 애타게 아내를 부르는지 알 수 없었다. 그토록 서로를 미워했는데 왜 이렇게 괴로운 걸까. 그녀가 밖으로 완전히 빠져나가는 순간, 해수는 분명히 아내가 자신을 보았다고 생각했다. 아내는 뭔가 말하려 했지만 수건으로 입이 틀어막혀져 있어 웅얼거리기만 할 뿐이었다. 해수가 바라던 대답일 리는 없었다. 아마 분노로 가득한 어떤 말들이었을 것이다. 그렇게 그녀는 하늘을 뒤덮은 나무 속으로 들어가버리고 말았다.

창밖을 보니 뼈 줄기들은 사방에서 거대한 기둥이 되어 솟아오르고 있었고 나무는 더욱 치밀하게 엮이며 건물 사이를 메우듯 구석구석 들어차고 있었다. 그것은 마치 아우성치듯 퍼져나가며 온 세상을 장악해갔다. 이제 세상은 해수가 손댈 수 없는 것으로 변해버렸다. 머리 위 수 미터 높이에 생겨난 벽에 해수는 숨이 막혔다.

그렇게 시간이 흐르고, 무성하게 엮인 뼈 나무들은 하늘을 완전히 뒤덮어버렸다. 촘촘하게 난 구멍들로부터 어지럽게 햇살이 쏟아지며 거리는 정적 속에 빛나고 있었다. 마치 오래 전에 퇴색해버린 문명처럼 쓸쓸해 보였다.

해수는 소용없다는 것을 알면서도 아내를 찾기 위해 거대한 나무의 구석구석을 살폈다. 그리고 그때마다 나무 속에 엮인 사람들과 시선을 마주해야 했다. 그들은 몸이 비비 꼬인 채 말없이 해수를 노려보았지만 해수는 더 이상 화가 나지도 슬프지도 않았다. 이 모든 것은 종말도 재난도 아니란 것을 깨달았기 때문이다. 사람들은 멀쩡하게 살아 있었고 세상은 나름의 방식으로 돌아가고 있었다. 새로운 세상이 온 것이다. 그리고 이번에도 해수는 자기 자리를 찾지 못했다. 단지 아내를 한 번 더 보고 싶을 뿐이었다.

그렇게 날이 저물 무렵이었다. 무수하게 쏟아지던 빛줄기들이 점차 약해지고 어둠이 찾아왔다. 끝내 아내를 찾지 못한 해수는 거리 한복판에 서서, 집착 같기도 하고 반발심 같기도 한 감정에 사로잡혀 한동안 휑하게 뚫린 창문들만 바라보았다. 뼈들이 온 세상을 뒤덮은 탓인지, 저녁 공기의 선선함은 느껴지지 않았고 바람조차 완전히 멈춰버린 것 같았다. 해수는 텁텁한 공기를 억지로 들이마시며 생각했다. 이제 무엇을 해야 하는 걸까? 어떻게 살아야 할까? 아무것도 알 수 없었다.

해수는 아직 저녁노을이 희미하게나마 세상을 밝혀주고 있을 때 집으로 돌아가야겠다고 생각했다. 그렇게 발길을 돌리려는 순간, 나무 속 어딘가에서 날카로운 비명이 들렸다. 고통으로 가득 찬 절규였다. 그 절규는 순식간에 나무 전체로 퍼졌고 세상은 또 다시 지옥의 도가니로 변해버렸다. 고통스러운 울부짖음은 아까보다 훨씬 더 처절했다. 해수는 당황해서 사방을 둘러보았지만 뼈 나무에서는 아무런 변화의 조짐도 보이지 않았다.

그때였다. 해수의 얼굴에 뭔가가 툭 떨어졌다. 끈적한 질감에 피 냄새를 풍기는 검붉은 덩어리였다. 해수의 품 안에서 녹아버린 할머니와 똑같은 것이 해수의 얼굴에 떨어진 것이었다. 놀란 해수는 아무 건물 안으로 뛰어들었고 잠시 후 끈끈한 살점들이 우박처럼 쏟아지기 시작했다. 사람들이 흐물흐물하게 녹아내리며 젤리처럼 쏟아지는 광경이 펼쳐졌다. 역겨운 썩는 냄새가 진하게 풍겨왔고 살점들이 질퍽하게 땅에 들러붙는 소리에 소름이 끼쳤다. 순식간에 건물과 도로가 축축하고 검붉은 빛깔로 변해갔다.

해수는 차라리 잘됐다고 생각했다. 세상도 자신도 이렇게 다 끝나버리는 것이다.

*

눈을 뜨자 희미하게 날이 밝아 있었다. 시계를 보니 이미 정오가 넘었다. 어느 상가 구석에서 밤을 지새우다 잠든 모양이었다. 밖을 내다보니 어제와 마찬가지로 무성한 가지 사이로 햇빛이 들었고, 거리는 녹아내리다 남은 내장과 살점, 각종 오물로 뒤덮여 있었다. 해수는 굳은 몸을 일으키며 기지개를 켰고 무심코 심호흡을 하다가 헛구역질을 하고 말았다. 짙은 악취로 인해 공기에는 역겨운 냄새의 분자들이 빽빽하게 들어찼고, 그 때문에 공기는 무겁고 걸죽했다.

밖에선 더 이상 아무 소리도 들리지 않았다. 분노의 외침도, 신음도 없었고 녹아내린 살점이 아스팔트에 들러붙는 소리도 없었다. 세상은 고요했다. 모든 것이 끝났다. 아내도 사라졌다.

밖으로 나가자 거리는 예상대로 온통 피고름으로 뒤덮여 거무

튀튀한 빛깔로 반짝이고 있었다. 해수는 끝없이 올라오는 구역질을 억누르며 살점이 조금이라도 덜한 곳을 찾아 움직였고 가까스로 어느 버스 정류장 지붕 밑에 다다를 수 있었다. 그리고 그제야 뼈 나무를 올려다본 해수는 경악하고 말았다.

사람들은 아직 살아 있었다. 뼈의 구속에서 풀려나 거대한 벌레가 되어 나무 위를 기어다녔다. 그것은 머리와 척추, 몸통의 일부만 남은 애벌레였다. 사람들은 머리를 꼿꼿이 세운 채, 길게 이어진 척추와 약간의 근육으로 가지 위를 기어다녔고 그 밑으로 내장이 주렁주렁 매달려 흔들렸다. 그들에게선 이렇다 할 감정도 표정도 찾아볼 수 없었다. 어떤 맹목적인 본능만으로, 아무런 목적 없이 나무 사이를 기어 다니는 것 같았다.

그때 해수의 눈에 번쩍 띈 것이 있었다. 가지 사이에서 흔들리는 하얀 수건을 본 것이다. 그리 멀지 않은 거리에서 수건으로 입이 틀어막힌 아내가 벌레가 되어 기어가고 있었다. 수건을 입에 문 아내는 무표정했다. 눈앞에 펼쳐진 광경에 할 말을 잃은 해수는 그런 아내를 멍하게 바라보고 있었다. 저렇게 둘 순 없어. 저렇게 살게 내버려두지 않겠어.

해수는 집으로 달려가 거실에 내팽개쳤던 공기총을 주워들고 조준경으로 아내를 찾았다. 다행히 아내는 그리 멀리 가지 못했고 여전히 하얀 수건을 입에 문 채 어딘가로 기어가고 있었다. 해수는 단번에 아내를 겨냥했다. 조준경을 통해 본 아내의 모습은 너무나 참혹했고 해수는 비통한 심정으로 아내의 움직임을 쫓았다. 아내는 물결치듯 척추를 꿈틀대며 조금씩 이동하다가 늘어진 내장들이 뼈 나무에 걸리자 빠져나오기 위해 얼마 남지 않은 근육을 뒤틀었다. 팔다리도 없이 몸부림치는 그 모습을 해수는 차마 볼 수 없었다.

결국 아내는 방향을 바꾸더니 해수가 있는 쪽으로 기어오기 시작했다. 그저 우연인지 아니면 그를 알아본 것인지 알 수 없었지만 그녀는 정확하게 해수가 있는 쪽으로 향했다. 해수는 아내의 얼굴을 살폈다. 멍한 얼굴에 흐릿한 눈동자……. 이제 다시는 아내의 목소리를 들을 수 없을 것이다.

해수는 냉정하게 마음을 먹었다. 자세를 고쳐 잡고 아내의 이마를 정조준했다. 조준경 속으로 아내의 얼굴이 커다랗게 보였다. 이제는 끝내야 한다. 그렇게 생각하며 방아쇠를 당기려는 찰나, 해수는 멈칫하고 말았다. 총을 든 두 팔이 희미하게 떨리기 시작했다. 아내의 눈가가 반짝였다. 그리고 그것이 무엇인지 알게 된 순간 해수는 견디지 못하고 총을 내리고 말았다. 아내는 울고 있었다. 멈춰버린 것만 같았던 공허한 눈에서 한 줄기 눈물이 흘렀다.

해수는 울컥 터져 나오는 숨을 참으며 조준경으로 다시 한번 아내의 얼굴을 바라보았다. 남은 인생 동안 가슴속에 새기고 살아야 할, 아내의 슬픈 얼굴이었다. 이제는 정말 마지막이라 생각하며 해수는 아내에게 작별 인사를 했다. 그러고는 방아쇠를 당겼다.

탕!

머리가 날아가는 대신 하얀 수건이 허공에 날렸다. 아내의 입이 자유로워졌다. 그것으로 충분했다. 비록 그녀의 마음은 평생 알 수 없겠지만 아내를 편하게 해주었다는 것만으로도 만족할 수 있었다.

해수는 어느새 멀어져가는 아내를 바라보며 생각했다. 뼈 나무로 인해 죽은 사람은 없다. 이것은 종말도 재난도 아니다. 세상은 단지 모습을 바꾸었을 뿐이고, 여전히 모든 것은 그들의 것이었다. 무슨 일이 벌어져도 어떻게든 돌아가는 그들만의 세상.

문득 하늘을 뒤덮은 뼈 나무가 거대한 해일처럼 밀려오는 것 같았다.

그러나 해수가 할 수 있는 일은 아무렇지 않은 얼굴로 돌아서는 것뿐이었다.

신의

사자와

사냥꾼

어떤 사람들은 신의 사자가 세상에 도래한 것이라 말했다. 죽음도, 멸망도, 소멸도 모두 사라진 이 세상에 심판을 내리기 위해 신이 대리인을 보냈다며. 하지만 대부분의 사람들에게 그것은 머리가 둘 달린 괴물일 뿐이었다. 그것들이 어디에서 어떻게 나타나는지는 아무도 모른다. 괴물에 대해 확실하게 알려진 것은 단 두 가지뿐이다. 그것에게 붙들린 사람은 느닷없이 미치게 된다는 것, 그리고 골든 스퀘어라는 건물이 생겨난 이후부터 이들이 나타나기 시작했다는 것이다.

치안 유지 대원인 태기는 신의 사자에게 총격을 퍼붓고 있었다. 좁고 어두운 골목에 불꽃이 튈 때마다 음침한 골목의 풍경이 번뜩였고, 태기의 얼굴 역시 선명한 명암 속에 모습을 드러냈다. 하지만 성급하게 방아쇠를 당긴 까닭에 총알은 엉뚱한 곳으로 날아갔다. 장애물이 너무 많은 것이 문제였다. 괴물도 이런 이점을 알고 있었는지 좁은 골목만 골라 도주하면서 장애물을 효과적으로 이용하고 있었다. 이런 장소만 아니었다면 벌써 끝냈을 일이다.

서울 을지로에 자리한 이곳은 수십 년의 세월 동안 방치된 끝에 진공처럼 소리도 감각도 사라져버린 곳이다. 아무도 발을 들이지 않는 이곳이 태기는 숨이 막혔다. 골목의 어둠이 총소리마저 삼켜버리는 것 같았다. 태기는 최대한 빨리 신의 사자를 해치우고 이 기분 나쁜 곳에서 빠져나가야겠다고 생각했다.

계속되는 추격에 태기가 슬슬 지쳐갈 무렵 비교적 잘 정리된 골목이 나왔다. 기회였다. 태기는 다시 한번 호흡을 가다듬고 재빨리 조준경을 눈에 가져다 대었다.

탕!

녀석이 움찔했다. 명중이다. 거대하고 기형적인 근육 속에 총알이 움푹 박히는 느낌이 태기에게까지 전해졌다. 태기는 계속 방아쇠를 당겼고 한 발 한 발 녀석의 몸에 명중시켰다.

마침내 신의 사자가 피투성이가 되었다. 기괴하게 부풀어 오른 몸 여기저기에서 피가 뿜어져 나왔고, 놈은 더 이상 버틸 수 없다는 듯 비틀거리며 그르렁댔다. 지금까지의 경험으로 보건대 이 녀석은 아직 마지막 각성 단계에 이르지 못했다. 그렇다는 것은 괴물에게 붙잡혀도 미치지 않는다는 뜻이다. 해치우기까지 여유가 있었다. 태기는 재빨리 골목의 상황과 남은 실탄의 수를 확인하며 놈이 치고 들어오는 것에 대비했다.

"캬아아아!"

신의 사자가 악을 쓰며 돌진해왔다.

"쳇, 하필 이런 데서."

태기는 뒤로 물러서며 개머리판으로 놈의 얼굴을 후려쳤다. 대부분의 경우 옆으로 비켜서며 등에 자라난 두 번째 머리를 쏴버리면 곧바로 상황이 종료되지만, 골목이 좁은 데다가 가게 앞에 쌓인 잡동사니까지 뒤엉켜 움직일 공간이 없었다. 어쨌든 공격은 효과가 있었다. 녀석이 얼굴을 감싸 쥐며 앞으로 고꾸라졌다. 그러자 등에 자라난 두 번째 머리가 눈을 번쩍 뜨더니 태기를 향해 절규했다.

"크악!"

태기는 가쁜 숨을 내쉬며 잠시 그 모습을 바라보았다. 두 번째 머리는 마치 어미를 잃은 새끼마냥 처절하게 울부짖고 있었다.

"그래, 알았다. 이제 그만 하자."

태기는 무심하게 두 번째 머리에 총을 쐈다. 불꽃과 함께 총알이 박히는 순간, 괴물의 얼굴이 놀라서 굳어지더니 이내 축 늘어졌다. 임무를 완수했다.

오늘은 맥주나 마셔야겠다.

저물어가는 마지막 햇빛이 건물 사이를 비집고 골목 안쪽까지 닿았다. 골목에는 '인쇄'라는 두 글자가 가득했다. 충무로 인쇄 골목이었다. 한때는 밤새 돌아가는 인쇄기 소리와 담배 연기, 기름

진 국밥 냄새로 가득했던 곳. 사람들은 이런 미로 같은 곳에서 바쁘게 살았었다. 하지만 오랫동안 시간이 멈춰버린 이곳은 이제 어두침침하고 불길한 구역이 되어 함부로 들어와서는 안 되는 장소가 되었다. 먼지를 뒤집어쓴 스쿠터와 간판들, 그리고 문틈으로 언뜻 보이는 거대한 인쇄기까지. 모든 것이 어둠과 먼지 속에 묻혀 그림자마저 잃어버렸다.

*

　모든 것은 20년 전 어느 날 시작되었다. '죽음'이 사라졌다. 처음에 그것은 기적이라고 불렸다. 투신 자살을 한 사람이 멀쩡하게 되살아나 병원을 걸어 나가는 일이 벌어졌다. 곧 인터넷에 각종 사고로 죽은 사람들이 잠에서 깨어나듯 되살아나는 장면이 수없이 올라오기 시작했다. 그러나 몇 년이 지나자 사람들은 그것이 기적이 아니라 저주라는 것을 깨달았다.
　죽어야 할 사람이 죽지 않자 사회 체제가 서서히 붕괴되었다. 영생을 얻었으니 두려울 것이 없었고, 그래서 저마다 꿈을 이루겠다며 제멋대로 날뛰기 시작한 것이다. 세상은 이전과 크게 다르지 않았고, 오히려 전보다 더 나빠졌다. 영원히 살게 됐지만 자원이 한정된 이상, 세상의 질서는 결코 달라질 수 없었다. 소수의 힘 있는 자들이 더욱 더 많은 것을 소유하면서 그만큼 영원히 빈곤층으로 살아야 하는 사람 또한 늘어갔다.

그렇게 이곳 인쇄 골목은 빈민으로 들끓는 곳이 되었다. 영원히 죽지 않는 세상에 어떠한 방식으로도 적응할 수 없었던 사람들은 이 퇴락한 골목으로 숨어들었다. 그리고 언제부터인가 그들은 더 이상 모습을 드러내지 않았다. 어딘가로 떠났을 거라는 추측과 여전히 그곳에 숨어 살고 있다는 말도 들려왔다.

이따금 호기심 많은 젊은이나 취객들이 골목에 들어갔다가 건물의 틈 사이로 몰래 지켜보는 무언가와 눈이 마주쳤다거나 혹은 실종됐다는 소문이 나돌 뿐이었다. 베테랑 요원 태기에게도 이곳은 세상에 남겨진 유일한 검은 구멍처럼 이상하고 기분 나쁜 곳이었다.

"치안 유지대 150 김태기입니다. 변종 한 마리 제거했습니다. 위치는⋯⋯."

태기는 무전기로 사체 처리팀에게 대략적인 위치를 알려주며 그들이 미로 같은 골목에서 길을 잃지 않기를 바랐다. 갈증으로 신경이 날카로워진 태기의 눈에 맥주 광고 포스터가 들어왔다. 모델은 눈동자의 색이 다 날아가서 하얗게 뚫린 눈으로 미소를 짓고 있었고 그 밑에는 '즐겨라! 살아온 모든 날을 위해!'이라고 쓰여 있었다. 태기는 문구 앞에 '영원히'라는 말을 써넣으면 웃기겠다고 생각하면서도 알 수 없는 오묘함에 문구를 곱씹었다. 살고 또 살아도 끝나지 않을 삶인데 과연 무엇을 즐길 수 있을까.

문득 어디선가 역겨운 냄새가 풍겨왔다. 냄새의 근원을 찾기 위해 무심코 뒤를 돌아본 태기는 깜짝 놀라고 말았다. 골목의 잡동사니 사이로 얼굴 하나가 그를 보고 있었다. 신의 사자는 아니었다. 눈이 마주치자 얼굴이 도망가기 시작했다.

"이봐! 너 뭐야!"

태기는 본능적으로 그것을 쫓아가기 시작했다. 그것은 생각보다 날렵하게 골목 사이를 뛰어다녔고 태기는 길이 꺾일 때마다 온갖 물건들에 처박히며 달려야 했다. 혹시 예전에 사라졌다는 빈민인가? 아직도 여기에 살고 있었단 말이야? 태기가 사태를 파악하려 애쓰며 다시 한번 방향을 꺾었을 때, 그것은 사라지고 없었다. 건물 안으로 숨어든 것이 분명했다.

태기는 쫓아가서 끝장을 보고 싶었지만 추격을 그만두기로 했다. 정신없이 뒤를 쫓다보니 길을 잃어버렸다. 미로 같은 곳에서 신의 사자를 죽인 위치를 다시 찾으려니 막막했다. 태기의 미간이 신경질적으로 찌푸려졌다. 한편으로는 방금 전 추격전으로 인해 이상한 기분에 사로잡혔는데, 골목을 달리며 약을 올리듯 슬쩍 뒤돌아보던 그것은 분명 앙상하게 마른 회색빛 여자의 모습이었다.

하지만 태기를 놀라게 한 일이 한 번 더 벌어졌다. 한동안 헤맨 끝에 괴물을 해치운 골목으로 되돌아왔을 때, 쓰러져 있어야 할 놈이 사라지고 없었던 것이다. 도망쳤나? 아냐, 그럴 리가 없어. 말도 안 돼. 머리에 총을 맞았으니 아직 되살아날 시간이 아니었다. 죽음이 사라진 세상에서, 시체들은 부상 정도에 따라 최대 하루가 지나야 되살아나니까. 머리를 쐈다고 생각했는데 어두워서 착각을 한 것일까? 어쨌거나 시신이 사라졌으니 더 이상 발뺌할 수 없었다. 명백한 임무 실패였다. 골목에 튄 핏자국조차 어둠 속에서 빛깔을 잃어버렸다.

*

"나 참, 추격하다가 김밥 밟고 미끄러져서 기절할 줄 생각이나 했겠냐고. 미안하다. 내가 바보다."

날이 밝을 무렵, 퇴근하는 길이었다. 태기의 파트너인 양정은 왜 자신이 2인 1조로 이뤄진 괴물 추격 중에 갑자기 사라져버린 것인지 해명하고 있었다. 태기가 순찰차를 운전하며 퉁명스럽게 내뱉었다.

"김밥? 똥줄기같이 까맣고 기다란 거 말이지? 그게 우리 일을 방해했다는 거군."

"말 조심해. 김밥은 내가 세상에서 가장 좋아하는 음식이라고. 그건 그렇고 지옥에 다녀온 소감이 어때?"

"무슨 말이야?"

"충무로 인쇄 골목 말이야. 소문으로는 인쇄 골목에 지옥문이 있다고 하더라고. 신의 사자들이 거기서 나왔다는 거야."

태기는 무표정으로 앞을 노려보며 대꾸했다.

"멍청한 소리. 그런 얘기에 신경 쓸 필요 없어. 신의 사자란 것도 다 헛소리지. 그놈들은 괴물일 뿐이야. 총으로 쏘면 죽는 괴물. 그 이상도 그 이하도 아니라고.”

"그래, 너야 무신론자니까 그렇겠지. 죽음이 사라진, 이 기적 같은 세상을 몸소 겪고 있으면서도 말이야.”

"우리 일은 그저 놈들이 안 보일 때까지 계속 처리하는 거야. 괴물들이 사람을 홀리기 시작한 이후로 정신병자들이 급격하게 늘어나고 있잖아. 죽지도 않는 세상인데 미친놈들로 가득 차면 곤란하단 말이지. 내 인생 계획에 차질이 생긴다고. 세상의 꼭대기에 올라설 이 김태기의 계획에 말이야.”

양정은 '세상의 꼭대기'라는 말을 듣는 순간 입술을 씰룩거렸다. 같이 근무하게 된 이후 종종 들었던 말이다. 태기의 계획이란 대략 이러한 것이었다.

치안 유지대 일을 해서 돈을 모은 뒤 기업인과 정치인만 전문적으로 경호하는 회사를 차린다. 작은 갈등도 곧바로 극한의 폭력으로 치닫는 세상이다. 그렇기 때문에 대부분의 상류층들은 자신의 안전과 재산을 지키기 위해 경호 인력을 두는 것이 필수였고, 높은 자리에 있는 사람일수록 군부대를 방불케 할 정도의 경호인단을 거느리는 것이 일반적이었다. 태기처럼 폭력에 능숙한 사람에게는 일거리가 넘쳐나는 세상인 것이다. 그만큼 위험 부담도 크지만 말이다. 그렇게 회사를 차린 뒤 수단과 방법을 가리지 않고 인맥을 넓힌 후 정계로 진출한다. 물론 최종 목적은 세상을 움직이는 거물급 인사가 되는 것이다. 양정은 태기를 순진하다고 해야 할지, 속물이라고 해야 할지 혼란스러웠지만 대부분 빈정대는 것으로 받아쳤다.

"시간이 영원히 남아도니까 가능할지도 모르지. 위대한 통치자, 태기 님이시여."

그러자 태기가 발끈했다.

"생각해봐. 무슨 짓을 해도 죽지 않는단 말이야. 엄청난 기회라고. 왜 그걸 모르지? 우리같이 별 볼 일 없는 사람들이 이때 아니면 언제 세상을 발밑에 둘 수 있겠어? 마음만 먹으면 세상을 지배할 수 있다고. 난 너처럼 마약에 찌들어서 죽었다 깨어나기를 반복하면서 살고 싶지 않아. 정신 차려야 하는 건 바로 너야."

그때 피켓을 든 어떤 여자가 차 앞으로 뛰어들며 소리쳤다.

"회개하라! 죽음이 온다!"

태기가 급브레이크를 밟았지만 여자를 이미 들이받은 후였다. 쿵 하는 소리와 함께 여자가 저 앞에서 나뒹굴었다. 죽었는지 살았는지 알 수 없었지만 어차피 되살아날 테니 생사를 확인할 필요는 없었다. 부상이 아무리 깊어도 상처는 마치 시간이 역행하듯 아물었다.

태기가 다시 출발하려는데 갑자기 여자의 일행들이 차를 둘러싸더니 "회개하라! 죽음이 온다!"라고 외치기 시작했다. 그들은 순찰차를 마구 두들기며 소리를 질렀고 방금 차에 치인 여자 역시 어느새 달려와 차창에 얼굴을 들이밀고 있었다.

"너희는 죽어서 지옥에 갈 것이다!"

"그래? 거긴 월세 안 내도 되겠지? 그렇다면 한번 가봐야겠는데?"

태기가 창을 사이에 두고 여자를 비웃었다. 그들은 한국에서 급속하게 세력을 확장 중인 '죽음의 교단'의 추종자들이었다. 언젠가 신이 돌아와 죽음을 되살릴 것이며 그때가 되면 자신들이 죽음의 성녀, 성자가 되어 타락한 자들을 심판할 것이라 생각하는 사람들이었다. 문제는 이들이 가장 증오하는 대상이, 바로 태기와 양정을 고용한 회사 '네오 엘리슨'이라는 것이었다.

네오 엘리슨은 죽음이 사라진 후 정부와 결탁해서 대한민국을 지배하는 초국가 기업이었다. 그들은 사회적 기업을 표방하며 막대한 영향력을 행사하고 있었지만 주요 수입원이 마약 제조 및 판매라는 것은 공공연한 비밀이었다. 네오 엘리슨이 치안 유지대를 운영하는 이유도 표면적으로는 회사 이미지 관리를 위한 것이었으나 사실 다른 마약 제조업자들과의 끝없는 투쟁에서 마약 시장을 지키기 위한 것이었다.

시장을 관리하는 방법은 간단하면서도 잔인하기 짝이 없었다. 일명 '영원한 감금'이라 불리는 처벌 방식이다. 영업을 방해하거나 새로운 종류의 마약이 출현하면 치안 유지대가 출동해서 경쟁 세력을 무자비하게 초토화시킨다. 그렇게 한바탕 전투를 치르고, 되살아나게 될 시체들이 즐비할 때쯤 시체 처리팀이 나타나서 시체들을 드럼통 속에 넣고 시멘트를 부은 뒤, 깊은 바다에 내다 버린다. 그 안에 갇힌 사람들은 지금도 그 속에서 질식으로 죽었다가 되살아나기를 반복하고 있을 것이다.

그렇게 임무를 수행해오던 어느 날, 치안 유지대에게 새로운 임무가 추가되었다. 속칭 신의 사자를 제거하라는 것이었다. 인간이 변형된 것으로 추정되는 이 괴물들은 몇 달 전부터 나타나기 시작했는데 그들이 어디서 왔는지, 정체가 무엇인지 알 수 없었다. 일단 사람으로 보이긴 했지만 온몸이 흉측하게 부풀어 있었고 몸에는 머리 하나가 더 자라났다.

또한 녀석들은 처음엔 미쳐 날뛰며 공격적으로 행동하다가 두 번째 머리가 완전히 자란 순간부터 조용해지는데 그때부터가 가장 위험하다. 각성이 끝난 것이다. 각성한 녀석들은 마치 기도를 하듯 끊임없이 뭔가를 웅얼거리는데 그 소리를 듣게 되면 갑자기 머릿속이 가려워지면서 미친 듯이 머리를 긁다가 원치 않는 자살을 하게 된다. 너무 가려운 나머지 자신의 뇌를 파낼 수 있는 모든 방법을 찾아내 시도하는 것이다.

그러나 가장 끔찍한 것은, 이 증상은 죽었다 살아나도 없어지지 않는다는 사실이다. 때문에 괴물의 기도 소리를 들은 사람들은 영원한 가려움 속에서 자살을 무한 반복하게 된다. 이것이 바로 괴물들이 신의 사자라 불리는 이유다. 믿음을 잃어버린 인류에게 내린 신의 저주. 네오 엘리슨의 입장에서는 이것을 방치하면 마약 시장이 위축되는 결과를 가져올 수 있기에 변종 인간들을 어떻게든 없애려는 것이었다.

"신의 사자를 놔둬라! 신의 사자를 건드리지 마라!"

어느새 광신자들의 구호가 바뀌었다. 역시나 신의 사자를 괴물 취급하는 것이 마음에 들지 않는 모양이었다. 태기가 얼굴을 들이밀고 악을 쓰는 사람들을 보며 말했다.

"이 좋은 세상에서 그렇게 죽고 싶나? 머저리 자식들."

태기가 뒷좌석에서 샷건을 집어 들더니 차창을 내렸다. 양정이 길게 한숨을 내쉬며 태기를 말려보았다.

"그냥 차 돌려서 가자고. 그럴 필요까진 없잖아."

"내 앞길을 막는 놈들을 그냥 둘 수는 없지. 머저리들에겐 그에 맞는 대우를 해줘야 하는 거야."

차창이 내려가자 광신자들이 더욱 흥분해 날뛰었다. 하지만 곧바로 샷건이 더 큰 소리로 대답해주었다. 총구가 불을 뿜을 때마다 사람들은 하나씩 뒤로 날아갔고 그때마다 터진 머리와 손가락이 사방으로 튀었다. 거리에서 벌어지는 화끈한 구경거리에 행인들이 가던 길을 멈추고 낄낄대며 모여들었다.

사실 몇 사람을 차로 깔아뭉개는 것으로 끝낼 수도 있었지만, 태기는 확실하게 경고해주고 싶었다. 다시는 귀찮게 하지 말라고 말이다.

*

"여긴 도대체 뭐 하는 곳이야? 제대로 온 거 맞아, 양정?"

"그럼, 제대로 왔지. 오늘은 신의 사자니, 죽음의 교단이니 하는 거 다 잊고 신나게 즐기자고!"

난데없는 대학살을 겪은 양정은 기분 전환을 위해 태기와 함께 새로운 마약을 경험하러 골든 스퀘어 광화문 지점을 찾았다. 몇 달 전 개업을 한 곳이었는데 언뜻 보면 고급 회원제 클럽으로 보이는 곳이었다. 양정은 진즉에 태기를 데리고 이곳에 오려 했지만 하필 개업을 한 지 얼마 안 되었을 때부터 신의 사자가 출현하는 바람에 계속 미루다가 이제야 오게 된 것이었다.

화려한 분위기가 어색한 태기는 주변을 두리번거리며 머뭇거렸다. 사람들은 수십 대의 캡슐 안에 들어가기 위해 순서를 기다리며 소파에 앉아 수다를 떨고 있었다. 양정이 말했다.

"너 설마 네가 다니는 회사 소식도 모르는 거야? 얼마 전에 우리 회사에서 마약을 능가하는 굉장한 걸 만들어냈잖아. 영원한 삶을 위한 최고의 오락거리 말이야."

"미안한데, 난 정말 이런 거……."

그때 갑자기 매장 한쪽에서 고함 소리가 들려왔다.

"그래, 이 자식. 어디 한번 제대로 죽어봐, 하하하!"

놀란 태기가 반사적으로 권총을 빼들었지만 사람들이 환호성을 지르는 것임을 알고 그만두었다. 그들은 친구가 캡슐에 들어가는 것을 보며 장난을 치고 있었고, 잠시 후 캡슐에 난 작은 창에서 강렬한 섬광이 뿜어져 나왔다. 그러자 캡슐을 둘러싼 사람들이 다시 환호성을 질렀다. 태기가 황당하다는 듯 눈썹을 치켜올리며 양정을 쳐다보았다.

"바로 저거야. 플라즈마 소각. 캡슐 안에서 수천 도의 온도로 몸을 순식간에 태워버리는 거지. 그러면 말 그대로 한 줌의 재만 남고 사라지는 거야."

"그게 마약이랑 무슨 관계가 있어? 타 죽는 게 무슨 특별한 일이라고?"

태기가 한심스럽다는 듯 주변을 둘러보자 양정이 짓궂은 표정으로 대답했다.

"중요한 건, 사람을 플라즈마 상태로 태우면 타는 게 아니라 거의 분해돼버리거든. 그런데 그 순간 마약과는 비교도 안 될 만큼 엄청난 쾌감을 느끼게 된다는 거야. 죽음이 사라진 지 얼마 안 됐을 때, 사형수를 사형시키기 위해 정부에서 온갖 방법을 시도하다가 쓰레기 처리용 플라즈마 소각기에 넣어서 태워봤는데, 다음 날 살아난 죄수들이 너무 좋아서 난리를 쳤다는 거지. 바로 그걸 경험하러 여기 온 거고. 네가 싫어하는 마약과는 차원이 다른 거란 말이야. 나도 오늘이 처음이야. 한번 해보자고."

태기는 솔깃했지만, 무의미한 쾌감에 돈을 쏟아붓는 것이 얼마나 멍청한 짓인지 생각하며 호기심을 억눌렀다. 원대한 삶의 목표가 있는 자신이 이런 마약쟁이들의 한심한 놀음에 동참하는 것은 있을 수 없는 일이다. 태기는 집에 돌아가고 싶었지만 양정의 귀찮은 설득이 이어지는 것 역시 원치 않았다.

"좋아, 너 먼저 해봐. 어떻게 되는지 보고 싶으니까."

"오케이, 태기! 오늘 넌 새로운 세상을 경험하게 될 거야."

잠시 후 양정의 순서가 왔다. 그는 캡슐 안에 천천히 몸을 누이며 감격한 듯 내부를 둘러보았고, 태기는 보호자라도 되는 양 공손하게 두 손을 모으고 캡슐 옆에서 양정을 지켜봤다. 캡슐은 방열을 위해서인지 굉장히 두꺼웠고, 내부를 볼 수 있는 작은 창이 나 있었다.

양정이 눈을 크게 뜨고 심호흡을 했다. 어차피 되살아나겠지만 두려운 것은 어쩔 수 없는 것 같았다. 그 모습을 본 태기는 뭔가 위로의 말을 해야 하나 싶어 입을 열려다가 속으로 실소했다. 참 웃기는군. 이게 뭐 하는 짓인지. 그때 양정이 갑자기 태기의 손목을 잡아채며 말했다.

"도망치지 마라, 태기야."

태기는 속으로 움찔했다. 양정은 이상할 정도로 그를 빤히 올려다보고 있었다. 뭔가 다른 말을 하려는 것 같았다.

"난 네 녀석 속을 다 안다고. 그러니까 도망치지 마, 현실로부터 말이야. 넌 항상 내가 마약이나 하면서 현실 도피한다고 조롱했지만 실은 그 반대야. 현실을 외면하고 있는 건 바로 너라고. 우린 이 세상의 꼭대기에 결코 올라갈 수 없어. 시간이 아무리 많아도. 왜냐하면 먹이 사슬은 이미 완성됐으니까. 치고 올라갈 틈이 없다고. 사람들이 왜 마약에 매달리는지 알아? 자신이 누군지 잊고 싶기 때문이야. 그래야만 살아갈 수 있거든. 마약에 취해서 모든 걸 잊은 채로 아무것도 아닌 상태가 되는 거지. 그게 우리가 선택할 수 있는 유일한 죽음이야."

경쾌하게 알람이 울리더니 캡슐 문이 닫히기 시작했다. 태기는 양정의 갑작스러운 말에 어쩔 줄 몰라 우두커니 서 있었다. 이 자식 지금 뭐라는 거야? 현실을 외면한다고? 내가 바보인 줄 알아! 난 언제나 원하는 걸 해냈고 지금까지 그렇게 살아왔어! 굴욕감과 분노가 태기의 마음속에서 뒤엉켰다. 작은 창으로부터 양정의 시선이 느껴졌지만 태기는 외면해버렸다.

잠시 후 캡슐이 진동하더니 폭발하는 소리와 함께 빛이 번쩍였다. 태기가 마지못해 캡슐의 창으로 시선을 옮겼을 때, 캡슐 안에는 약간의 연기와 그을음만 남아 있었다.

양정의 캡슐이 움직이더니 매장 뒤쪽으로 사라졌고, 새로운 캡슐이 들어섰다. 이제 하루 동안 양정은 캡슐 안에서 서서히 재생될 것이다. 한편 태기는 혼란에 빠졌다. 단순 명쾌했던 자신의 삶이 순식간에 치기 어린 어리숙한 행위로 전락한 것을 견딜 수 없었다. 주위를 둘러보자 사방에 술과 약에 취한 사람들이 흐느적거리고 있었다. 태기가 소리를 질렀다.

"한심한 마약쟁이 자식들아! 진짜 인생이 뭔지나 아냐?"

하지만 큰 소리에 놀란 몇몇만이 태기를 돌아볼 뿐이었다.

*

이틀 후 월요일 저녁, 태기는 순찰차를 몰고 네온 간판이 가득한 을지로 거리를 가로지르고 있었다. 라디오에서는 인공지능이 만들었다는 사이버 트로트 음악이 흘러나오고 있었고, 기계가 만들어낸 기묘하고 건조한 목소리가 유흥가의 밤 풍경에 더해지자 거리의 불빛이 더욱 농밀하고 끈적하게 바뀌는 것 같았다.

사실 운정은 순찰하고 있는 것이 아니었다. 방금 전 신의 사자가 나타났다는 신고가 들어왔지만 다른 요원들에게 넘겨버렸다. 관할 구역 내에 있는 양정의 집으로 가는 중이었기 때문이다. 지난 토요일 밤, 골든 스퀘어에서 본 이후 양정에게는 아무 연락이 없었고 출근도 하지 않았다. 아마 되살아나자마자 또다시 마약에 취해 널브러져 있을 것이 분명했다. 몇 달에 한두 번 꼴로 태기가 데리러 가는 덕분에 양정은 아직까지 네오 엘리슨에서 해고당하지 않을 수 있었다.

사거리 신호에 걸려 잠시 기다리는 동안 차창 밖에서는 한 무리의 갱들이 자랑스럽게 거리를 걷고 있었다. 아마 세력 다툼으로 어딘가에서 큰 싸움을 벌이고 이제 막 승리를 거둔 것 같았다. 태기는 그들을 물끄러미 바라보며 생각했다. 정말 더 이상 치고 올라갈 틈이 없는 걸까? 어떻게든 기회를 잡을 수 있지 않을까? 난 평생 이렇게 살고 싶지 않다고.

마약쟁이 동료의 말만 듣고 꿈을 포기할 수는 없었다. 죽음이 사라진 세상에서 잘살아보겠다고 발버둥 치는 것이 뭐가 나쁘단 말인가? 분명 방법이 있을 것이다. 마약에 취한 남자들과 기괴한 옷을 입은 매춘부들로 가득한 이 거리, 점멸하는 네온사인과 총소리가 끊이지 않는 이 거리에서 반드시 벗어날 방법이 있을 것이다.

운정은 복잡한 생각들을 뒤로한 채 오피스텔 앞 도로변에 주차했다. 보통의 차량이라면 10분도 안 돼서 도난당하겠지만 네오 엘리슨의 치안 유지대 차량은 이 도시에서 막강한 힘의 상징이었기 때문에 차를 훔치거나 파손하는 일은 있을 수 없었다. 운정은 빠른 걸음으로 로비를 가로질러 엘리베이터에 탔다. 이미몇 번이나 해온 일이기에 익숙할 뿐이었다. 다만 양정이 해고당하지 않도록 적당한 핑곗거리를 만드는 것이 남은 과제였다.

하지만 오피스텔의 현관문을 열었을 때 운정은 뭔가가 잘못됐음을 직감했다. 집 안은 난장판이었고 양정은 보이지 않았다. 함께 있던 누군가와 시비가 붙었던 걸까? 하지만 양정은 집에 사람을 들이는 것을 몹시 싫어하는 녀석이다. 종종 집에서 마약을 했지만 절대로 누군가를 데려와서 함께하지는 않았을 것이다. 혈흔과 찢어진 옷, 부서진 가구들이 어지럽게 머릿속을 맴돌았다. 태기는 실마리가 될 만한 무언가를 찾아 방 안을 살폈다.

문득 방 한구석에 눈에 띄는 것이 있었다. 오래된 디지털카메라였다. 왜 이게 밖에 나와 있지? 양정이 옛 시절의 추억이라며 갖고 있던 카메라는 늘 서랍장 안 밀폐 용기 속에 보물처럼 모셔두는 물건이었다. 느낌이 이상했다. 폭력 사태의 한복판에 생뚱맞게 나와 있는 보물 카메라라니.

태기는 카메라를 집어 들고 전원을 켰다. 메모리에는 최근 촬영된 파일이 있었다. 오늘 오후, 그러니까 출근을 한두 시간 앞두고 녹화된 파일이었다. 그런데 왜 하필 옛날 카메라로 찍은 것인지 이해가 되지 않았다. 평소에 휴대폰으로 이것저것 찍어서 보내던 녀석이었는데 말이다. 재생 버튼을 누르자 예상대로 양정이 나타났다. 하지만 화면 속의 양정은 평소와 달랐다. 말소리는 약에 취한 듯했지만 표정은 고통으로 일그러져 있었다. 곧 양정의 힘겨운 목소리가 화면에서 흘러나왔다.

"뭔가 이상해. 잘못됐어……. 태기야, 이거 보고 있냐? 제발 꼭 봐라. 캡슐에서 되살아났을 때는 기분이 정말 미치도록 좋았거든. 근데 시간이 좀 지나니까 갑자기 몸이 아파오더라고. 처음엔 몸살인 줄 알았는데 그게 아냐……. 이거 좀 봐."

양정이 카메라로 어깨 뒤쪽을 보여주었다. 심하게 긁어서 피가 흐르는 어깨 뒤에는 무언가가 올록볼록 솟아 있었다. 그것은 의문의 여지없이 사람의 얼굴이었다.

"이거 그거지? 젠장, 망했네……. 설마 너까지 이런 건 아니겠지? 이거 말이야, 부작용인 것 같아. 플라즈마 소각 부작용. 이게 바로 신의 사자였던 거야. 잘 생각해봐. 골든 스퀘어가 개업한 후부터 신의 사자가 나타났잖아? 신의 사자는 지옥에서 온 게 아니었어. 아주 심각한 부작용이었던 거지. 그래서 회사에서 그렇게…… 으아악!"

갑자기 카메라가 떨어지더니 경련을 일으키는 소리가 들려왔다. 곧이어 천장을 비추던 화면에서는 물건들이 사방으로 날아다니기 시작했고 이리저리 치이던 카메라마저 꺼져버렸다. 변이가 시작된 것이다.

그때 태기에게 무전으로 지원 요청이 들어왔다.

"치안 유지대 150에게 알린다. 청계천에서 발견된 변종 괴물, 제거에 실패했다. 현재 충무로 쪽으로 도주한 것으로 추정된다. 지원이 가능한 요원은 투입 바란다, 오버."

젠장! 태기는 서둘러 뛰어나갔다. 양정이다. 틀림없이 양정이다. 아까 전 다른 요원들에게 넘겼던 그 신고는 양정과 관련된 일임이 분명했다.

*

태기가 탄 순찰차가 화려한 밤거리를 질주했다. 사이렌 소리가 오늘따라 날카롭게 귀에 꽂혔다. 양정이 괴물이 돼버리다니 믿을 수 없었다. 딜렁대기는 하지만 좋은 녀석이었는데 왜 이런 일이 벌어졌단 말인가. 이렇게 녀석과 마주친다면 할 수 있는 일은 단 하나뿐이지 않은가…….

태기는 조수석에 놓인 라이플을 힐긋 바라보았다. 라이플 위로 네온 불빛이 꾸역꾸역 흐르고 있었다. 변이가 시작된 이상 방법이 없다. 제거해야 한다. 양정을 더 끔찍하게 만들 수는 없다. 겁쟁이 같은 녀석들에게 맡겨서도 안 된다. 보나 마나 처참하게 총알받이가 될 것이다. 태기는 자신의 손으로 끝장을 보는 것이 양정에 대한 마지막 의리라고 생각했다.

충무로에 접어든 태기는 사이렌을 끄고 속도를 줄인 뒤 침착하게 주위를 살폈다. 늘 그랬듯 이번에도 특유의 직감을 따라 움직일 예정이었다. 태기는 천천히 순찰차를 몰며 충무로 일대를 돌았다. 그렇게 이곳저곳을 지나던 태기는 불이 환하게 켜진 분식집을 끼고 돌며 어느 골목으로 진입했다. 평소 순찰을 돌 때마다 양정이 옛날 거리의 분위기가 난다며 유달리 좋아했던 골목이었다. 변이가 진행 중인 이상, 아직 양정의 의식은 약간이나마 남아 있을 것이고 그렇다면 이 골목의 어딘가를 헤매고 있을지도 모른다.

차량이 서서히 골목으로 들어오자 할 일 없이 배회하던 건달들이 긴장했는지 총을 꺼냈지만, 네오 엘리슨의 순찰차인 것을 보자 다시 집어넣었다. 그중 일부는 태기의 얼굴을 알아보고는 비굴하게 웃으며 꾸벅 인사까지 했다. 태기는 눈길조차 주지 않고 그들을 지나치며 컴컴한 어둠 속을 노려봤다.

순찰차가 화려한 대도시의 껍데기를 뚫고 인적 없는 골목으로 들어갔다. 낡은 저층 건물에서는 간간이 빛이 새어나오고 있었고 어디선가 급속 발효시킨 싸구려 된장찌개 냄새가 풍겨왔다. 영원히 가시지 않을 가난의 냄새였다.

느닷없이 피투성이가 된 사람이 골목에서 비틀거리며 걸어나왔다. 양정의 짓일지도 모른다. 이런 골목에서는 늘 일어나는 일이었으므로 태기는 침착하게 상황을 주시했다. 그런데 피투성이가 된 사람이 태기에게 도와달라는 손짓을 하며 순찰차 쪽으로 걸음을 옮기는 순간, 골목의 어둠 속에서 무언가가 나타나 그를 덮쳤다.

양정이었다. 아까 전 영상에서 본 것보다 몸이 훨씬 더 커져 있었다. 역시 변이가 진행되고 있었던 것이다. 양정은 쓰러진 사람의 머리를 사정없이 박살내면서 괴성을 질러댔고, 부서진 두개골 조각과 뇌수가 순찰차의 앞 유리창까지 튀었다.

"젠장, 빌어먹을!"

양정의 참혹한 모습에 태기가 운전대를 내리치며 욕을 했다. 양정은 이미 근육 덩어리의 괴물이 되어 있었지만 얼굴에는 아직 본래의 이목구비가 남아 있었다. 이제 남은 일은 라이플에게 맡겨야 한다. 태기는 차에서 내려 신중하게 양정의 머리를 겨누었다. 미안하다, 친구야. 이렇게 끝나다니. 총구 너머로 보이는 친구의 머리에 신경을 집중시켰다. 하지만 차마 방아쇠를 당길 수 없어 손이 부들부들 떨려왔다.

그렇게 태기가 머뭇거리는 사이, 위험을 감지한 양정이 도망치기 시작했다. 보통의 인간보다 월등히 빠른 속도였다. 태기 역시 순찰차에 올라 액셀을 밟았다. 엔진이 폭발하듯 요동치며 그리 넓지 않은 길을 빠른 속도로 질주하기 시작했다.

엔진 소리가 급격하게 고조되며 거의 양정을 따라잡은 듯했다. 태기는 서둘러 창문을 내리고는 권총을 꺼내 겨누었다.

탕!

그러나 양정이 갑자기 방향을 바꾸는 바람에 총알은 엉뚱한 곳으로 날아가버렸다. 순찰차는 골목 이쪽저쪽 누비며 양정과의 거리를 좁혔다가 놓치기를 반복했고 제대로 된 사격은 해보지도 못했다. 액셀과 브레이크를 번갈아 밟으면서 추격을 하는데 갑자기 쿵 소리와 함께 누군가가 앞 유리에 머리를 처박았다. 길이 어두워서 미처 보지 못한 행인이었다. 하지만 점잖게 내려줄 상황이 아니었다. 변이가 완료되면 제거하기가 몹시 까다로워지기 때문에 그 전에 반드시 양정을 제거해야 한다. 태기가 행인에게 외쳤다.

"내려, 내리라고! 속도가 안 나잖아!"

충격으로 정신을 차리지 못한 행인은 차창에 낀 머리를 빼기 위해 꿈틀거렸지만 태기는 굼뜬 그의 동작을 기다릴 수 없었다. 태기는 욕을 하면서 한 손으로 조수석에 놓인 라이플을 집어 들어 그의 머리를 향해 방아쇠를 마구 당겼다. 행인의 머리가 산산조각 나 터지면서 비로소 그의 몸뚱이가 차에서 굴러 떨어졌다. 행인이 떨어져나가자 태기는 다시 한번 속도를 올렸고, 마침내 넓고 곧은길을 따라 대로변 쪽으로 도망치는 양정을 쫓아갈 수 있었다. 태기는 마음이 급해졌다. 사람들 속에 섞이면 추격이 힘들어진다. 이대로 받아버린다. 액셀을 있는 대로 밟자 서늘한 밤공기가 태기의 얼굴을 때렸다.

넓은 길이라 순식간에 양정과의 거리가 좁혀졌다. 거리가 가까워지자 양정의 어깨에서 자라난 두 번째 머리가 보였다. 제법 자라난 상태였고 태기를 향해 악을 쓰고 있었다. 다행이었다. 최종 각성 단계가 시작되려면 아직 시간이 있다. 하지만 골목을 빠저나가게 둬서는 안 된다. 상황이 복잡해질 것이다. 태기는 대로 변에 거의 다다랐을 즈음 양정을 거의 따라잡았고, 그대로 속도 를 내 받아버리려는 순간 갑자기 한 무리의 사람들이 나타났다.

"이런 망할, 비켜! 나오라고!"

태기는 소리를 빽 질렀지만 이미 늦었다. 순식간에 사람들이 차에 치이며 나뒹굴었고, 태기는 대로변 한가운데로 돌진하고 말 았다. 사방에서 경적이 울리며 놀란 차들이 급정거를 했다. 가까 스로 충돌을 모면했지만 도로는 순식간에 차와 사람으로 뒤엉켜 버렸다. 태기가 정신을 차리자 차창 앞에 전단지 한 장이 붙어 있 는 것이 보였다.

회개하라. 죽음이 온다.
죽음은 지금도 당신의 뒤를 쫓고 있다.
— 죽음의 교단 총무로 선교회 —

태기가 들이받은 사람들은 죽음의 교단 사람들이었다. 며칠 전 퇴근길을 방해해서 총알을 먹여주었던 사람들 말이다. 그들 이 또 태기의 길을 막았다. 폭탄이라도 터트리고 싶을 정도로 짜 증이 치밀어 올랐지만 먼저 해야 할 일이 있었다.

태기는 재빨리 차에서 내려 양정이 차에 치였는지 확인했다. 하지만 쓰러져 있는 것은 죽음의 교단 신자들뿐이었다. 문득 사 람들의 고함 소리가 귓가를 파고들었다.

"저쪽이요, 저쪽! 저쪽으로 갔어요!"

사람들이 일제히 한 방향을 가리키고 있었다. 방향을 따라 시선을 옮긴 순간 태기는 불길한 예감에 휩싸였다. 사람들이 가리킨 방향 그 끝에는 인쇄 골목의 입구가 있었다. 불길하고 새카만 구멍이 태기를 향해 입을 벌렸다. 입을 굳게 다문 태기는 총과 탄약을 챙긴 뒤 서둘러 인쇄 골목으로 뛰어들었고, 잠시 후 하나둘씩 깨어난 죽음의 교단 사람들은 상황을 파악하고는 태기의 뒤를 쫓아 골목으로 들어갔다. 그리고 바로 그때, 아무도 알아차리지 못했지만 소란스러워진 인쇄 골목의 어둠 속에서 무언가가 움직이기 시작했다.

*

골목은 조용했다. 대로변의 소음들은 어느새 사라져버렸다. 두껍게 쌓인 먼지들이 모든 소리를 잡아먹은 것 같았다. 급하게 뛰어들어온 태기는 한층 조심스럽게 움직였다. 만약 양정이 그 사이에 각성을 마쳤다면 총으로 쏘기도 전에 자신이 먼저 미쳐버릴 수 있다. 최선의 방법은 먼저 발견해서, 양정이 알아차리기 전에 머리를 쏴버리는 것이다.

안전을 위해 랜턴을 껐다. 고층 빌딩의 대형 광고판이 골목을 희미하게 밝혀준 덕에 시야를 약간 확보할 수 있었다. 태기는 잔뜩 웅크리고 총구를 앞으로 겨눈 채 천천히 골목을 탐색했다.

다시 한번 상황을 정리해보았다. 회사는 정말 플라즈마 소각이라는 혁신적인 돈벌이를 위해 사람을 괴물로 만드는 부작용을 감추려 했던 것일까? 다른 조직에서는 무관심하던 신의 사자에 유독 네오 엘리슨만이 신속하게 대응했던 이유가, 변종 괴물 제거에 집착했던 이유가 부작용 때문이었을까?

양정의 말대로 괴물들은 골든 스퀘어 개점과 비슷한 시기에 나타났다. 게다가 골든 스퀘어는 서울 광화문 본점 하나뿐인데 괴물 역시 서울을 중심으로 출현했다. 역시 네오 엘리슨이 부작용을 숨긴다고 생각할 수밖에 없었다. 변종 괴물에게도 가족과 지인들이 있었을 텐데 그동안 어디서도 의혹이 제기되지 않은 것이 오히려 증거라 할 수 있었다. 전 세계를 아우르는 유일한 통신망의 소유주 역시 네오 엘리슨이었기 때문이다.

회사는 골든 스퀘어나 플라즈마 소각을 언급한 모든 데이터를 감청했을 것이고 그것으로 변종 인간의 신원을 추적해 가족들을 협박했을 것이다. 양정이 굳이 오래된 디지털카메라를 사용해서 메시지를 남긴 이유가 바로 그것이었다. 감청을 피하기 위해 네트워크 연결이 안 되는 옛날 카메라로 촬영했고, 또한 태기가 오피스텔로 찾아와 카메라를 집어 들 것까지 계산했다. 그제야 태기는 양정이 마지막 순간까지도 자신을 배려해주었음을 깨달았다. 만약 휴대폰으로 그 영상을 보냈다면 태기마저 회사의 블랙리스트에 올라 감시를 당하게 되었을 것이다. 영원히 말이다.

그런데 아까부터 느낌이 뭔가 이상했다. 숨죽인 채 골목을 수색하는데 뭔가가 주변을 맴도는 듯한 느낌을 떨칠 수 없었다. 골목의 어둠 속에 불길함이 감돌고 있었다. 단순히 오랫동안 버려진 장소가 만들어내는 위화감일지도 몰랐다. 하지만 이곳에서 무슨 일이 벌어질지 알 수 없다. 긴장을 늦춰서는 안 된다. 태기는 총을 쥔 손을 다시 한번 바짝 움켜쥐었다.

주변 빌딩들의 광고판에서 유난히 화려한 광고가 시작되자 어느 골목 하나가 몽롱한 색채로 물들었다. 그리고 바로 그곳에 양정이 있었다. 태기는 골목에 쌓인 박스 뒤로 조용히 몸을 숨겼다.

양정은 넋이 나간 듯 광고를 올려다보고 있었고, 미동도 없이 그저 숨만 쉬고 있었다. 태기는 박스 사이로 양정의 두 번째 머리를 살펴보려 했지만 그가 있는 방향에서는 보이지 않았다. 하지만 더 이상 흥분 상태가 아닌 것으로 보아 각성이 거의 끝나가는 것 같았다. 이젠 정말 괴물이 된 것이다.

태기가 조심스럽게 양정의 머리를 겨냥했다. 일단 첫 발을 명중시키고 나면 곧바로 뛰어나가서 두 번째 머리에 총알을 박아줄 생각이었다. 빌딩의 광고 영상이 현란하게 펼쳐지자 양정의 몸이 다채로운 색으로 물들었다. 이 정도 거리라면 문제없다. 방아쇠에 건 손가락에 서서히 힘이 들어갔다. 이걸로 끝이다. 잘 가라, 양정. 미안하다.

탕!

"신의 사자를 놔줘!"

방아쇠를 당기는 것과 동시에 누군가가 뒤에서 태기를 내리쳤다. 태기는 박스들에 뒤엉키며 앞으로 고꾸라졌고 정신을 차릴 새도 없이 사람들에 둘러싸였다.

"신의 뜻을 거역하는 자는 고통을 겪어야만 한다!"

죽음의 교단 사람들이었다. 그들이 또다시 태기를 방해한 것이다. 게다가 이번엔 순순히 물러날 생각이 없어 보였고 화가 아주 많이 나 있었다. 그들은 쓰러진 태기를 마구잡이로 구타하기 시작했다. 다들 손에는 쇠파이프 같은 것들을 하나씩 들고 있었는데 태기를 쫓아오는 동안 골목 어딘가에서 주워온 것 같았다. 그들은 죽지 못하는 이 세계가 바로 지옥이라는 것을 알게 해주겠다며 무자비하게 태기를 내리쳤고, 태기는 점점 피투성이로 변해 갔다. 이대로 어딘가에 끌려가서 구타와 부활을 영원히 반복하게 되는 걸까?

그런데 양정은 어떻게 됐지? 분명히 총을 쐈는데 빗나간 건가? 태기는 간신히 눈을 떠 주위를 살폈다. 난무하는 파이프 세례와 발길질 사이로 양정의 모습이 얼핏 보였다. 태기가 본 것은, 다리에 피를 흘리는 양정이 이제 막 골목길 어딘가로 꺾여져 사라지는 순간이었다. 총을 맞고 놀란 것 같았다. 다행이었다. 웅얼거리기 시작했다면 모든 것이 끝장이었을 테니.

그런데 전혀 예상치 못했던 일이 일어났다. 양정이 사라지자 가게의 문과 창문들이 조용히 열리더니 무언가가 기어 나오기 시작했다. 하나가 아니라 여럿이었다. 몸을 낮게 숙이고 민첩하게 움직이는 그것들은 분명 사람이었다. 하지만 하나같이 작게 쪼그라들고 비쩍 마른 것이 어딘지 모르게 가소롭게만 보였고, 그러면서도 짐승처럼 눈을 번뜩이는 것이 마치 지옥에서 올라온 아귀 같았다.

죽음의 교단 사람들은 태기를 구타하는 데 정신이 팔려 있어 그들이 덮쳐오는 것을 알지 못했다. 그들은 소리 없이 능숙하게 움직이며 신자들의 등 뒤를 노렸다. 태기는 얻어맞는 와중에도 본능적으로 몸을 더 깊이 움츠렸다. 음흉하게 다가오는 그들과 눈이 마주쳤다. 인쇄 골목에 들어올 때마다 느꼈던 불길함이 제 모습을 드러냈다. 이윽고 사냥을 위한 포진을 완전히 갖추자 아귀들이 일제히 사람들을 덮쳤다. 놀란 사람들은 처음엔 영문을 몰라 당황했지만 곧 자신들의 처지를 깨달았다.

"악마다! 악마가 나타났다! 신이시여, 우릴 구원해주십시오!"

기도는 아무 소용이 없었다. 아귀 수십 명이 달라붙어 그들을 뜯어먹기 시작했다. 고통스러운 비명과 함께 그들의 팔다리가 순식간에 사라졌고 사람들은 도망칠 능력을 상실하고 말았다. 단 몇 분 만에 그들은 머리와 몸통만 남아 바닥에서 꿈틀댔다. 그렇게 되자 아귀들은 비로소 뜯어먹기를 멈추고 다같이 신자들을 들어올리더니 어딘가로 사라져버렸다. 살려달라는 비명소리가 계속 들려왔지만 소리는 점점 멀어졌고, 먹먹해지는가 싶더니 이내 그쳐버렸다.

그들은 누구일까? 태기가 생각할 수 있는 것은 단 하나뿐이었다. 빈민. 오래전 자취를 감추었다던 그 빈민들 말고는 짐작 가는 것이 없었다. 과거에 사라졌다던 빈민들은 실은 그동안 인육을 먹으며 이곳에 숨어 살고 있었던 것이다. 아무리 뜯어먹어도 다음 날이면 깨끗하게 재생이 되니 그야말로 무한한 식량 자원인 셈이었다.

악마처럼 흉측하게 변한 외모는 오랜 세월에 걸쳐 인육을 먹었기 때문일 수도 있고, 어쩌면 죽지 못하는 상황에서 겪은 장기간의 영양 불균형이 초래한 결과인지도 모른다.

거기까지 생각이 미치자 태기는 처음으로 죽음의 필요성을 느꼈다. 죽음이 필요한 순간, 인간은 반드시 죽어야 한다. 그렇지 못하면 고통에서 벗어나지 못한다. 고통의 반대말은 해방이나 희열이 아니라 죽음이다.

태기는 자신의 죽음을 상상해봤다. 어느 날 죽음이 필요해진 태기는 어느 강가에서 자신의 머리에 총을 쏜다. 머리는 그 자리에서 박살이 나고, 몸만 남은 시신은 엉덩이만 둥둥 떠오른 채 바다까지 떠내려간다. 그리고 사람들은 자신의 엉덩이를 보고도 그것이 무엇인지 알지 못해 멀뚱히 쳐다만 본다. 태기는 만약 죽는 것이 가능하다면 바로 그런 죽음을 맞으리라 생각했다. 죽어서도 세상을 희롱하는, 희비극이 교차하는 최후. 시체가 되더라도 최고로 별난 시체가 되어야 직성이 풀릴 것 같았다.

의식이 점점 희미해지고 있었고 숨 쉬는 것까지도 힘에 부쳤다. 너무 심하게 맞았다. 바로 이런 게 죽어가는 상태란 걸 태기는 처음으로 알게 되었다. 하지만 걱정은 없었다. 이미 수없이 사람을 죽여봐서 잘 알고 있었다. 이 정도 부상으로 죽는다면 30분 이내에 되살아난다는 것을. 그렇기 때문에 태기는 편히 눈을 감을 수 있었다.

예상대로 30분 정도가 흐르자 태기는 다시 눈을 떴다. 몸은 말짱해져 있었고 골목은 전과 다름없이 음침했다. 태기가 뻐근한 몸을 일으켰을 때, 아귀들 몇이 다시 기어나와 골목 한쪽에 버티고 섰다. 그들은 반쯤 뒤집어진 눈으로 태기를 바라보기만 할 뿐이었다. 태기가 소리쳤다.

"당신들, 오래전에 사라졌다던 빈민들인가?"

그러자 그들 사이를 비집고 누군가가 어기적대며 걸어 나왔다. 며칠 전 인쇄 골목에서 태기가 뒤쫓았던 바로 그 여자인 것 같다. 태기가 여자에게 외쳤다.

"뭘 기다려? 어서 잡아가. 얻어터진 놈은 불량품이라도 되나?"

여자는 태기의 말에 전혀 신경 쓰지 않는 듯했다. 오히려 총을 가리키며 머릿속에 얼마 남지 않은 어휘를 끌어모아 온몸으로 쥐어짜듯 말했다.

"잡아. 그놈."

태기는 어안이 벙벙해졌다. 이들은 오래전에 사라졌다는 빈민들이 분명했다. 며칠 전 여자를 쫓는 동안 괴물의 시체가 사라진 것도 이들의 소행일 것이다. 괴물조차도 식량으로 쓰려는 걸까? 아니면 신의 사자가 위험하다는 것을 그들도 아는 걸까? 태기는 여자가 가리킨 총을 집어 들며 자신이 절대적으로 불리하다고 느

껐다. 하지만 물러설 수 없었다.

"그거 알아? 저 괴물 녀석이 이상한 소리를 내면 미쳐서 끝없이 자살하게 되는 거? 이제 못 잡아. 늦었다고. 미안하지만 난 돌아가서 샤워하고 맥주나 마실 거야. 세상이 미쳐 돌아가든 말든 맥주나 마실 거라고. 그러니까 좀 비켜줄래?"

태기가 그들에게 총구를 겨누었다. 그러자 여자가 씩 웃으며 말했다.

"너. 못 나가."

여자의 어눌하지만 살기 어린 대답에 태기의 머리끝이 쭈뼛 섰다. 허세를 부리며 총을 겨누어 보았지만 소용없는 짓이었다. 그들을 모두 쓰러뜨리기 전에 총알이 먼저 떨어질 테니 말이다. 게다가 무전기와 휴대폰은 방금 전 교단 놈들이 박살 내서 지원을 요청할 수도 없다. 빠져나갈 것인가? 아니면 시키는 대로 양정을 잡을 것인가?

다리에 총을 맞은 양정은 이제 주변을 극도로 경계할 것이고, 섣불리 양정에게 접근했다가는 아무도 오지 않는 골목에서 머릿속 가려움에 미쳐 날뛰며 영원히 자살을 반복할 수도 있다. 하지만 이들에게서 도망치는 것 역시 불가능하다. 어쩔 수 없었다. 시키는 대로 하는 수밖에.

양정을 추적하는 것은 쉬웠다. 핏자국을 따라가기만 하면 되었다. 태기는 혹시라도 양정에게 들킬까 봐 호흡마저 억누르며 조심스럽게 걸었다. 여전히 머릿속에선 도망갈 틈을 노리고 있었지만 미로 같은 이곳을 단숨에 빠져나갈 수는 없을 것 같았다. 이 핏자국을 따라가 양정을 만나게 되면 그다음엔 무슨 일이 벌어 질 것인가?

핏자국은 막다른 골목에서 끝이 났고 그곳엔 싸구려 여인숙과 국수 가게, 인쇄소가 들어서 있었다. 골목을 가로막은 담벼락 앞 에는 앙상하게 시든 화분과 음료수 배달 상자들이 있었고 찢어 진 소파와 파라솔이 먼지를 뒤집어쓰고 있었다.

핏자국이 담장 근처에 어지럽게 흩어져 있는 것으로 보아 양정 은 어디로 갈지 방황한 듯했다. 하지만 주변을 살핀 태기는 마침 내 단서 하나를 찾아냈다. 여인숙 입구의 카운터에서 피 묻은 손 자국을 발견했다. 입구에 선 태기는 총에 장착된 랜턴을 켰다. 불 빛이 보이는 것만으로도 양정이 기괴한 기도를 읊어댈 수 있었지 만 여인숙에는 빛이 전혀 들어오지 않았기 때문에 선택의 여지가 없었다.

안으로 들어서자 바닥에서 퀴퀴한 곰팡이 냄새가 피어올랐다. 단층으로 된 여인숙은 너무나 조악해서 마치 합판을 덧대어 만 든 것처럼 보였다. 오래된 나무문은 뒤틀렸고, 천장에서 떨어진 배선과 파이프들이 허공에 즐비했다. 가운데 통로를 따라 방들 이 좌우로 늘어서 있었고 복도의 끝에는 달력이 붙어 있었다.

태기는 통로를 따라 걸으며 방들을 살피기 시작했다. 통로 역 시 핏자국이 사방으로 흩어져 있어서 양정이 어느 방에 들어갔는 지 알 수 없었다. 하지만 태기는 양정이 이 안에 있다는 것을 확신할 수 있었다. 여인숙에 들어온 후부터 피 냄새가 진동했기 때문이다. 곰팡내 섞인 피 냄새를 한껏 들이마시자 태기는 다시 한번 투지가 끓어올랐다. 그렇다. 이것이 바로 태기가 살아온 방식이었다. 눈앞에 보이는 것들을 닥치는 대로 해치우다 보면 남아 있는 것은 언제나 자신뿐이었다.

태기는 방문을 하나씩 살피기 시작했다. 다행히도 문이 전부 약간씩 열려 있었기 때문에 조심스럽게 안을 들여다볼 수 있었다. 총구를 겨눈 채 문을 열고 들어가 안쪽까지 살폈다. 하지만 오래된 침대와 책상이 있을 뿐 양정은 없었다.

여인숙 깊숙이 들어갈수록 피 냄새가 진해졌다. 태기는 좌우의 방을 모두 살폈고 이제 남은 것은 복도 끝에 있는 방 두 개뿐이었다. 양정은 남은 두 개의 방 중 한 곳에 있을 것이다. 과연 어느 쪽에 있을 것인가?

보이지는 않지만 양정은 지금 지척에 있다. 절대로 소리를 내서 안 된다. 태기는 우선 문이 살짝 열린 왼쪽 방으로 다가가 살펴보기로 했다. 가만히 문 옆에 붙어서 방 안에서 거친 숨소리가 들리는지 귀를 기울였다. 아무리 초인적으로 변했어도 총을 맞은 이상 멀쩡한 상태로 있을 수는 없을 테니. 하지만 아무런 기척도, 숨소리도 들리지 않았다. 태기는 방 안을 재빨리 들여다보았다. 역시나 아무도 없었다. 구겨진 이부자리와 복권 용지가 굴러다닐 뿐이었다.

그렇다면 이제 남은 방은 하나였다. 그곳에 양정이 있을 것이다. 그리고 유감스럽게도 그 방문은 거의 닫혀 있어서 내부가 보이지 않았다. 그렇다고 순진하게 문을 열고 얼굴부터 들이미는 건 미친 짓이다. 총구를 겨누기도 전에 양정에게 당할 테니. 방법은 하나뿐이었다. 문을 박차고 들어가면서 미친 듯이 총을 갈기는 것이었다.

뒤로 물러난 태기는 잠시 숨을 골랐다. 모든 동작을 최대한 빨리 해야 한다. 태기는 마지막 숨을 몰아쉬고는 문을 걷어찼다. 쾅! 문이 열리는 것과 동시에 태기는 문간에서 미친 듯이 총을 갈겼다. 총구에서 불꽃이 번쩍이며 텔레비전과 간이 옷장, 책상이 터져나갔다. 하지만 태기는 곧 당황하며 사격을 멈추었다. 양정은 방에 없었다.

"크아아아아!"

바로 그때, 달력이 걸린 벽에서 양정이 튀어나오며 태기의 등 뒤에 달라붙었다. 태기가 벽이라고 생각했던 것은 사실 공동 샤워실의 입구였고 대충 짜맞춘 나무판으로 만든, 밀고 들어가는 문이었다.

"양정, 나야 태기! 정신 차려! 나라고!"

태기가 외쳐봤지만 소용없었다. 각성이 진행되면서 양정의 의식은 이미 사라졌다. 태기는 양정을 떨어트리기 위해 사방에 몸을 부딪쳤다. 하지만 양정은 떨어지지 않았고 더욱 더 몸을 조이며 달라붙었다. 태기는 다급해졌다. 양정의 숨결이 자신의 귓속을 파고들었다. 이대로 간다면 이상한 주문이 머릿속을 간질일 것이다. 태기는 어떻게든 고개를 돌려보려 했지만 거대한 근육으로 부풀어 오른 양정의 팔뚝은 태기의 목을 휘감고 있었고 조금의 틈도 허락하지 않았다. 뭔가를 말하려는 듯 양정의 입에서 그르렁거리는 소리가 나오기 시작했다. 사람을 미치게 만든다는 그 웅얼거림이 시작되려는 것 같았다.

아니야! 안 돼. 하지 마, 제발! 하지만 이상한 울림이 머릿속을 어지럽히기 시작했다. 도저히 알 수 없는 이상한 소리였다. 태기는 양정을 매단 채로 밖으로 뛰쳐나왔다. 괴물이 된 양정은 도저히 떨쳐낼 수 없는 힘으로 태기의 몸을 조였고, 끈적한 숨결과 말소리가 계속해서 태기의 귓속을 파고들었다.

그리고 마침내 이상한 감각이 느껴지기 시작했다. 머릿속에서 벌레가 기어가는 듯 희미하지만 몹시 신경 쓰이는 간지러움이었다. 아냐! 안 돼! 이럴 순 없어! 이럴 순 없다고! 태기는 가려움을 견디다 못해 영원히 자살을 반복하는 모습을 떠올리자 극한의 공포에 빠졌다. 그 이상한 감각은 조금씩 더 분명해졌다. 그러다가 어느 순간, 머릿속이 싸해지면서 텅 빈 듯한 느낌이 들었다. 뭔가가 다 빠져나가는 후련함 같은 것이었다. 그러더니 곧바로 또 다른 뭔가가 밀려들어와 머릿속에 우글우글 퍼져나가기 시작했다. 미칠 듯한 가려움이었다. 태기가 발광하기 시작했다.

"으아아아! 제발 놔줘! 미쳐버릴 것 같다고! 제발 놔달라고!"

태기는 머리를 긁기 위해 발악했지만 양정은 그를 놓아주지 않았다. 마치 수만 마리의 벌레가 뇌 속을 기어다니며 신경 하나 하나를 건드리는 것 같았다. 견딜 수 없는 가려움에 이를 악물자 이가 깨지는 소리가 귓속을 울렸다.

하지만 태기 역시 평범한 인간은 아니었다. 산전수전 다 겪은 치안 유지대의 베테랑 요원이다. 태기는 극한의 고통 속에서도 방법을 찾았다. 일단 양정부터 떨쳐내야 돼! 하지만 등에 매달린 커다란 아기는 무슨 수를 써도 떨어지지 않았다.

그때 태기의 눈에 띈 것이 있었다. 골목의 막다른 담장 앞에 놓인 의자와 철근이 꽂혀 있는 커다란 화분이었다. 방법이 떠올랐다. 그래, 한번 해보자! 태기는 양정을 매단 채 온 힘을 다해 의자를 향해 달리기 시작했다. 악을 쓰며 돌진한 태기는 의자를 밟고 뛰어오르며 공중에서 몸을 돌렸다. 타이밍을 잘 맞춘다면 가능하다. 양정의 두 번째 머리가 철근을 향하도록 하는 것. 허공에 뜬 두 사람이 다시 내려오는 순간 태기는 둔중한 저항감을 느끼다가 곧바로 자신의 어깨가 뚫리는 것을 느꼈다. 철근이 양정과 태기 모두를 관통한 것이다. 하지만 효과가 있었다. 괴성을 지르며 부르르 떨던 양정이 마침내 축 늘어지며 조용해졌다.

태기는 어깨를 뚫고 나온 철근을 올려다보며 거칠게 숨을 내쉬었다. 양정은 아직 죽은 것이 아니다. 잠시 정신을 잃은 것 뿐이다. 다시 깨어나서 달라붙기 전에 확실하게 처리해야 했다. 태기는 눈을 질끈 감고 억지로 몸을 일으켰다. 철근이 빠지면서 피가 쏟아져 나왔다. 가까스로 일어난 태기는 힘겹게 총을 집어 들었다. 양정의 두 번째 머리가 정확하게 철근에 관통당한 것이 보였다. 이제 양정의 본래 머리를 쏘면 되살아나기까지 하루의 여유가 생긴다. 그 사이 시체 처리팀에게 지원 요청을 해서 양정을 맡기면 된다. 그러면 치안 유지대로서의 임무는 다 하는 것이다.

그러나 거기까지가 태기가 떠올릴 수 있는 마지막 생각이었다. 가려움이 모든 감각을 지배하기 시작했다. 뇌가 가렵다! 미칠 것 같아! 뇌가 가려워! 더 이상의 사고는 불가능했다. 태기는 더 늦기 전에 양정의 머리에 총알을 퍼부었다. 그리고 총구를 돌려 망설임 없이 자신의 머리에 방아쇠를 당겼다. 태기가 죽기 직전 마지막으로 본 것은 어느새 모여든 빈민들과 그 여자였다. 여자는 새까만 이빨을 드러내며 웃고 있었다.

*

태기가 되살아났을 때는 사방이 비명으로 가득했다. 아직은 어두워서 모든 것이 어슴푸레하게 보였지만 축축한 공기와 온갖 썩는 냄새가 뒤엉킨 것을 보니 지하 깊숙한 곳 어디쯤인 것 같았다. 태기는 무심코 일어나려다 자신이 발가벗겨진 채 묶여서 바닥에 누워 있다는 것을 알게 되었다. 당황해서 몸을 움직이자 기분 나쁘게 질퍽한 바닥의 촉감이 느껴졌다. 뭐지? 왜 묶여 있지? 도대체 어떻게 된 거야?

잠시 후 어둠에 익숙해지자 태기의 눈에 거대한 지하 공동의 풍경이 펼쳐졌다. 오랜 세월에 걸쳐 파내고 기둥을 세워서 만든 것 같았다. 그 거대함에 비해 너무나 초라하게도 타오르는 횃불 몇 개가 조명의 전부였다. 이곳이 바로 사라졌다고 알려진 빈민들의 삶의 터전이었다. 그들은 사라진 것도 아니었고 죽은 것도 아니었다. 그들은 언제나 이곳 서울에 살고 있었다. 공동의 여기저기에는 그동안 삶이 계속되었음을 알려주는 낡은 살림살이들이 굴러다니고 있었다.

태기는 공동의 거대함과 조악한 삶의 흔적이 만들어내는 부조화에 경악했다. 삶의 의지란 얼마나 지독한 것인가. 태기는 영원히 이곳에서 벗어나지 못할 것이라는 예감이 들었다. 그 역시 공동에서 지금 막 시작된 지옥 같은 축제의 일부였기 때문이다.

빈민들의 식사 시간이 시작되었다. 지도자로 짐작되는 사람이 기괴한 음조의 괴성을 지르자 빈민들이 일제히 소리를 지르더니 공동의 여기저기에 묶어둔 사람들에게 달려가 산 채로 뜯어먹기 시작했다. 24시간마다 한 번씩 재생되는, 무한으로 공급되는 식량이었다. 빈민들은 생계가 불가능해지자 인쇄 골목에 들어온 사람들을 납치해 끝없이 자라나는 인육을 먹으며 여태껏 살고 있었던 것이다.

일제히 달려드는 빈민들을 보며 공포에 사로잡힌 사람들은 더욱 더 울부짖기 시작했다. 그 와중에 누군가가 신을 찾으며 기도하기 시작했다. 그는 신에게 제발 죽음을 내려달라고 기도를 하고 있었다. 기도의 내용을 보니 아마 죽음의 교단 사람인 듯했다. 그러나 그런 소리는 오히려 빈민들을 자극할 뿐이었다. 빈민들은 절규에 가까운 기도 소리에 더욱 신이 났는지 킥킥거리며 그에게 모여들었고 그대로 다 같이 달려들어 살점을 물어뜯었다. 또 다른 누군가는 세상에 저주를 퍼부으며 죽어가기도 했다. 여기저기서 저마다 살려달라고 소리를 지르고 있었는데, 그중에는 뜯어 먹히면서도 별다른 반응이 없는 사람도 있었다. 오랫동안 반복해서 잡아먹히다 보니 정신이 이상해졌는지 알 수 없는 말만 중얼거리며 히죽거렸다.

그때 갑자기 더러운 얼굴 하나가 태기의 머리 위로 불쑥 나타났다. 골목에서 명령을 했던 여자였다.

"어. 깨어났다."

그녀는 태기의 몸을 천천히 쓰다듬으며 냄새를 맡기 시작했다. 태기는 이제 곧 자신에게 벌어질 일에 눈앞이 캄캄해졌지만 곧 그런 것을 신경 쓸 겨를조차 없게 되었다. 의식이 완전히 돌아오자, 뇌 속에서 다시 가려움이 퍼지기 시작한 것이다. 죽음, 바로 지금 죽음이 필요했다. 이럴 때 죽을 수만 있다면 얼마나 좋을까. 하지만 태기의 머릿속은 또다시 싸해졌고, 곧바로 폭발하듯 가려움이 밀려왔다.

"으, 으으……. 안 돼, 안 돼! 아니야, 아악!"

순식간에 뇌 속이 벌레로 가득 찬 것 같았다. 질끈 감은 태기의 눈에서 눈물이 흘렀다. 머리를 긁기 위해 어떻게든 움직이고 싶었지만 바닥에서 꼼지락거리는 것이 전부였다. 여자는 그런 태기의 몸을 장난치듯 톡톡 건드렸고, 고통으로 꼼지락대는 태기의 몸에 얼굴을 비비기도 하고 쓰다듬기도 했다.

태기가 깨어난 것을 알아챈 빈민들이 하나둘씩 그의 곁으로 모여들었다. 태기의 꿈틀대는 모습이 재밌는지 하나같이 눈을 반짝거렸다.

"너. 좋아."

여자는 태기의 얼굴을 빤히 바라보며 속삭이더니, 대뜸 가슴의 살점을 물어 뜯었다. 그러자 주위를 둘러싼 빈민들도 일제히 달려들어 태기의 몸을 뜯어먹기 시작했다.

"으악! 안 돼! 그만해!"

태기는 소리를 질렀지만 아귀 같은 형상들은 점점 더 태기의 몸 위로 육박하며 바글바글 들끓고 있었다. 그런데 뜻밖의 일이 벌어졌다. 그들이 태기의 살점을 뜯어낼 때마다 그 고통으로 인해 뇌 속의 가려움이 상쇄되는 것이었다. 심지어 말로 할 수 없을 만큼 강렬한 쾌감마저 느껴졌다. 살면서 한 번도 느껴보지 못한 쾌감이었다.

태기는 저도 모르게 숨을 삼키며 자신의 몸에서 벌어지는 일을 지켜보았다. 확실했다. 살점이 뜯겨질 때마다 머릿속의 가려움이 사라졌다. 더 많은 아귀들이 달라붙자 쾌감의 강도가 더해졌다. 너무나 강렬한 쾌감에 살점이 사라지는 것이 아쉬울 정도였다. 마약이나 플라즈마 소각의 감각이 이런 걸까? 아니다, 해보지는 않았지만 그딴 건 비교도 안 될 것이다. 이건 그 어떤 것과도 비교할 수 없는, 인류 역사상 최고의 마약인지도 모른다.

태기가 실없이 웃기 시작했다. 절로 웃음이 나오는 것을 참을 수가 없었다. 극한의 쾌감에 취해 문득 이런 생각이 들었다. 죽음 같은 건 아무래도 필요 없다. 이런 쾌감을 즐길 수만 있다면 영원히 이렇게 살아도 괜찮을 것 같았다. 태기는 문득 깨달았다. 이 세상에 죽음은 사라졌지만 구원은 남아 있다는 것을, 지상에서 최악으로 내려온 순간 지옥이 천국으로 변했다는 것을 말이다. 피와 살점으로 가득한 지하 공동에 태기의 웃음소리가 나지막이 울려 퍼졌다. 수많은 절규 사이로 간간히 들려오는 웃음소리는 더할 나위 없이 행복하기만 했다.

잠시 후 뒤늦게 달려온 누군가가 태기의 얼굴을 뜯어먹자 그 웃음소리마저 그쳤다.

하지만 태기는 상관없었다.

한때

홍대라고

불리던 곳에서

모처럼 햇빛의 온기가 방 안에 감돌았다. 나는 따사로운 감흥 속에 홍차 한 모금을 입 안에서 굴리며 음미했다. 하늘에서는 작은 구름 조각이 이제 막 건물 위로 모습을 드러냈고 거리에는 예리하게 날이 선 건물의 그림자들이 줄지어 서 있었다.

요즘은 이렇게 멍하게 창밖을 바라보며 시간을 때우곤 한다. 그러고 보니 이 좁은 오피스텔에 갇혀 산 지 벌써 3년째가 되었다. 하지만 그다지 괴롭지는 않다. 정말 다행스럽게도 1년 전 어느 날 아침, 통조림 캔을 따다가 손을 베인 후로 나는 행운인지 불행인지 모를 이 운명을 받아들이게 되었다. 피가 흐르는 손가락을 움켜쥐며 허둥대다가 문득 내가 살아 있다는 것을, 이 역시 인생이란 것을 깨달았다.

그날 이후 내 작은 오피스텔은 더 이상 감옥이 아니게 되었다.

나는 사소한 것 하나까지도 눈여겨보며 긴 시간을 보낼 수 있는 능력을 갖게 되었다. 침대 프레임의 미처 몰랐던 흠집이라던가 벽에 찍힌 신발 자국, 창틀 속에 붙은 껌 등 이전 세입자들이 남긴 소소한 흔적의 역사를 헤아리며 시간을 보냈다. 요즘은 새로 개발한 취미인 '홍차 마시며 하늘 보기'에 한창 빠져 있다. 언제 끝날지 모르는 감금 생활에서 새로 개발한 취미가 얼마나 갈지는 모르겠지만 정말 마음이 편안해져서 좋다.

내가 이렇게 하늘만 보게 된 데에는 아마도 무언가가 무의식적인 거부 반응을 일으켰기 때문일 것이다. 뒤엉킨 시체들, 불타버린 자동차, 파괴된 상점……. 땅 위는 여전히 보기 싫은 것들로 가득 차 있다. 그래서 나는 앞이 탁 트인 오피스텔에 사는 것이 얼마나 감사한지 모른다. 만약 다른 건물과 마주보고 있었다면 3년째 맞은편 건물에서 시체가 썩어가는 걸 봐야 했을지도 모르니 말이다.

내가 사는 이곳은 한때 홍대라고 불렸던 곳이다. 멋쟁이와 예술가로 가득했던 홍대, 밤 새워 술을 마시며 거리를 쏘다니는 사람들로 가득했던 홍대, 그 홍대 거리는 이제 한가하다. 아마 앞으로도 영원히 그럴 것이다.

컵에 찻물을 더 붓기 위해 소파에서 일어났다. 티백 하나를 벌써 며칠째 우려내 마시는 것이 부끄럽기는 하지만 혼자 사는 세상이니 신경 쓸 것도 없다. 싱크대 쪽으로 가려다 문득 책상 위

거울 속에 비친 내 얼굴을 보았다. 아마 사람들이 나의 모습을 본다면 깜짝 놀랄 것이다. 3년이란 세월이 지났고 수도가 끊어진 지 오래되었지만 나는 꽤 깨끗하다. 이상하게 들릴 수도 있겠지만 인간 세상이 최후를 맞던 시기, 나는 물티슈를 엄청나게 모았다. 물이 끊어질 경우 물티슈로 몸을 닦을 작정이었다. 물론 그것으로 몸을 닦는다고 해서 완벽하게 깨끗해지지는 않겠지만 최소한 존엄을 지키며 최후를 맞을 수 있을 거라 생각했기 때문이다.

하염없이 하늘만 보고 있자니 어느새 날이 저물었다. 밤이 되면 하늘은 찬란하게 빛나는 별들로 가득할 것이다. 우주적인 관점에서 본다면 더 이상 공해가 없는 지구가 장엄한 우주 속에 본래의 모습을 되찾았다고 할 수 있을 것이다. 하지만 계속 앉아 있기에는 엉덩이가 너무 아팠다. 나는 한껏 기지개를 켜고 어두운 방 안을 서성였다. 몇 시인지는 모른다. 혼자 사는 세상에서 시간이란 무의미하니까.

세상이 멸망한 이후에도 나는 습관적으로 벽시계를 보며 지냈었는데 언제부터인가 그것이 엄청난 고통과 슬픔이라는 것을 깨닫고 벽시계를 옷장에 처박아버렸다. 시계를 볼 때마다 내가 홀로 남겨졌다는 사실을 끊임없이 깨달아야 했다. 시계를 본다는 것은 할 일이 있다는 뜻이고, 시간에 맞춰 움직인다는 것은 사람들과 더불어 살고 있음을 의미한다. 그러니까 시계를 본다는 것은 문명이 만들어낸 버릇인 셈이다.

그리고 나는 아직도 그 버릇을 완벽하게 버리지 못했음을 고백한다. 아니, 일부러 간직하고 있다는 표현이 맞을 것이다. 사실 옷장 속에 벽시계를 처박았음에도 불구하고 나는 여전히 손목시계를 차고 있다. 고장 난 손목시계를 말이다. 웬지 모를 불안이 엄습할 때마다 손목시계를 보는 것으로 위안을 삼곤 한다. 시계를 볼 때면 휴대폰의 벨이 울릴 것 같고, 그리운 친구들이 커피숍에서 나를 기다리고 있을 것 같다.

물론 아무 일도 일어나지 않고 외로움만 더 커질 뿐이었다. 하지만 그렇게라도 해야 했다. 잊고 싶지 않았다. 내가 아직 사람들과 연결돼 있다는 느낌. 아침 출근길의 부지런한 풍경, 동네 맛집의 길게 선 줄, 카페에 모여 하루 종일 공부하던 친구들……. 손목시계가 없다면 나는 미쳐버릴지도 모른다.

*

문명의 최후는 내가 28살이던 어느 날 시작되었다. 그날 나는 종로로 최종 면접을 보러 가는 중이었다. 그다지 인지도가 없는 어느 상조 회사의 영업직이었다. 결코 하고 싶지 않은 일이었지만, 이미 취업에 수십 번 실패한 상황에서 어쩔 수 없이 눈높이를 낮춰 지원해야 했다.

나는 내가 그렇게 수없이 불합격된 이유를 아직도 모르겠다. 학력도, 영어 실력도, 자격증 개수도 평균 이상은 된다고 생각했는데 나는 계속 떨어졌다. 그리고 이런 사태가 계속되자 내 마음속에는 쉴 새 없이 소곤거리는 어둠의 목소리가 자리를 잡고 말았다. 도대체 무엇 때문에 떨어졌는지 알 수 없었기 때문에 나 자신을 불신하게 되었던 것이다. 나는 원래부터 안 되는 인간이라고, 말투와 행동에 결함이 있어서 사람들을 멀어지게 만든다고, 그토록 연습한 친절한 미소는 사실 바보 같아 보이는 미소라고 말이다.

솔직히 상조 회사에 합격한다고 해도 기분이 좋을 것 같지는 않았다. 내 능력의 한계를 증명하는 꼴이 되기 때문이었다. 어쨌든 나는 죽을 날을 미리 걱정하게 만드는 직업을 얻기 위해 정장을 차려입고 부지런히 거리를 걷고 있었다. 광화문 사거리를 지날 무렵, 웅성거리는 소리가 들렸다. 모두들 전광판에 뜬 속보를 보고 있었다. 전광판에는 '부산에서 발생한 바이러스, 급속 확산'이라고 적혀 있었다. 아나운서는 긴장된 표정으로 말하고 있었고, 자료 화면에는 방역복을 입고 뛰어다니는 사람들의 모습이 반복되고 있었다.

하지만 부산이라면…… 아직은 먼 곳의 이야기다. 당장 면접을 앞둔 나에게는 신경 쓸 일이 아니었다. 의료진이 파견되든, 군대가 출동하든 알아서 잘 해결할 것이다. 면접 시간이 얼마 남지 않았다. 나는 보잘것없는 나의 존재 의미를 확인받기 위해 길을 서둘렀다.

며칠 후 좀 더 구체적인 소식이 들려왔다. 이번 바이러스가 물을 통해서 전염되는, 엄청나게 높은 치사율을 가진 바이러스라는 뉴스가 터졌다. 문제는 국내에서 발생한 것이기는 한데 어디에서 어떻게 시작된 것인지 알 수 없다는 것이었다. 하지만 이 소식의 가장 끔찍한 부분은 얼마 전 일어난 사망 사고에 있었다. 부산의 어느 상수도원에서 시설을 점검하던 직원이 상수도 처리 시설에 빠져 죽었다. 아마도 장비 점검 중 갑작스럽게 경련을 일으켜 사고가 생긴 것 같았다. 시신은 처리 시설의 사각지대에 걸려 방치되었고 몇 시간이 지나서야 건져 올릴 수 있었다. 시신은 이상할 정도로 부패가 진행된 상태였다고 한다.

그렇게 대한민국의 최후가 시작되었다. 과거에 전염병 사태의 경험이 있었기에 정부는 질병 통제에 대한 자신감을 보였지만 유감스럽게도 바이러스는 상수도를 통해 이미 부산에 퍼진 뒤였고 심지어 사람 간 전염까지 시작된 후였다. 단 2주 만에 많은 사람이 증상을 보이기 시작했다. 증상은 간단했다. 약 2주 동안의 잠복 기간을 거친 후 갑자기 고열과 경련을 일으킨다. 그러면서 빠른 속도로 내부의 장기가 괴사하다 녹아내리고, 24시간 내에 피고름을 쏟으며 죽는다.

사태의 심각성을 파악한 정부가 군대를 동원해 신속하게 부산을 봉쇄했지만 이미 늦은 뒤였다. 봉쇄 직전 운 좋게 빠져나간 사람들 중 감염자가 있었던 것이다. 다시 몇 주가 지나자 다른 도시에서도 감염자가 발생하기 시작했다. 하지만 놀랍게도 여전히 많은 사람이 아침이 되면 출근을 위해 밖으로 나섰고, 각종 모임도 계속되었다. 상조 회사 면접에서 떨어진 나 역시 친구들과 식당에서 전염병 관련 뉴스를 보며 이러쿵저러쿵 떠들어댔다. 사실 나에게는 당장의 월세 지불이 더 급했다. 그까짓 상조 회사 아니어도 갈 데는 많다며 큰소리를 쳤지만 실상은 생활을 이어갈 돈조차 없었다.

그로부터 약 5개월이 지나자 상황은 더욱 극단적으로 치달았다. 일반적인 방역 대책으로는 더 이상 통제할 수 없을 정도로 바이러스가 퍼졌다. 의료 수준이 높으니 안심하라던 전문가의 말은 분명 맞았다. 하지만 단기간에 너무 많은 감염자가 생기다 보니 의료 시설이 감당할 수 없었던 것이다. 인터넷에는 길가에서 느닷없이 발병해 피를 토하며 죽는 사람들의 영상이 올라오기 시작했다. 상황이 이쯤 되자 사람들은 최악을 예감하기 시작했다. 이번에야말로 돌이킬 수 없다고, 종말이 왔다고 말이다.

*

아침이 밝았다. 오늘 날씨는 흐리다. 나는 잠기운이 완전히 가실 때까지 침대 위에서 뒹굴며 시간을 보냈다. 이것은 게으름이 아니라 엄연한 하루 일과 중 하나임을 알아주길 바란다. 이렇게 뒹굴면서 하루 일과를 계획하는 것이다. 일단 침대에서 일어나면 스트레칭을 한다. 스트레칭은 아주 소중한 시간이라 공들여 하게 되는 중요한 일과다. 활기찬 몸을 유지하는 것만으로도 인생에 엄청난 긍정 효과가 생긴다는 것을 최근 깨달았기 때문이다.

간혀 지내게 된 이후, 한때는 모든 것을 잃었다는 생각에 무기력하게 되는 대로 시간을 보냈다. 그러나 극한의 자유란 오히려 고통일 뿐이었다. 어느 날부터인가 정말 병든 것처럼 몸을 움직이는 것이 힘들어졌다. 뿐만 아니라 머리가 항상 어지럽고 신경질적인 상태가 계속됐다. 그렇지만 나는 아무것도 바꿀 생각이 없었다. 그대로 죽어버릴 심정으로 버텼다. 밥도 먹지 않고 며칠을 침대에 누운 채로 보내기도 하고, 어떤 날은 지쳐 쓰러질 때까지 소리를 지르고 노래를 불렀다. 잠자리에 들 때마다 그대로 영원히 깨어나지 않기를 기도했다.

그렇게 시름시름 죽어가던 어느 날 아침, 나는 문득 놀라운 깨달음을 얻고는 자리를 박차고 일어났다. 굳이 이렇게 힘든 방법으로 죽을 필요가 없다는, 아주 당연한 사실을 깨달은 것이었다. 방 한쪽에 가득 식량을 쌓아놓고는 그 옆에서 굶어 죽겠다는 생각을 하다니 이 얼마나 바보스러운 짓인가.

나는 기왕 죽을 거면 마음껏 먹고 죽자는 생각으로 그동안 아껴뒀던 사탕과 초콜릿을 먹어치웠다. 빠른 속도로 기운을 차리게 되자 더 맛있는 뭔가를 먹고 싶다는 욕구를 주체할 수 없게 되었다. 곧바로 과일 통조림에 눈이 갔다. 여러 가지 열대 과일이 들어 있는, 내가 즐겨 먹는 통조림이었다. 그래, 먹자. 먹는 거다! 나는 통쾌하게 웃으며 통조림을 집어 들고는 마구잡이로 뚜껑을 땄다. 하지만 너무 성급했다. 억지로 비틀 듯이 뚜껑을 잡아 뜯다가 뚜껑이 한순간에 열리면서 손가락을 베이고 말았다. 갑자기 손이 시큰해지더니 엄지손가락에서 피가 흐르기 시작했다.

느닷없이 피를 보게 된 나는 성마른 사람처럼 방 안을 서성이며 욕을 하고 소리를 치면서 통조림에게 화풀이를 했고 그럴수록 분노는 더욱 커져서 생각할 수 있는 모든 것에 욕설을 퍼붓기 시작했다. 통조림에 대한 원망부터 통조림 회사에 대한 원망, 다른 음식을 놔두고 하필 통조림을 선택한 나 자신에 대한 원망, 시공 부주의로 창문에 난 페인트 자국에 대한 원망, 뒤틀려서 잘 닫히지 않는 화장실 문에 대한 원망까지.

마침내 숨을 헐떡거리며 눈앞이 어지러워진 나는 소파에 주저앉아버렸다. 여전히 피가 흐르는 엄지손가락을 꼭 부여잡은 채. 한동안 그렇게 숨을 고르며 앉아 있었다. '내가 왜 이러지? 정말 한심하네'라고 생각하며 말이다. 세상이 사라지고 없는데 나는 아직도 세상을 찾고 있었다.

문득 방 안을 천천히 둘러보았다. 너무나 고요했다. 방금 전까지 흥분과 소음으로 들썩이던 공간이 차분하게 가라앉아 있었다. 따스한 햇살이 방 안에 아름다운 그림자를 그려냈다. 느닷없이 찾아온 고통과 분노가 지나고 나자, 나는 나를 둘러싼 침묵이 얼마나 아름다운 것이었는지 깨달았다.

알고 보니 그것은 어디에나 있었다. 구겨진 이불 속에, 책상 위 노트북과 아무렇게나 놓인 책들에, 뿌옇게 먼지 앉은 액자에, 싱크대 한쪽에 정갈하게 쌓인 그릇들 사이에, 그리고 창문으로 보이는 네모난 하늘에. 모두들 저마다의 그림자를 갖고 아름답게 빛나고 있었다. 갑자기 눈물이 쏟아졌다. 슬픈 것도 아니고 그렇다고 행복한 것도 아니었다. 그저 지금 내가 이렇게 존재하고 있다는 사실이 놀랍고도 흐뭇하게 느껴졌다.

그날의 작은 사건 이후, 나는 열심히 살겠다고 다짐했다. 이유는 알 수 없었지만 반드시 그렇게 해야 한다는 느낌이 들었다. 그것은 잠깐의 열정에 휩쓸린 들뜸이 아니라, 마음속 깊은 곳에서 조용히 움직이는 결심 같은 것이었다. 나는 뭔가 할 수 있는 것들을 생각하기 시작했다. 땀을 많이 흘린다거나 에너지를 많이 소모하지 않아야 했다. 그런 점들을 고려한다면 역시 첫 번째로 할 수 있는 일은 청소였다.

나는 온갖 쓰레기와 묵은 먼지들로 가득찬 방을 청소했다. 마음속에 생의 기쁨이 넘쳐흐르고 있었지만 너무 서두르지 않으면서 묵묵히 구석구석을 쓸고 닦았다. 또한 마구잡이로 널려 있던 식량들을 효율적으로 수납하고 그래도 남는 것들은 보일러실로 옮겼다. 그러자 방이 다시 넓어졌다. 마치 숨은 얼굴을 드러낸 것처럼 화사한 기운이 가득했다.

그리고 매일 아침 스트레칭을 하기로 했고, 책장에 꽂혀 있던 책들을 다시 읽기 시작했다. 심지어 대학교 교재까지도 꼼꼼하게 읽어나갔고 프랑스어 공부도 다시 도전했다. 프랑스 사람을 만날 일은 없겠지만, 나의 뇌가 우울할 틈이 없도록 기꺼이 공부하기로 했다. 그동안 층간 소음을 일으킬까 봐 사놓고 방치했던 우쿨렐레도 그렇게 시작하게 된 것들 중 하나였다.

이제 나는 많은 것들을 하고 있었지만, 생활은 오히려 전보다 더 차분해졌다. 규칙적인 생활을 하는 가운데 나의 정신은 엄숙과 희열 사이를 오가며 생활의 작은 순간들을 음미하고 있었다. 소설의 책장을 넘기며 어떤 문장이 나올지 두근거리는 순간이나, 연필깎이에 연필을 넣고 돌리다가 마침내 손잡이가 헛도는 순간의 쾌감, 심지어 홍차의 첫 모금을 마시기 위해 찻잔을 드는 고상한 나의 손가락 모양까지. 나는 살아 있다는 것에 충만한 감사함을 느끼고 있었고, 내 생활은 그렇게 더욱 예리하면서도 밀도가 높아졌다.

그렇지만 나는 고행하는 성자가 아니었다. 이렇게 놀라운 삶의 경지에 올라섰다고 해도 일단 배를 채우는 것이 가장 중요한 임무였으므로, 아침 스트레칭을 하고 나면 식사를 하는 것이 다음 일과였다. 장기간의 생존이 걸린 문제이기 때문에 식사 조절을 하는 것은 정말 중요한 일이다. 나는 방에 갇혀 살기 시작한 이후로 식사량을 줄이기 위해 애를 써왔다.

식사는 하루에 두 번 하는데 일단 브런치로 짐작되는 시간에 작은 참치 캔 하나와 콩 통조림 반 통을 먹고, 식사 후 종합비타민제 한 알을 먹는다. 그리고 저녁 무렵이 되면 브런치 때 남겨둔 콩 통조림을 마저 먹어치운다. 물은 하루에 딱 한 잔만 마신다. 머그컵에 가득 따라 놓고 하루 동안 조금씩 아껴 마시는 것이다. 물을 마실 때는 절대 바로 삼키면 안 된다. 입 안에 한동안 머금었다가 삼켜야 한다. 어차피 이야기할 사람도 없으므로 생각보다 쉽게 된다. 하지만 '사물 오래 바라보기'를 할 때는 물을 머금고 있으면 안 된다. 멍하게 있다가 나도 모르게 입을 벌려서 물을 흘려버리기 일쑤였기 때문이다.

그리고 일주일에 한 번씩 사탕 두 알을 먹곤 한다. 원래는 한 알씩 먹었지만, 매번 먹을 때마다 어금니로 한번에 으깨서 먹고 싶은 욕구를 참느라 힘들었다. 그래서 원래는 한 알씩 먹던 것을 두 알씩 먹기로 하고 하나는 빨아서, 하나는 씹어 먹고 있다. 이렇게 고요한 삶 속에서 무언가를 통쾌하게 씹을 때의 쾌감이 얼마나 큰지 아무도 모를 것이다. 아마도 지난 몇 년간 인간이 뭔가를 씹어서 만들어낼 수 있는 가장 큰 소음일 것이다. 어쨌든 예전에는 메뉴가 좀 더 다양했었는데 현재로서는 이렇다.

사실 내가 지금 미치도록 먹고 싶은 것은 따로 있다. 바로 김치다. 너무나 먹고 싶은데 몇 년째 먹지를 못하니 꿈까지 꿀 지경이다. 다시 떠올리면 괴로워지겠지만 꿈 이야기를 잠시 해보겠다. 꿈은 언제나 똑같이 전개된다.

계절은 겨울인 것 같다. 나는 자주 가던 단골 칼국수 집에 들어가 앉는다. 난로의 훈훈한 기운이 감돌자 얼었던 몸이 나른하게 녹는다. 잠시 후 주인이 김치와 칼국수를 갖다 준다. 김치에서는 물빛이 촉촉하고도 신선하게 흐르고, 칼국수에서도 뜨거운 김이 모락모락 피어오른다. 감동적인 표정을 지으며 김치를 칼국수 위에 올린 뒤, 면과 함께 양껏 집어서 입에 넣으려는 순간, 갑자기 사이렌이 울리고 텔레비전이 켜지더니 '바이러스 통제 불능 상태! 전국 확산!'이라는 속보가 뜬다.

매번 그렇게 깜짝 놀라며 잠에서 깬다. 꿈속에서조차 김치를 먹지 못하고 있다. 김치 꿈을 꾼 날이면 그동안 지켜온 고독한 수행자의 생활도 그날 하루 동안은 박살이 난다. 꿈속에서 봤던 김치를 떠올리며 그걸 먹지 못한 것을 하루 종일 후회하는 것이다.

*

부산 봉쇄가 실패한 이후 바이러스는 계속 퍼지며 북상하기 시작했다. 몇몇 지방 도시들은 바이러스에 붕괴되었고 아직 발병하지 않은 도시들은 서둘러 완전 봉쇄를 선언했다. 내가 있는 서울 역시 마찬가지였다. 그 때문에 나는 고향으로 돌아갈 수 없게 되었다. 그렇게 오도 가도 못하는 와중에 춘천에 계신 부모님과 연락이 끊겼다. 사회 인프라가 무너지면서 통신 시설에 장애가 생긴 것인지 아니면 부모님이 바이러스에 걸린 것인지 알 수 없었다. 하지만 마지막 통화 때 부모님은 사태가 좋아질 때까지 움직이지 말라며 내가 그대로 서울에 있기를 바라셨다. 나도 어떻게든 고향으로 가고 싶은 마음이 간절했지만 이동하는 동안 감염될지도 모른다는 생각에 한동안 고민하다 포기할 수밖에 없었다.

친구들과의 만남도 더 이상 없었다. 저마다 살길을 찾느라 그런 것이겠지만 내가 결혼식장 알바와 편의점 야간 알바를 했기 때문에 나를 기피할 수도 있겠다는 생각이 들었다. 수많은 사람과 매일 접촉을 해야 하니 말이다. 당연히 사태가 심각해질 무렵 모든 결혼식이 취소되었기 때문에 자연스레 해고를 당하면서 그 일은 그만두게 되었다. 다만 더 이상 결혼식 뷔페 음식을 공짜로 배불리 먹을 수 없어 아쉬웠다. 식비 절약에 큰 도움이 됐는데 말이다.

아무튼 이러한 사정으로 인해 나는 원치 않는 고립을 경험하게 되었다. 낮에는 감염이 두렵기도 하고 또 딱히 갈 곳도 없었기 때문에 밖으로 나가지 않았고, 밤에는 손님이 오지 않는 편의점에서 야간 알바를 했다.

이런 시기에 무슨 알바를 하냐고 묻고 싶겠지만 점주와 나의 이해관계가 맞아떨어진 까닭에 계속 일을 하게 되었다. 점주는 사회적 재난 속에서 각종 용품들에 대한 수요가 커질 것이니 모두가 겁을 먹고 문을 닫았을 때 가격을 높여서 한몫 벌어보겠다는 생각이었고 나 또한 아직 안전이 보장되는 상황이라면 최대한 돈을 벌어두자는 심산이었다. 그래서 약간의 협상 끝에 나는 시급의 1.5배를 받기로 약속하고 알바를 계속했다. 서울은 아직 발병한 사람이 없었기 때문에 점주나 나나 둘 다 얄팍한 속셈으로 세상을 한번 이겨보겠다고 만용을 부린 것이다.

그렇게 편의점을 지키고 있던 어느 날 밤이었다. 나는 매장에 음악을 틀어놓고 멍하게 밖을 내다보고 있었다. 홍대 거리는 몹시 한산해졌다. 사람 하나 없이 불 꺼진 간판들로 가득한 거리는 텅 빈 무대처럼 뜨거움을 잃어버린 것 같았다. 모두가 사라진 세상에서 인류의 마지막 편의점을 운영하는 기분이었다.

그런데 그날은 뭔가 좀 다른 날이었다. 내 운명이 바뀐 날이라고 해야 할 것 같다. 나는 어차피 오지도 않을 손님을 기다리느니 노래나 부르자는 심산으로 감정에 취해 흥얼거리다가 문득 인기척이 느껴져 밖을 내다보았다. 놀랍게도 어두컴컴한 거리에 취객 한 명이 비틀거리며 걷고 있었다. 요즘 같은 시기에 밖에서 술 마실 용기가 있다니 신기했다. 그런데 뜻하지 않은 상황이 벌어지고 말았다. 그는 비틀거리며 그대로 터벅터벅 지나가는가 싶더니 갑자기 방향을 바꿔서 편의점 앞에 놓아둔 의자에 처박히듯 앉아버리는 것이었다. 그는 의자에 앉아 망가진 메트로놈처럼 휘청거렸다.

나는 그의 뒤통수를 바라보며 기도했다. 제발 그가 토하지 않기를. 밤새 누군가가 화려하게 흔적을 남기고 갈 때마다 내가 다 치워야 했다. 나는 혹시라도 그의 주의를 끌까 싶어서 음악을 껐다. 만약 그런 상태의 손님이 가게 안으로 들어오기라도 하면 정말 피곤한 일이 생길 수 있다. 경찰을 부르기도 힘든 시기인데 나는 차라리 문을 잠가버릴까 고민했다.

그런데 그때 원치 않는 소리가 들려오기 시작했다. 많이도 먹었나 보다. 중간에 컥컥대면서 여러 번 쏟아낸다. 아, 최악이다. 불끈 짜증이 솟은 나는 가게 문을 잠그고 '화장실에 갔어요'라는 메시지를 걸어두었다. 그리고 카운터 안쪽 깊숙한 곳에 앉아 이어

폰으로 음악을 듣기 시작했다. 제발, 어서 사라져주길. 잠은 집에 가서 자라고!

다행히도 그는 가게로 들어오려 하지 않았다. 혀 꼬인 소리로 떠들던 것이 조용해진 걸 보니 잠이 들었거나 가버렸거나 둘 중 하나일 것이었다. 나는 몸을 조심스럽게 일으켜 밖을 내다보았다. 역시 예상대로였다. 그는 여전히 의자에 앉아 있었고 고개를 푹 숙이고 있었다. 아무래도 잠든 모양이었다. 나는 한숨을 길게 내쉬며 그나마 그가 매장으로 들어오려고 난동을 부리지 않았다는 사실에 만족하기로 했다.

나는 그가 무슨 짓을 저질렀는지 알게 하기 위해 그가 정신을 차릴 때까지 토사물을 치우지 않기로 했다. 아침에 눈을 뜨면 그것부터 보게 하고, 그것부터 밟게 만들 작정이었다. 정신이 제대로 박힌 인간이라면 뭔가 깨닫는 게 있겠지.

밤은 다시 적막에 빠져들었다. 생기 없는 가로등 불빛이 어둠 속에서 외로운 섬처럼 빛나고 있었다. 훗날 나의 운명을 예고하듯 그렇게 나는 모두가 잠들어버린 세상을 목도하고 있었다.

그렇게 새벽 시간을 보내고 날이 밝아 오고 있었지만 그는 전혀 깨어날 기미가 보이지 않았다. 어디 한번 해보자는 심정으로 그가 일어날 때까지 버텨보려 했지만 역시 안 되겠다 싶었다. 가게 앞이 더러운 꼴을 상상만 해도 비위가 상해서 더 이상 견딜 수 없었다. 몇 안 되는 아침 손님들이 오기 전에 토사물을 치우는 것이 좋을 것 같았다. 나는 청소 도구를 챙겨 밖으로 나갔다. 세상이 망해가는데도 이렇게 성실한 직원이 있다니 점주가 이런 상황을 알아주면 얼마나 좋을까.

그러나 잠시 후, 나는 미친 듯이 달리고 있었다. 온전히 나에게 주어진 장소, 유일하게 안전한 장소인 오피스텔을 향해서. 눈앞에서 보게 될 줄은 몰랐다. 뉴스에서 모자이크 처리하지 말고 진즉 이런 것을 보여줬더라면 한참 전에 산으로 들어갔거나 독도까지 헤엄쳐서 갔을 텐데 말이다.

그가 밤새도록 토하던 것은 음식물이 아니라 녹아내린 그의 내장이었다. 눈, 코, 입, 모공까지 구멍이란 모든 구멍에서 피가 흘러나와 있었다. 고름과 뒤섞인 녹갈색의 피는 그의 얼굴 위에 이미 바짝 말라붙어서 건드리면 금이 갈 것 같았다. 또 피에 젖어 드러난 그의 몸은 처음 봤을 때보다 왜소하게 내려앉아 있었다. 마치 바람 빠진 인형처럼 흐물흐물하고 가늘어 보였다. 온몸의 피가 빠져나갔기 때문이다. 상황이 그렇게 될 때까지 나는 불과 몇 미터 옆에서 그와 밤새도록 함께 있었던 것이다.

나는 원룸에 들어서자마자 곧바로 옷을 다 벗어서 쓰레기봉투에 처넣고는 샤워를 했다. 직접적인 접촉은 없었지만 불안해서 미쳐버릴 것 같았다. 손은 쉴 새 없이 몸을 문질러댔고, 머리는 온갖 망상들로 채워지기 시작했다. 혹시 그가 내가 일하던 편의점에 오던 손님이었다면? 잠복기에 우리 매장에 왔었다면? 그래서 계산을 하는 동안 나한테 기침이라도 했었다면? 그가 붙잡은 문손잡이를 내가 잡았다면?

내 머릿속에는 가능한 모든 비극적인 시나리오가 펼쳐졌고, 결국에는 인류를 파멸시킨 결정적 주범으로 몰려 세상에서 가장 불운한 인간으로 이름을 남기게 될 거라는 생각에 울먹였다. 하지만 나는 감염되지 않았고 그래서 지금 이렇게 살아 있다. 이제 와서 그때를 생각하면 피식 웃음이 나온다. 하지만 그것이 내가 태어나서 처음으로 느낀 진정한 공포였음은 부인할 수 없다.

그리고 다시 한번 공포의 순간이, 생존을 위해 움직여야 할 시간이 됐음을 고백해야겠다. 그동안 애써 외면해왔지만 이제는 도저히 피할 수 없게 되었다. 식량이 며칠 분밖에 남지 않았다. 사실 지금까지 식량 걱정 없이 살 수 있었던 이유는 내가 편의점 알바생이었기에 가능한 것이었다.

끔찍했던 편의점의 사건이 벌어지고 그다음 날, 뉴스에서는 서울 곳곳에 감염자가 발생했다는 속보가 나왔다. 내가 일하는 편의점도 뉴스에 등장했다. 결국 서울도 뚫린 것이다. 절망적인 소식에 사람들은 마트에서 사재기를 벌이느라 처절한 날들을 보냈다. 이런 시기에 운 좋게 많은 식량을 비축한 사람들의 얼굴에는 자신감과 안도감이 넘쳐흘렀고, 가난하거나 기회를 놓친 사람들은 텅 빈 매대를 돌며, 날짜가 지난 단무지나 들여다보고 있을 뿐이었다.

끔찍한 기억을 떠안은 나로서는 오히려 그날의 사건이 행운으로 작용했다. 뉴스에 편의점이 나오자마자 점주에게서 문자가 왔다.

'우리 매장 뉴스에 나온 거 봤죠? 하필 우리 가게 앞에서 죽다니. 경찰에서 연락이 왔는데 인력이 부족해서 당장 시신 수습이 불가능하다고 하네요. 저는 오늘 가족들 데리고 피신하려고 해요. 매장은 어떻게 해야 할지 모르겠네요. 문만 잘 잠그세요.'

나는 곧바로 '네? 밀린 알바비는요?'라고 답장을 보냈다. 하지만 점주는 답장이 없었고 전화도 받지 않았다. 뭐야? 사람이 어떻게 이렇게 뻔뻔스럽게 돌변할 수 있지? 그런데 그때 멋진 아이디어가 떠올랐다. 먼 옛날 우리의 조상들은 물물교환을 하지 않았던가? 임금을 못 받았다면 현물로 받으면 된다. 바로 그거다. 편의점에 있는 물건들을 싹 쓸어오는 거다.

나는 생존에 있어서 남들보다 훨씬 우위에 섰다는 생각에 흥분했고 곧바로 가방 몇 개를 들고 편의점으로 향했다. 벌써 사람들이 물건을 털어갔으면 어쩌나 걱정했지만 막상 길거리로 나서자 그런 걱정은 안 해도 될 것 같았다. 뉴스의 위력은 굉장했다. 홍대 거리는 벌써 텅 비어 있었고, 상점들은 전부 문을 닫은 상태였다. 차에 짐을 잔뜩 쑤셔 박고 도망치듯 떠나는 사람들이 있을 뿐이었다. 나는 빈 가방 몇 개를 덜렁덜렁 들고 빠르게 걸음을 옮겼다.

편의점 앞에 도착했을 때는 모든 것이 그대로였다. 점주의 말대로 시체까지도 말이다. 다른 점이 있다면 가게 앞에 폴리스 라인이 둘러쳐져 있다는 것과 시신이 그사이 더욱 쪼그라들어 거의 앞으로 고꾸라질 듯한 모습을 하고 있다는 것뿐이었다.

나는 문 쪽으로 흐른 피를 밟지 않도록 조심하며 편의점 안으로 들어갔다. 다행히 매장 안의 물건들은 전부 그대로였다. 아마 사람들 입장에서는 편의점 앞에서 죽은 사람이 편의점에 들어갔는지 아닌지를 알 수 없었을 테니, 매장 안의 물건에 손대기가 쉽지 않았을 것이다. 나는 신나게 물건들을 쓸어 담으며 최후의 승자가 된 것처럼 으스댔다. 그렇게 하루 종일 오피스텔과 편의점을 오가며 창고 안의 물건까지 모조리 챙겨오는 데 성공했다. 또한 가진 돈을 전부 털어 최대한 식량을 구비해놓았다.

그것으로 지금까지 아끼고 아껴서 버틸 수 있었지만, 이제 더 이상 안전한 생활을 보장받을 수 없게 되었다. 사실 그동안 박스들이 텅 비어 가는 것을 알면서도 굳이 박스 안을 들여다보지 않으려고 했다. 줄어드는 통조림 개수가 마치 내 남은 수명을 헤아리는 것 같아서 차마 세어 볼 수 없었다. 이제 남은 것은 참치 캔 5개, 콩 통조림 2개, 그리고 요즘 즐겨 마시는 홍차 티백과 생수 몇 통뿐이었다. 내 삶은 상조 회사의 최종 면접을 보던 날과 마찬가지로 또다시 불안정해지고 있었다. 나는 다시금 죽어가고 있었고 절망감으로 가슴이 죄어왔다. 이제 앞으로 어떻게 살아갈 것인가?

식어버린 홍차를 단숨에 들이키고는 벌떡 일어나 거울에 비친 나를 보았다. 거울 속에 멀쩡하게 잘 다듬어진 내 모습이 보였다. 면도도 했고 옷도 많이 낡기는 했지만 여전히 반듯하다. 하지만 사실을 말하자면 나는 비열하고 비겁하고 위선적인, 아주 역겨운 인간이다. 차례차례 떠오르는 과거의 기억들을 곱씹으며 후회에 빠졌다. 그동안 겪어온 순간들 속에 혹시 더 나은 선택이 있지 않았을까 하는 종류의 후회 말이다. 무엇보다도 긴 시간이 지나도록 나를 가장 괴롭혔던 것은 바로 부모님을 외면했다는 사실이었다.

비록 봉쇄가 되어버려 어쩔 수 없는 상황이었지만 귀향을 그렇게 쉽게 포기한 것은 잘못이었다. 나는 지금도 부모님이 어떻게 되셨는지 전혀 알지 못한다. 문득 서울에서 좋은 직장에 취직해서 멋지게 독립하겠다고 큰소리치던 내 모습이 떠올랐다. 그때는 그것이 부모님을 위한 가장 좋은 일이라고 떠들어댔지만, 지금 생각해보면 꿈에 부푼 얄팍한 마음일 뿐이었다.

그렇지만 내가 부모님을 버렸다는 죄책감을 핑계 삼아 편하게 숨어 있기만 한 것은 아니었다. 부모님과 마지막으로 통화를 한 후, 내가 줄곧 한 일은 뉴스를 보는 것이었다. 나는 전염병 관련 뉴스를 쉴 새 없이 보고 또 보았다. 사태를 지켜보기 위한 것이 아니었다. 끔찍한 이야기들과 장면들로 나 자신을 고통스럽게 만들며 나름의 방식으로 속죄를 하고 있었던 것이다. 그리고 그렇게 무기력하게 지내고 있을 무렵, 정부는 좀 더 강력한 조치를 취하게 되었다. 정부로서는 국가의 존속을 위한 어쩔 수 없는 선택이었겠지만 결과적으로 그것은 사회를 더욱 빠르게 붕괴시키는 결과를 가져오고 말았다.

*

　어느 날 아침, 대통령의 긴급 담화가 방송되었다. 아나운서와 시사평론가들은 전염병 사태와 관련한 중대 발표가 있을 거라며 이런저런 추측들을 늘어놓았고 실시간 댓글창은 온갖 이야기들로 폭발할 지경이었다. 잠시 후 숙연한 분위기 속에서 대통령이 등장했고, 담화는 예상외로 짧고 명료했다.

　정리해보면 이런 내용이었다.

　'모든 상황이 통제 불능으로 치닫고 있으며 국가의 존망이 걸린 이 시점에서 정부는 더 이상 사회가 무너지는 것을 방관할 수 없다. 그러니 이제는 특단의 조치를 취해야 할 상황이다.'

　그 말을 듣는 순간, 나는 좀 의아했다. 방역에 대한 비협조와 각종 폭력 사태에 대해 정부는 이미 초강경 대응을 하고 있었다. 하지만 대통령의 의도는 그것을 넘어선 것이었다.

　담화가 이뤄지는 것을 기점으로 확진자는 물론이고 미세한 병적 징후를 보이는 사람까지 모조리 강제 수용할 것이고, 정부에서는 이미 바이러스 발병 초기부터 전국에 수용 시설을 만들어놓았으니 국민들은 안심하고 정부에 협조하라는 것이었다. 한마디로 아파 보이는 사람은 모조리 잡아가겠다는 뜻이었다. 그날 이후 세상은 더욱 더 조용해졌다. 정부에 협조적인 사람들도 있었지만, 대부분은 바퀴벌레처럼 숨죽인 채 지내기 시작했고 무장한 군인들은 아무 곳에나 들이닥쳐서 조금이라도 병적 징후가 있는 사람을 잡아들였다.

나의 경우에는 정말 운이 좋았던 것이, 도심의 대규모 오피스텔 건물에서 살고 있었기 때문에 군인들의 수색에 걸리지 않을 수 있었다. 상가나 빌라, 주택가에 비해 가구 수가 너무 많아서 한정된 시간 내에 구석구석 수색을 할 수 없었기 때문인 것 같다.

그 대신 이런 안내 방송이 나오기 시작했다. 늘 듣던 관리인의 목소리가 아니라 어느 부대의 중대장이라 밝힌 사람이 마이크를 잡았고, 그는 아주 강경한 목소리로 입주민들은 조속히 퇴거 준비를 해서 1층으로 내려와 검사를 받으라고 했다. 상황이 좋아질 때까지 오피스텔 거주는 전면 금지이며 병이 없다면 군에서 각자의 집까지 안전하게 데려다주겠다는 것이었다.

모든 도시가 봉쇄된 판국에 집에 데려다준다고? 솔직히 믿음이 가지 않았다. 인터넷에 돌고 있는 수많은 목격담으로 판단해보건대 군인들은 명확한 원칙도, 기준도 없이 그저 현장의 분위기에 따라 사람들을 잡아들이는 것 같았다. 분명 정해진 절차나 기준이 있긴 하겠지만, 군인들도 겁에 질린 탓에 지켜지지 않는 것일 수도 있었다. 또한 분노한 민간인들이 군인들에게 저항하자 현장에서 사살됐다는 뉴스까지 나오는 상황이었다.

어쨌거나 우리 오피스텔에는 남은 사람이 거의 없는 것 같다. 아마 내가 마지막으로 남은 사람이 아닌가 싶다. 내가 일하던 편의점에서 전염병 사망자가 발생한 이후 이 지역의 자취생들 대부분이 진즉에 짐을 싸들고 떠났다. 그래서 나는 도박을 해보기로 했다. 오피스텔에서 나가지 않는 것이다. 안내 방송에서는 지시를 어기고 남아 있다가 들키면 그에 상응하는 조치가 따르게 될 것이라는 말이 있었지만 나는 집에 아무도 없는 척하며 버티기로 했다. 군인들의 말에 따르는 것이 오히려 위험할 거라는 판단에서였다.

내 판단은 적중했다. 필연적인 결과였겠지만 얼마 후 민간인 통제에 동원된 군인들 역시 감염되면서 군 체계가 붕괴되었다. 군인들은 더 이상 건물을 통제할 여력이 없었고 결국 철수했다. 나로서는 성공적으로 버틴 덕분에 이렇게 살아남기는 했으나 평생 고독하게 살아야 할 처지가 되었으니 딱히 좋다고 말하기는 힘들 것 같다.

*

정부의 극단적인 조치에도 사태는 계속 악화되었다. 사람들은 차츰 과거로 돌아갈 수 있을 거라는 희망을 포기해갔다. 모든 것을 체념하고 그저 살아남기 급급해진 것이다. 사회 기능은 마비되었고 도덕과 상식, 규범은 바람에 나부끼는 구멍난 옷자락처럼 너덜너덜해지고 말았다.

그렇게 모든 것이 끝장나고 있었지만 세상에는 아직 문명으로서 기능할 수 있는 최후의 보루가 있었으니, 바로 인터넷이었다. 물론 멸망이 가까워진 상황에서 기분 좋게 인터넷을 즐길 수는 없었다. 어떤 사람들은 여전히 희망을 잃지 않고 사람들을 격려하며 훗날을 도모하고자 했지만, 대부분은 분노와 절망을 쏟아내면 죽음을 회피할 수 있기라도 한 것처럼 끝없이 상처가 되는 말을 지껄여댔다. 나 역시 별반 다르지 않았다. 인터넷이 끊어질 때까지 내가 한 일이라고는 전 세계에서 생생한 고화질로 업로드되는 파멸의 현장에 '싫어요'를 클릭하는 것뿐이었다.

그런데 언제부터인가 인터넷에 도저히 믿을 수 없는 소문이 돌기 시작했다. 믿을 수 없을 뿐만 아니라 아주 끔찍한 소문이었다. 전국에 지어진 수용 시설이 실은 거대한 소각로이고, 그곳에서 군인들이 사람들을 산 채로 불태워 죽인다는 것이었다. 나는 가짜 뉴스일 거라 생각했지만 산 속에서 거대한 연기 기둥이 피어오르는 사진이 잇따라 올라오면서 무엇이 진실인지 알 수 없게 되고 말았다. 인터넷에서는 진위를 가리기 위한 논쟁이 벌어졌지만, 사실을 확인할 수는 없었다. 명확하게 소각 현장을 포착한 사진도 없었고 연이어 올라오는 목격자들의 글도 대부분 근거가 빈약한 추측과 비약에 불과했다.

하지만 그것으로 충분했다. 그동안 볼 수도 만질 수도 없었던 공포가 이제 분명한 형태를 갖추게 된 것이다. 사람들은 바이러스가 아니라 군인들에게 저항하기 시작했다. 도시에서는 정부와 군대를 향한 소요가 매일같이 일어났고, 정부는 전염을 확산시키는 행동을 하는 사람들에게 가혹한 조치가 내려질 것이니 해산할 것을 명령했다. 하지만 그런 말이 통할 리가 없었다. 사람들은 이미 공포로 미쳐 있었으니까.

내가 있던 홍대도 마찬가지였다. 점점 더 확산되는 반정부 정서가 홍대까지 번졌다. 그러던 어느 날이었다. 죽었는지 살았는지조차 모르게 숨어 지내던 사람들이 야구 배트나 캠핑용 곡괭이를 들고 홍대입구역 사거리를 중심으로 모여들었다. 아침부터 수많은 사람이 집결하더니 구호를 외치기 시작했다.

"살인마 군대는 물러가라!"

"정부는 학살을 멈춰라!"

침대 위에서 뒹굴던 나는 난데없는 시끄러운 소리에 놀라 일어났고 거리에 넘치는 사람들을 보며 또 한번 놀랄 수밖에 없었다. 황당하게 들리겠지만 거리에는 예전처럼 활력이 넘쳤다. 정말 오랜만에 북적이는 모습이었다. 사람들은 열에 들떠 큰 소리로 구호를 외쳤고 모두가 뜨겁게 한마음이 되었다. 그리고 거리의 한편에서도 마찬가지로 뭔가가 크게 벌어지고 있었다. 군인들이 거리 한쪽에 집결해 진지를 구축하고 있었다. 진지 구축을 비롯해 인근 건물 2층에는 기관총을 설치하고 있었다. 시민들로 이뤄진 시위대를 상대로 말이다.

그것이 무엇을 의미하는지, 오늘이 어떤 날이 될지 사람들 역시 잘 알고 있었을 것이다. 하지만 자리를 뜨는 사람은 없었고 오히려 더욱 소리 높여 정부를 성토했다.

"살인마 군대는 물러가라!"

둥! 둥! 둥! 둥!

"정부는 학살을 멈춰라!"

둥! 둥! 둥! 둥!

북소리와 함께 사람들이 행진하기 시작했다. 거리는 분노를 넘어서 광기와 살기로 치닫고 있었다. 비겁하다고 해도 어쩔 수 없지만 나는 이 모든 것을 오피스텔에서 지켜보고 있었다. 커튼을 치고 아주 작은 틈으로 눈만 내놓고 말이다. 버스커들과 멋쟁이들로 가득하던 홍대가 어떻게 함성으로 뒤덮이고 그것이 또 어떻게 비명 소리로 바뀌는지 두 눈으로 똑똑히 보았다.

군대 쪽에서는 즉시 해산하지 않으면 발포하겠다는 경고가 있었지만 사람들은 물러서지 않았다. 거리가 점점 좁혀지자 군인들이 기민하게 움직이기 시작했다. 퍼즐이 맞춰지듯 소리 없이 숙련된 움직임이었다.

"시위대는 해산하십시오. 이 이상 근접하면 발포하겠습니다."

"당장 해산하십시오. 근접하면 발포합니다!"

하지만 희망을 잃어버린 사람들은 경고에도 아랑곳하지 않고 계속 접근했고, 그에 따라 군대 쪽의 발언 역시 점점 거칠어졌다. 그때 현장 지휘관으로 보이는 사람이 신경질적으로 메가폰을 집어드는 것이 보였다. 그는 시위대가 들으라는 듯 일부러 메가폰에다 대고 큰 소리로 외쳤다.

"야! 발포 준비해!"

그러자 총구가 일제히 사람들을 정조준했다. 홍대 거리 최후의 순간이 폭발하려 하고 있었다. 그 순간 나에게는 모든 광경이 비현실적으로 보였다. 그날따라 왜 그리 하늘이 푸르렀던 것인지, 왜 햇빛이 그렇게 찬란하게 빛났던 것인지 이해할 수 없었다. 분노와 고통이라고는 단 한 점도 찾을 수 없는 이 화창한 날, 사람들은 죽음에 맞서 행진하고 있었다.

마침내 시위대와 군대 사이의 거리가 그 어떤 조치도 취할 수 없을 만큼 가까워졌을 때, 시위대 쪽에서 누군가 메가폰을 들고 악을 썼다.

"죽여! 죽여! 다 죽여!"

그 처절한 울부짖음이 섬뜩하게 울려 퍼진 순간, 사람들의 마음속에 방아쇠가 당겨졌다. 시위대는 소리를 지르며 군인들에게 달려들기 시작했다. 사람들은 저마다 손에 든 물건을 치켜들고 악을 쓰며 달려나갔다. 그러자 기다렸다는 듯이 발포가 시작되었다. 나는 시위대의 함성 소리와 총소리가 어지럽게 뒤섞이는 광경을 얼어붙은 시선으로 내려다보았다. 커튼을 닫고 눈을 감고 싶었지만 움직일 수도, 숨을 쉴 수도 없었다. 무엇을 선택하든 죽을 수밖에 없다는 절망감이 사람들로 하여금 총구를 향해 달려가게 만들었다. 하지만 많은 사람이 한꺼번에 달려들었음에도 단 한 명도 바리케이드를 넘지 못했다.

정말 이상했다. 사람이 죽는다는 것은. 미친듯이 달려가다 문득 다리가 풀려서 넘어지는 것처럼 보였다. 하지만 그렇게 넘어진 사람은 두 번 다시 일어나지 못했다. 온 힘을 다해 내달리던 몸뚱이들이 순식간에 침묵에 빠져드는 것을 보며 나는 삶과 죽음에는 중간이 없다는 사실에 전율했다. 살아 있다면 죽은 것이 아니고, 죽었다면 살아 있는 것이 아니라는 극히 단순한 진실이, 인간에게 씌워진 무섭고 잔혹한 굴레였다는 것을 깨달았다. 홍대 거리는 그렇게 아주 조용한 곳이 되어갔다.

2층에서 기관총 사격이 시작되자 비로소 확실하게 진압 효과가 나타났다. 기관총에 맞아 죽는 사람들을 보자 시위대는 겁을 먹었고 피할 곳을 찾아 주위를 두리번거렸다. 단순히 기관총에 맞아 죽는 것이 아니라, 기관총에 맞는 순간 몸이 너덜너덜하게 찢어지는 것을 보며 경악한 것이다.

결국 시위대는 여기저기 흩어졌고, 군인들은 사람들을 쫓아다니며 닥치는 대로 쏴 죽였다. 그리고 바로 그때, 생각지도 못한 일이 벌어졌다. 신이 나에게 벌을 내린 것이 분명했다. 무차별 사살이 시작되자 한 무리의 사람들이 내가 살고 있는 건물로 도망쳐 들어오는 것이 아닌가.

곧바로 군인들이 뒤쫓아 들어오는 것을 본 순간 가슴이 철렁했다. 내가 이곳에 살고 있는 것은 아무도 모르니 가만히 있으면 문제될 것은 없었다. 하지만 텅 빈 도시의 잊혀진 장소 같았던 이 오피스텔이 갑자기 세상의 침입을 받은 것 같아 난감하고 두려웠다.

커튼을 닫고 복도 쪽에 귀를 기울였다. 그렇게 귀를 기울인 지 시간이 어느 정도 흘렀지만 복도 쪽에서는 아무 소리도 들리지 않았다. 어두침침해진 방 안에는 숨 막히는 정적이 맴돌았고 나는 필사적으로 이 사태가 무사히 지나가기를 기도했다. 제발, 제발 여기까지 오지 않기를. 아무 소리도 안 들리는 걸 보니 밑에서 다 사살당한 걸까? 설마 군인들이 건물을 수색하진 않겠지?

나는 군인들이 이 건물에 아직도 사람이 살지 않을까 의심하는 상황이 벌어질까 봐 노심초사하고 있었다. 그렇게 불안과 공포에 떨며 시간이 좀 더 흘렀다. 나는 여전히 멈춰선 채로 귀를 기울이고 있었고, 조용한 것을 보니 아무래도 상황이 종료된 것 같았다. 하지만 그렇게 생각하는 순간.

탕.

귓속을 간지럽히듯 희미한 소리가 들려왔다. 작고 불분명했지만 분명 총소리였다. 거리가 아닌 현관문 쪽에서 들려왔다. 사람들이 위쪽으로 계속 도망치며 올라오고 있는 것이 분명했다. 나는 침을 꿀꺽 삼켰다. 여기까지 오면 어떻게 하지?

탕. 탕. 탕.

또다시 총소리가 들렸다. 아까보다 좀 더 크고 확실한 소리였다. 결국 15층까지 올라오는 건가? 비상계단으로 올라오는 거겠지? 나는 방 안에서 안절부절하다가 현관으로 가서 조심스럽게 문에 귀를 대보았다. 상황이 어떻게 돌아가는지 알아야 했다. 그때였다.

쿵. 거칠게 문이 열렸다 닫히는 소리가 났다. 비상문 소리인 것 같았다. 누군가 내가 있는 층까지 올라오고야 만 것이다. 그와 동시에 여자의 목소리가 찢어질 듯 복도에 울려 퍼져 나를 화들짝 놀라게 만들었다.

"살려주세요! 아무나 계시면 문 좀 열어주세요! 군인들이 저를 죽이려고 해요!"

여자는 여기저기 문을 두드리고 손잡이를 돌리며 살려달라고 소리를 질렀다. 그 와중에도 희미한 총소리가 계속 들려왔다. 다른 층으로 제각각 흩어진 사람들이 사살당하고 있는 것 같았다. 나는 여자가 복도 반대편의 또 다른 비상계단으로 나가거나 혹시라도 열려 있는 빈집에 숨어들기를 바랐지만 그런 일은 일어나지 않았다.

"제발 문 좀 열어주세요! 제발요!"

여자의 외침이 점점 가까워지고 있었다. 아무래도 곧 내가 있는 곳의 문을 두드릴 것 같았다. 여자의 쉼 없는 절규는 내 신경을 극도로 곤두서게 만들었고, 나는 어떻게 해야 할지 판단이 서지 않았다. 슬금슬금 문 쪽으로 갔다가 되돌아오기를 반복하며 머리를 쥐어뜯었다. 이제 총소리는 제법 뚜렷하게 들리고 있었다. 곧 군인들이 복도에 들이닥칠 것이고 여자를 발견하게 될 것이다.

여자를 구해야 할까? 그게 맞는 걸까? 재빨리 문을 열고 안으로 들여보낼 수도 있었지만 그러고 싶지 않았다. 여자가 감염됐을지 누가 안단 말인가. 솔직히 그 순간 내가 가장 걱정했던 것은, 지금까지 밤마다 불도 켜지 않고 사람이 없는 척하며 지내왔는데 여자가 갑자기 군인들을 몰고 왔으니, 그들이 본격적으로 건물을 수색할지도 모른다는 것이었다.

쾅! 쾅! 쾅! 쾅!

드디어 요란스럽게 현관문을 두들기는 소리가 났다.

"살려주세요! 문 좀 열어주세요! 안에 계시면 제발요!"

여자가 내 집까지 오고 말았다. 나는 방 한가운데에서 어정쩡하게 선 채로 굳어버렸고 머릿속으로는 양심과 생존 사이를 빠르게 오갔다. 원래는 감염 여부를 생각해 열어주지 않을 작정이었지만 막상 여자가 문을 두들기며 도움을 청하자 쉽게 무시할 수 없었다. 누군가 살기 위해 나에게 매달리고 있다고 생각하니 마음이 너무 괴로웠다.

저 문 앞에 곧 죽게 될 사람이 있다. 당연히 구해야 하지 않을까? 지금이라도 문을 열어줄까? 아니 잠깐, 여자가 계속 소리를 질렀는데 군인들이 그걸 듣지 않았을까? 그렇다면 당연히 여자의 존재를 알고 있다고 가정해야 할 것이다. 그런데 건물 안에서 여자가 사라진다면 그건 이 건물 안에 사람이 살고 있다는 뜻이 된다. 그렇다면 그것이 어떤 결과로 이어질지는 생각해보지 않아도 뻔했다. 군인들이 오피스텔을 수색할 것이고 여자와 나는 결국 죽게 될 것이다.

구해줘도 어차피 결과는 똑같다. 무의미한 짓은 하지 말자고 나 자신을 설득했다. 아무도 없는 척하자. 이게 최선의 방법이다. 나는 눈을 질끈 감고 귀를 막았다. 지나가라. 지나가라. 어서 지나가라. 빨리 끝나버려라.

"죽고 싶지 않아요. 제발 살려주세요!"

여자가 계속해서 다급한 목소리로 외쳤다. 목소리가 아주 또렷한 것을 보니 현관문에 거의 붙어 있다시피 한 것 같았다.

"안에 계시면 제발! 제발 한 번만 열어주……."

탕!

여자의 목소리가 멈췄다. 단 한 발의 총성이 여자를 끝장냈다. 내 눈앞도 캄캄해졌다. 사람이 죽었다. 내가 살릴 수 있었던 사람이 죽었다. 정신이 아득해지는 가운데 나는 숨소리도 내지 않기 위해 입을 틀어막았다. 군인들이 혹시나 이쪽으로 올까 싶어서였다. 하지만 복도에서는 더 이상 아무런 인기척이 없었고, 건물을 수색하는 일도 벌어지지 않았다.

*

여자는 그렇게 3년째 내 오피스텔 문 앞에 쓰러져 있다. 그리고 내 양심도 3년 동안 썩어가며 나를 방 안에 가두었다. 이 길고 긴 시간은 사실 나 자신을 마비시키기 위한 시간이었을지도 모른다.

세상에 홀로 남아버린 나는 속죄할 길 없는 죄악을 뒤집어쓰고 말았고, 문틈으로 풍겨오는 시체 썩는 냄새와 함께 죽을 때까지 이 모든 것을 떨쳐낼 수 없을 것만 같았다. 나는 어떻게든 문 앞의 존재를 잊기 위해 애를 썼지만, 여자는 나를 쉽게 놓아주지 않았다.

여자가 죽고 며칠 후 밤이었다. 울분과 불안, 후회 속에서 탈진해버린 나는 침대에 쓰러져 잠들기를 기다리고 있었다. 지난 며칠간 잠을 거의 자지 못했고, 나 자신을 죽도록 원망하고, 그러다 여자를 원망하고, 또 세상을 원망하며 지냈다. 그런데도 정신은 너무나 명료한 상태를 유지하며 나를 괴롭혔다. 나는 무기력하게 침대에 누워 중얼거렸다.

"그래, 이대로 죽자. 죽는 거다. 죽으면 다 해결될 거야."

그때였다. 콩, 콩, 콩…….

갑자기 현관문 쪽에서 힘없이 노크하는 소리가 났다. 나는 놀라서 자리에서 벌떡 일어났다. 여자가 살아 있는 건가? 아니면 헛것을 들은 건가?

콩, 콩, 콩…….

또 한번 힘겹게 문 두들기는 소리가 들렸다. 분명 현관문에서, 그것도 아랫부분에서 나는 소리였다. 나는 조심스럽게 문 앞으로 다가갔다. 하지만 차마 문을 열 자신은 없었다. 대신 나는 쭈그려 앉아 얼굴을 문에 최대한 가깝게 붙이고 말했다.

"저기요, 괜찮으신가요? 살아 있는 거예요?"

바보 같은 질문이었지만 달리 할 말이 없었다. 그러자 여자가 갑자기 쾅, 쾅, 쾅, 화가 난 듯 난폭하게 문을 두들기기 시작했다. 나는 놀라서 뒤로 자빠졌고 기다시피하며 침대로 뛰어들었다. 쾅! 쾅! 쾅! 난폭한 소리가 계속됐고 나는 겁에 질려 이불을 끌어안았다. 쾅쾅거리는 소리가 들릴 때마다 컴컴하게 가라앉은 사물들의 모습이 무시무시하게 살아나는 것 같았다.

말도 안 된다. 총을 맞은 지 며칠이 지났다. 여자는 죽었다. 분명히 죽었다. 살아 있을 리가 없다. 만약 살아 있더라도 내가 해줄 수 있는 것이 없다. 나는 절대 문을 열지 않을 거야. 절대 열지 않아. 그렇게 생각하며 귀를 틀어막았다.

그 후로도 나는 한참동안 노크 소리에 시달려야 했다. 이런 저런 소일거리를 하다가 문득 상념에 젖을 때면 어김없이 노크 소리가 시작되었다. 정말 여자가 문을 두들기는 것인지는 알 수 없었다. 총에 맞은 사람이 살아서 수개월 동안이나 노크를 할 수는 없다. 그리고 지금, 식량이 바닥나고 생존이 불투명해진 이때에 여자가 다시 나를 찾아왔다.

콩, 콩, 콩.

아주 오랜만에, 천천히 그리고 또렷하게 문을 두드렸다. 마치다 알고 있다는 듯한 노크 소리였다. 나는 불안과 공포에 휩싸였고 예전에 그랬듯 또다시 죽음을 맞이하는 기분이었다. 한편으로 분노의 감정마저 일기 시작했다. 불과 몇 미터 앞에 있는 썩은 살덩어리 주제에 내 삶을 가로막다니. 콩, 콩, 콩. 나는 강박적으로 귀를 틀어막고는 큰 소리로 노래를 부르거나 과거의 즐거웠던 기억을 떠올리려고 애썼다.

잠시 동안은 성공적이었다. 가족들과 삼겹살을 구워 먹으며 예능 프로그램을 보던 기억, 친구들과 카페에서 신나게 수다를 떨던 기억, 혼자 떠난 여행지에서 느꼈던 설렘까지…… 하지만 모든 추억은 항상 서글픈 기억으로 끝났다. 이젠 모두들 사라지고 없다. 도와줄 이가 없는 세상에 나는 홀로 남아 저주를 받고 말았다. 비겁한 방관자에게 이번에야말로 진짜 종말이 찾아온 것이다.

"그만해 제발! 내 잘못이 아니잖아! 난 아무것도 잘못한 게 없다고!"

나는 현관으로 달려가 여자에게 악을 쓰기도 하고 주먹으로 문을 치며 울부짖었다. 손에 잡히는 대로 물건들을 집어던지며 발악했다. 하지만 난리통에 지쳐서 잠깐이라도 조용해지면 콩, 콩, 콩…… 여자는 기다렸다는 듯이 노크를 했다. 아마 영원히 현관문 앞에서 내가 문을 열어주길 기다리겠지. 죽는 날까지 나를 따라다닐, 떨쳐낼 수 없는 지옥이다. 도저히 견딜 수 없게 된 나는 울먹이면서 애원했다.

"제발 그만해요. 미안해요, 미안하다고요!"

한동안 그렇게 울면서 용서를 구하고, 다시 발악하기를 반복하다 어느새 잠이 들었던 것 같다.

눈을 떠보니 날이 밝아 있었다. 온 사방이 부서진 물건들로 가득했다. 혹시라도 또다시 노크 소리가 들릴까 봐 조마조마해하며 몸을 일으키는데 무릎에 시큰한 통증이 몰려와 털썩 주저앉고 말았다. 다리를 살펴보니 무릎에 피가 말라붙어 있었다. 어두운 곳에서 날뛰느라 다친 줄도 몰랐던 것이다. 나는 절뚝거리며 방 안을 뒤져 소독약과 연고, 붕대 등을 찾아 적당히 상처를 처치했다.

그렇게 대충 치료를 하고 방바닥에 그대로 주저앉아 있었다. 망가지고 늘어진 블라인드 사이로 햇빛이 들어와 방 안을 비추었다. 정말 모든 것이 철저하게 박살 나 있었고 여기저기 피가 묻어 있었다. 이게 다 뭔지. 나는 왜 이러는지. 고개를 떨구며 눈물을 흘렸다.

내 삶은 늘 그랬다. 다 알지만 어쩔 수 없었다는 변명으로 적당히 안주하고, 적당히 하다가 그만두고. 딱히 실패는 아니지만 그렇다고 뭔가를 해내지도 못한 인생. 욕먹을 정도의 불성실함은 아니지만 그렇다고 열정적으로 뭔가에 매달린 적도 없는 인생. 그게 내 인생이었다. 여자를 구하지 못한 것은 어쩔 수 없는 일이었다며 합리화한 것은 스스로를 기만한 것에 불과했다. 나는 또 한번 내 삶을 구원할 기회를 놓쳤다. 그것이 설령 죽음으로 이어진다고 해도 말이다.

식량이 다 떨어진 지금이야말로 자살이 내 생애 최고의 선택이 될지도 모른다는 생각이 들었다. 전에도 한번 해봤으니 어려울 것 없다. 그저 침대에 누워 있기만 하면 된다. 아니, 좀 더 쉽고 빠르게 창밖으로 뛰어내리는 방법도 있다. 나는 마지막 참치 통조림을 들고 우걱우걱 망설임 없이 먹기 시작했다. 참치를 다 먹고 나면 나는 죽음을 찾아 움직일 것이고, 세상에서 가장 뒤늦게 썩어가는 미련한 시체가 될 것이다.

통조림의 기름 한 방울까지 탈탈 털어 먹고 침대에 몸을 던졌다. 밤중에 있었던 소란 덕분에 벽에는 물건에 찍힌 자국들이 여기저기 나 있었다. 그것들이 내가 얼마나 형편없는 인간인지 말해주는 것 같아서 고개를 돌렸다. 하지만 소용없는 짓이었다. 나는 이미 내가 저지른 흔적들의 한가운데에 있었으니까.

갑자기 이런 생각이 들었다. 그동안 살아오면서 내가 진정으로 무언가를 선택한 적이 있었던가? 대학교에서 전공을 선택할 때도, 토익 시험을 볼 때도, 그리고 수많은 회사에 지원서를 낼 때도 정말 내가 원해서 그렇게 했던가? 그렇게 해서 얻은 것은 결국 나 자신에 대한 불신뿐이지 않은가? 나는 문득 깨달았다. 지금까지 나는 비겁함과 나태함을 달고 다니면서 열심히 살고 있다고 착각하고 있었다는 것을 말이다.

시키는 대로 부지런히 공부하고, 열심히 미소 짓는 연습을 하며 면접 준비를 하고, 실상 원치도 않는 자격증을 따기 위해 수십만 원짜리 인터넷 강의를 결제한 그 모든 것들이, 실은 진짜 나를 외면한 채 남들처럼 되기 위해 발버둥 친 것에 불과하다는 사실을 이제야 깨달았다. 나는 내 인생에 있어서 단 한 발짝도 제힘으로 걸어보지 못했다.

어쩌면 지금이 나에게 진짜로 살아갈 마지막 기회일 수도 있다. 나는 어젯밤 내 둥지를 파괴했다. 작고 안전한 나의 세계를 말이다. 지금까지 그토록 나를 괴롭혀온 그 노크 소리의 주인공은 바로 나 자신이었을지도 모른다. 세상 밖으로 나가고 싶었지만 단 한번도 나가지 못해 답답했던, 미처 몰랐던 또 다른 내가어서 밖으로 나오라고 구원의 신호를 보내고 있었다. 제발 한 번만이라도 문을 열고, 고개만이라도 내밀어보라고 말이다.

삶이 낯선 곳으로 나아가려 할 때, 희망은 두려움의 형태로 찾아온다. 그것을 위험으로 알고 뒤로 물러선다면 삶은 가짜 부지런함에 자리를 내주게 된다. 우유부단한 성실함으로 평생을 살다가 죽음을 앞둔 순간 깨닫는 것이다. '어라, 내가 지금까지 뭘 했지? 왜 기억에 남는 게 없지?'라고 말이다.

나는 자리에서 일어났다. 비록 세상에 나 혼자밖에 남지 않았지만 이제는 움직여야 할 때였다. 나는 물티슈를 찾아 얼굴을 닦고, 어딘가 처박혀 있던 말짱한 옷을 찾아 갈아입었다. 이제 모든 것이 확실해졌다. 세상 밖으로 움직여야 한다. 그리고 내가 필요로 하는 것을 구할 것이다. 나는 미련스럽게 집착하던 손목시계를 풀고 서랍 안에 넣어버렸다. 그것은 더 이상 보물이 될 수 없었다.

밖으로 나가기 위한 모든 준비를 끝마쳤다. 마지막으로 저 앞에 지난 몇 년간 나를 괴롭히고 가로막던 존재와 조우해야 한다. 나는 숨을 크게 한 번 내쉬고 성큼성큼 현관문을 향해 걸어갔다. 그리고 망설임 없이 문고리를 잡아 움켜쥐었다. 문을 열며 살짝 밀어보자 저항감이 느껴졌다. 여자가 있을 것이다. 내가 저지른 짓을 증명하듯 보란 듯이 말이다. 곧 보게 될 광경을 떠올리니 두려움이 솟기도 했지만 망설여서는 안 되었다. 나는 더 이상 이러면 안 된다는 생각에 발끈하며 문을 열어젖혔다. 뭔가가 쭉 밀려 나는 소리와 함께 문이 열렸다.

여자가 있었다. 원래의 모습을 알아볼 수 없을 만큼 작고 바싹 마른 미라가 되어서. 한쪽 주먹을 꼭 쥐고 있는 모습에 마음이 숙연해졌다. 시신은 두 동강이 난 채 널브러져 있었는데 방금 전 나의 과격한 행동이 여자의 허리를 부러트린 것 같았다. 나는 그렇게 오랫동안 당신을 외면한 것에 대해, 그리고 지금 막 저지른 또 한번의 무례함에 대해 용서를 구했다. 잠시 동안의 묵념 후 나는 여자를 탕비실로 옮기고 옷으로 덮어주었다.

내가 해줄 수 있는 것은 그게 전부였지만 그렇게 하고 나니 신 기하게도 마음이 뻥 뚫린 것처럼 가벼워졌다. 답답하게 막혀 있 던 벽 하나가 사라진 기분이었다. 왜 진즉 이렇게 하지 않았을 까? 기쁨과 후회가 동시에 밀려왔다.

오랜만에 걷는 비상계단은 어둡고 서늘했다. 비상구 표시등마 저 꺼져버린 계단을 홀로 걸어 내려가자 더럭 겁이 났다. 바깥으 로 나가는 것인데도 마치 세상 밑의 음침한 심부로 내려가는 기 분이었다. 뻑뻑한 신발 밑창 소리가 날카롭게 울릴 때마다 저 밑 에서 잠자던 어둠이 당장이라도 나를 덮칠 것만 같은 느낌에 마 음이 조여들었다. 하지만 한 층씩 내려갈수록 점점 더 활기가 넘 치며 자신감이 생겼다. 삶에 대한 자신감, 앞으로 일어날 일들을 받아들일 자신감 말이다.

마침내 1층 비상구의 문을 열고 나온 순간 눈앞이 밝아지며 익숙한 풍경이 펼쳐졌다. 모든 것이 그대로였다. 경비실 앞에 붙어 있는 엘리베이터 점검 안내문, 한쪽 벽에 붙어 있는 헬스장과 영어 학원 광고, 치킨집 전단지, 그리고 우편함의 찾아가지 않은 우편물까지……. 외롭고 슬프게도 그 모든 것들은 제자리를 지키고 있었다.

그리고.

출입문이 보였다. 유리로 된 문은 부서지지도, 피가 묻어 있지도 않았고 오히려 눈부시게 빛나고 있었다. 내가 넘어야 할 최종 관문이자 새로운 시작이 바로 저기 있었다. 문을 향해 발걸음을 옮겼다. 가슴이 요동치기 시작했다. 늘 위에서만 내려다보던 거리가 서서히 눈앞에 모습을 드러냈다. 불타고 뒤엉키고 썩어서 그저 검은 덩어리 같았던 모습이 속속들이 눈에 들어왔다.

이제 밖으로 나가면 수많은 시체를 보게 될 것이고 어쩌면 그 속에서 친구를 보게 될지도 모른다. 아니면 식량이 가득 담긴 가방을 발견할 수도 있고, 어쩌면 시신을 욕되게 해서라도 필요한 것을 얻어내야 할지도 모른다. 하지만 나는 이것이 현실임을 받아들일 것이며 살아남기 위해 할 수 있는 모든 것을 할 것이다.

나의 작은 방에서부터 복도, 계단으로 이뤄진 길고 긴 여정 끝에 나는 세상 앞에 섰다. 3년이란 시간 끝에 드디어 삶과 마주하게 된 것이다. 앞으로 생활은 더욱 고단해지겠지만 지금의 나는 고통과 절망을 털어내버렸다. 알고 보니 모든 것은 이렇게 단순했다. 나도 모르게 눈물이, 그리고 웃음이 나왔다.

나는 천천히 문을 밀며 밖으로 나갔다. 그리고 빛 속으로 뛰어들었다.

날씨가 무척 좋은 날이었다.

작가의 말

어린 시절부터 제 머릿속은 괴물, 유령, UFO, 초고대문명, 마법에 대한 상상으로 가득 차 있었습니다. 저에게는 이런 것들이 큰 즐거움이었기에 다른 사람들도 모두 그런 줄 알았는데 나이가 들면서 그런 사람이 생각보다 많지 않다는 것을 알게 됐습니다. '공동묘지만큼 평화로운 곳이 어디 있으며, 해골만큼 아름다운 조형물이 또 어디에 있단 말인가?'라는 저의 생각에 동의하지 않는 사람이 대부분이더군요. 제가 꿈꾸는, 열광적이지만 어둡고 비극적인 모험은 알고 보니 인간 세계로부터 아득히 먼 곳에 있는 것이었습니다.

그렇게 저는 어른이 되었고 상상 속의 친구들 생각은 잠시 접어둔 채 평범한 삶을 살게 됩니다. 누구나 그렇듯 일과 저축, 대출, 약간의 취미 활동으로 이뤄진 삶이었습니다. 다르게 표현하면 어른의 사정이란 것이 무엇인지 몸소 깨달아가는 시간이었다고도 할 수 있겠습니다. 물론 마음속으로는 언젠가 소설을 통해 나만의 세계를 펼쳐보겠다는 꿈을 품고 있었고요.

마흔 살의 가을이 되어갈 때쯤 저는 이제는 뭔가 해야만 한다는 각오와 함께 SF 글쓰기 교실을 다니며 글을 쓰기 시작합니다. 책상 앞에 앉아 밤새 소설을 쓴다는 것이 이렇게 즐겁고 행복한 일이란 것을 그제야 깨달은 겁니다. 저만의 세계를 창조해낸다는 기쁨에 가슴이 두근거렸습니다. 그런데 막상 소설을 쓰면서 같은 꿈을 가진 분들을 만나게 되고, 많은 이야기를 나누다 보니 저의 세계가 요즘의 정서와는 다소 동떨어져 있다는 것을 알게 되었습니다. 세상은 너무 많이 변해버렸고 제 상상 속의 세계는 먼 옛날의 추억이 되어 있었습니다. 너무 늦게 시작했다는 후회가 밀려오더군요.

제가 그려낸 세계는 오래전 퇴색해버린 슬픈 세계라고 생각합니다. 미래를 배경으로 했거나 SF적인 부분이 있음에도 더 이상 주인공이 될 수 없는 슬픈 운명의 세계 말입니다. 사람들이 강시, 처키, 프레디, 터미네이터에 열광하던 시대는 다시 오지 않겠지요. 무섭지만 나름의 흥취가 있었던 그 시대는 끝나버린 것 같습니다. 왜냐하면 지금은 현실이 더 살기 힘들고 무서우니까요. 인터넷을 검색하면 공포 영화보다 잔혹한 일들이 줄줄이 나오는 시대가 되어버렸습니다. 공포라는 것이 이야기가 아닌 사건으로만 존재하는 세상, 그래서 공포가 악과 동의어가 되어버린 세상. 과장된 생각일지도 모르겠으나 그런 세상이 되고 말았습니다. 슬프게도 제 상상 속 친구들은 설 자리를 잃어버리고 말았고 지금은 이따금씩 찾아보는 DVD로 남아 제 방 책장 한쪽에 꽂혀 있습니다.

어쨌거나 제가 쓰고 싶고, 또 쓸 수 있는 것은 공포와 괴기뿐이기에 이 시대를 공부하고 느끼려 애쓰는 중입니다. 시대에 뒤쳐지지 않도록 노력하며 사람들의 공감을 받을 수 있는, '무서운데 재밌는' 이야기를 만들고 싶습니다. 어떻게든 자신의 시대에 대해 이야기하는 것이 작가로서의 의무라고 생각합니다. 그 첫 번째 시도의 결과물로 일곱 편의 이야기를 책으로 엮어내게 되었는데요. 과연 이 일곱 개의 이야기가 독자 여러분들에게 어떻게 받아들여질지 생각하면 두렵기도 하고 흥분되기도 합니다.

마지막으로 이 책을 내기까지 많은 도움을 주신 분들이 있었다는 점을 밝혀두고 싶습니다. SF 글쓰기 교실에서 만난 좋은 인연들의 도움으로 이렇게 책을 낼 수 있었습니다. 그분들의 조언이 없었다면 저는 여전히 추억의 세계에서 빠져나오지 못했을지도 모릅니다. 또한 저의 부족한 작품을 받아주신 출판사 관계자 분들에게도 감사를 드립니다.

2023년 4월

박해수

나의 집이 점잖게 피를 마실 때

© 박해수, 2023

초판 1쇄 인쇄일 2023년 5월 17일
초판 1쇄 발행일 2023년 5월 24일

지은이   박해수
펴낸이   정은영
편집   이태은 박진혜 최찬미
디자인   연태경
마케팅   이언영 한정우 전강산
제작   홍동근

펴낸곳   네오북스
출판등록 2013년 4월 19일 제2013-000123호
주소   10881 경기도 파주시 회동길 325-20
전화   편집부 (02)324-2347, 경영지원부 (02)325-6047
팩스   편집부 (02)324-2348, 경영지원부 (02)2648-1311
이메일   neofiction@jamobook.com

ISBN 979-11-5740-370-7 (03810)